바람과 구름과 비

바람과 구름과 비 2

초판 1쇄 2020년 5월 15일
초판 2쇄 2020년 5월 20일

지은이 이병주
펴낸이 이정원

펴낸곳 그림같은세상
등록일자 1995년 5월 17일
등록번호 10-1162
주소 경기도 파주시 교하읍 문발리 파주출판단지 513-9
전화 031-955-7374 (마케팅)
031-955-7384 (편집)
팩스 031-955-7393

ISBN 978-89-960020-4-8 (04810) 978-89-960020-0-0 (세트)
CIP 2020017396

이 도서의 국립중앙도서관 출판예정도서목록(CIP)은 서지정보유통지원시스템 홈페이지(http://seoji.nl.go.kr)와 국가자료공동목록시스템(http://www.nl.go.kr/kolisnet)에서 이용하실 수 있습니다.

값은 뒤표지에 있습니다. 잘못된 책은 구입하신 곳에서 바꿔드립니다.

2

이 병 주 대 하 소 설

차례

연치성

延致成

벌써 한기가 느껴지는 아침이었다. 겹으로 된 명주 도포에 큰 갓을 쓰고, 최천중은 경장방 골목으로 걸어 들어갔다.

돌담 한 군데가 무너져 있는 집 대문 앞에 섰다. 그리고 한참 동안 잡초가 띄엄띄엄 지붕의 기왓장 사이에서 마르고 있는 집의 가상家相을 바라보고 있었다. 무너진 돌담을 개 한 마리가 넘어왔다.

뼈와 가죽만 남은, 그야말로 상가喪家의 개다. 기력이 없으니, 낯선 사람을 보고도 짖을 줄을 모른다. 슬픈 눈초리로 최천중을 쳐다보더니, 비실비실 저편으로 걸어가버렸다. 주인집에선 요기할 가망이 없으니, 끼니의 냄새를 좇아 헤맬 작정인가 보았다.

"이리 오너라."

하고, 최천중이 목청을 약간 높여 불렀다. 이윽고 빗장 뽑는 소리가 나더니 대문이 열렸다. 늙은 상노의 얼굴이 나타났다.

"누구시라고 여쭐깝쇼?"

기어들어가는 목소리였다.

"최천중이란 사람이 긴히 진사 어른을 뵙고 싶단다고 전해라."

상노는, 허리춤을 간신히 끌어올리는 몰골로 안으로 사라졌다.

최천중은 그 상노의 얼굴이 항기상恒飢相*임을 깨닫고, 이 집 주인이 무던히도 궁박하다는 사실을 짐작했다. 주인집 사정을 꽃도 아는지, 담장 안쪽에 마련된 화단의 국화는 우거진 잡초에 섞여, 이제 막 피었는데도 마른 잡초와 함께 시들어 있었다.

이러한 궁박을 보아 넘기지 못하는 최천중이었다. 구철룡을 돌아보고 물었다.

"요 가까운 데 미전米廛이 없을까?"

"가까이엔 그런 것 없어요."

구철룡의 대답에도 안타까움이 있었다.

아까의 상노가 나와, 최천중에게 들어오라고 했다. 최천중은 구철룡에게 '그 자리에서 기다려라'라고 일러놓고 상노의 뒤를 따랐다. 사랑방인 듯한 곳으로 안내되었다. 방은 불기도 없이 썰렁했다. 벽에 걸려 있는 족자마저도 차가운 풍정이었다.

혜고부지춘추蟪蛄不知春秋

(여름의 매미는 봄가을을 모른다.)

낙관이 허미수許眉叟**로 보였다.

---

* 늘 굶주려 있음.

** 허목(許穆, 1595-1682): 송시열과 예학(禮學)에 대해 논쟁한 남인의 핵심.

'이 집 주인은 남인南人이로군.'

노론老論인 김씨가 백년세도를 하고 있는 판이니, 반대파인 남인이 궁색을 면할 도리가 없을 것이다. 최천중은 이 집이 왜 궁박한지 이유를 짐작했다.

'그렇더라도 무엇 한다고 '혜고부지춘추' 따위의 족자를 걸어놓고 있을까?'

라고 생각하니, 냉소가 저절로 떠올랐다. 그러다가 얼핏, '이 집 주인은, 지금 세도하고 있는 김씨들을 여름 매미로 치고 자위하고 있는 것이 아닐까?' 하는 생각이 들었다.

유 진사는 좀처럼 나타나지 않았다. '굶어 기력이 쇠해 일어나려고 애를 써도 뜻대로 되지 않는 까닭이 아닌가?' 하는 짐작마저 들었다. 가난한 양반이 체면을 지키느라고 소리 없이 굶어 죽는 예가 그 당시엔 비일비재했던 것이다.

이런 생각 저런 생각을 하고 있는데, 마른기침 소리가 들려왔다. 드디어 유 진사로 보이는 노인이 나타났다. 추측한 대로 굶주림에서 온 듯한 부황기가 얼굴에 있었다. 가까스로 몸을 가누고 앉아선,

"내가 유성렬이옵니다만, 무슨 용건으로 오셨소?"

하고 인사를 차렸다.

"제 이름은 최천중이라고 합니다."

이렇게 서두***하고, 최천중은 춘당대시에서 난동을 부린 죄과로

*** 序頭: 말의 첫머리.

의금부에 붙들려 있는 사람들을 구할 목적으로 왔다는 사연을 털어놓았다.

순간, 유 진사의 눈이 반짝하는 것 같더니, 도로 무표정한 얼굴로 돌아갔다.

"당신이 그들을 구하겠다니…, 고맙긴 하오만 영문을 모르겠소."

그 말투엔 극도로 경계하는 빛이 있었다. 그도 그럴 것이었다.

세도를 가진 노론들로부터 사사건건 트집을 잡히고 있는 남인의 한 사람으로선, 아닌 밤중에 홍두깨처럼 내민 격인 그런 제안을 어떻게 해석해야 할지 망설이는 건 당연했다.

"영문이란 게 별달리 있겠소? 곤경에 처해 있는 젊은이들을 그냥 보고 넘길 수가 없다는 것뿐이오."

"그래, 어떻게 하겠다는 거요?"

"저와 함께 형조판서와 영의정을 찾아가면 됩니다."

최천중의 말이 떨어지자, 유 진사는 피식 하는 힘없는 웃음을 띠었다.

"형조를 만나 무얼 하겠소? 그리고 만나주기라도 하겠소? 이번 과장의 소란은 단순한 과장의 소란만으로 다스리고 있는 게 아니오."

하고 유 진사가 힘겨워하며 한 말은 다음과 같았다.

지난번 춘당대시에서 소란을 일으킨 주모자는 다섯인데, 주모자를 비롯한 모두가 남인과 소북小北에 속하는 사람들의 자제들이라서, 세도가들은 그들의 소위를 자기들에 대한 공공연한 반항으로 보고 있어, 반대파를 말살할 셈으로, 그 화근을 뽑을 요량인 것 같다는 것이다.

"기진맥진한 우리들에게 무슨 힘이 남아 있다고 그러는지 알 수가 없소."

유 진사는 길게 한숨을 내쉬었다.

주모자 다섯 가운데 유문기柳文基와 한동익韓東翼은 남인이고, 강택姜澤, 임상식任商植, 신명효申命孝는 소북이란 것을 최천중도 듣고는 있었다.

"유문기는 진사 어른의 아드님이신 게죠?"

물으나마나 한 얘기였지만, 최천중은 이렇게라도 해서 자리를 얼버무리지 않을 수 없었다.

"문기를 아시우?"

"모릅니다."

"그래요?"

하더니, 유성렬은

"문기는 내 조카요. 중형*의 아들이오. 중형은 조사早死했소. 그래, 내가 그놈을 기르듯 했소. 천성이 온순한 놈이라서, 그런 짓을 하리라곤 꿈에도 몰랐소. 죽어 중형을 대하기가 어렵게 됐소이다."

하고, 손등으로 눈시울을 닦았다.

"어떻든, 좌시하고만 있을 것은 아니지 않습니까? 저와 동행합시다."

최천중이 종용했다.

---

* 仲兄: 둘째 형.

"형조는 만나지 않겠소."

유 진사가 뚜벅 말했다.

"무슨 화라도 있을까 봐 그러십니까?"

"천만에…. 숙부가 조카 때문에 하는 짓이 무슨 죄 될 것이 있으며, 이 이상의 화를 또 어떻게 입겠소?"

유 진사의 분연한 말투였다.

"그러시다면 꼭 동행하십시다."
하고 최천중이 강권했다.

"동행만 하시되, 한 말씀도 안 하셔도 좋습니다. 진사 어른께서 동행만 하시면, 사흘 후엔 조카님의 무사한 얼굴을 보실 수 있을 겁니다. 제게 속은 셈치고 거동해주십시오."

자기 조카를 위해 남이 서둘고 있는데 방관할 순 없었다. 유성렬은 최천중의 제의에 응하기로 했다.

최천중은 형조판서 김응근, 영의정 김좌근을 간단하게 만날 수 있었다. 청지기의 귀에,

"어느 어른의 심부름으로 거액의 돈을 건네야 하겠는데, 그러자면 직접 만나야 하겠다."
고 속삭임으로써 족했던 것이다.

김응근에게도 김좌근에게도 최천중은

"저는 산수도인의 제자 최천중이란 자로서, 춘당대시에서 난동을 부린 유생들과 무과에 낙방한 연치성의 구명운동을 하러 왔사옵니다. 그들을 무상으로 구해달라는 말은 아닙니다. 여기 그들의

몸값 일만 냥을 가지고 왔사오니, 사수査收*하시와 그들 전원을 풀어주옵소서."

하고, 마포 최팔룡이 발행한 어음을 내놓고, 황봉련이 시킨 대로 상대방의 대답도 기다리지 않고 자리에서 일어나 나왔다. 그들은 같이 온 노인이 누구냐고 묻기조차도 안 했다.

교동 골목을 빠져나와 경장방을 향해 천천히 걸으면서도, 최천중은 한마디 말이 없었다. 유성렬도 묵묵히 걸음을 옮겨놓았다.

그러나 그 가슴속에선 갖가지 생각이 교차하고 있었다.

'일만 냥의 돈을 서슴없이 내는 사나이….'

'귀엣말 한마디에도 대감들이 황급히 맞아들이는 사나이….'

그리고 유성렬은, 최천중이 '저는 산수도인의 제자 최천중'이라고 했을 때의 김좌근과 김웅근의 긴장한 얼굴빛을 놓치지 않고 보았던 것이다.

'도대체, 이 사람은 그런 대금을 내고서까지 무슨 까닭으로 유생들을 구하려는 것일까?'

그러나 함부로 그런 것을 물어볼 수 없게 하는 위엄 같은 것이 최천중의 몸에서 풍겨나고 있었다.

경장방 유 진사의 집 앞까지 갔을 때, 최천중은 문을 연 상노에게 돈 백 냥의 어음을 건네주며,

"이걸 가지고 진사 어른을 잘 모셔라."

---

* 물품이나 서류 따위를 조사하여 거두어들임.

하고, 유 진사에게

"백 냥 돈을 맡겨두었으니, 그걸 갖고 우선 식난*이나 면하십시오. 그리고 유생들은 삼 일 후에 풀려날 것이니 걱정 말고 기다리십시오."

하는 말을 남겨놓고 돌아섰다.

"어디에서 사시는 누구신지나 알아야 할 것 아니오?"

하고 등 뒤에서 말이 있었지만,

"최천중이란 이름만 기억해두십시오."

하고, 걸음을 바삐 했다.

한길에 나서자, 최천중이 구철룡을 돌아보고 말했다.

"우리, 광통교로 나가서 불탄 터 구경이나 할까?"

"그렇게 합시다요."

불타고 난 폐허는 참으로 참담했다. 이곳저곳 신축을 할 양으로 목재를 쌓아놓은 것이 눈에 띄기도 했지만, 늦은 가을바람이 불어제치고 있는 불탄 터는 스산하기만 했다.

"이곳에 장소를 얻어줄 테니, 장사할 생각 없나?"

최천중이 물었다.

"장사할 생각 없어요."

구철룡의 대답이었다.

"왜? 장사를 해서 부자가 돼야지."

"부자 되기 싫습니다요. 전 나으리만 모시고 살면 돼요."

---

* 배곯음.

어느덧, 구철룡은 최천중에게 정이 들어 있었던 것이다.

김좌근, 김응근이 자기를 응대하는 태도로 보아, 황봉련이 사전에 무슨 수를 썼다는 것을 능히 짐작할 수 있었다.

'누굴까? 황봉련이 손잡고 있는 세도가가 누구일까? 김좌근일까? 김병기일까?'

그러나 서두를 생각은 없었다.

최천중은 구철룡에게 만리동 집으로 가 있으라고 하고, 한양의 거리를 혼자 걸어볼 작정을 했다.

정남正南엔 관악, 동북東北엔 수락산을 끼고, 북악과 남산을 등지고 앞세운, 화창한 날의 한양의 추색은 그런 대로 좋기만 했다. 최천중은 원래 한양을 사랑했다.

"북거화산北據華山이요, 남임한수南臨漢水하니…."

최천중은 박의중의 시구를 읊으면서, 육조 앞 넓은 길로 해서 오랜만에 책사冊肆에 들렀다.

책사의 주인은 최천중을 반갑게 맞이하며, 며칠 전에 '홍북강시문집洪北江詩文集'이 청국에서 왔다면서 함을 열어 보였다.

북강北江은 호이고, 이름은 양길亮吉이다. 25세 때 원매袁枚의 격찬을 받았을 정도로 문명文名이 일찍이 높았는데, 과운科運이 없어 45세에 겨우 진사 급제를 한 사람이다.

그런데 그는 시문보다 고증학자로서의 이름이 높았기 때문에, 최천중이 그의 저서를 구해달라고 책사 주인에게 부탁한 적이 있었던 것이다.

최천중은 한가운데의 한 권을 펴 들었다. 의언意言 이십 편 가운데 생사편生死篇이란 대목이 눈길을 끌었다.

> 생자이생위락生者以生爲樂인데 안지사불우이사위락安知死不又以死爲樂이리오.
>
> (살아 있는 자는 살아 있다는 그것으로 낙을 삼는데, 죽은 자는 또한 죽음으로 낙을 삼을지 모를 일 아닌가.)

최천중은 과연 그럴는지 모른다는 생각이 들었다. 사자死者가 죽음을 낙으로 할 수가 있는 것이라면 죽음을 두려워할 까닭이 없는 것이다.

최천중은 잠자코 읽기를 계속했다. 그러나 신통한 발견은 없었다. 죽은 후에도 낙이 있을지 모르니, 너무 지나치게 생에 집착하지 말라는 상식으로 끝났을 뿐이다.

"소문에 비해 북강은 대단한 사람이 아니구먼. 사생의 관이 아득히 장자에겐 미치지 못하는 것 같소."

하고, 최천중은 장자의 소요유逍遙遊와 대종사大宗師 그리고 지락至樂 가운데의 글귀를 외어보았다.

장자에 의하면, 무한한 우주의 시간 속에서 백년의 장수와 십세十歲의 요절은 간일발間一髮의 사이라는 것이며, 천지간에 생명의 흐름은 부단不斷하여 생과 사는 낮과 밤 같은 것, 죽은 것으로 보이지만 그것은 철편鐵片이 다시 용광로로 돌아간 것뿐이고, 다시 거기서 새로운 주형鑄型에 의해 재생되는 것[大宗師]이니, 사자의 기쁨은 왕자의 그것에 비유할 수가 있다[至樂]고 한다.

책사의 주인은 새삼스럽게 최천중의 박람강기博覽强記*에 놀랐다는 시늉을 했다.

"그러나 내가 주문을 한 것이니 이 책은 사겠다."

며 값을 치른 뒤, 곧 사람을 보내겠다고 일러두고, 최천중은 책사에서 나왔다.

그곳에서 최천중의 발길은 다동 여란의 집으로 향했다.

다동의 골목에도 후덥지근한 여름의 냄새가 가셔지고 깔끔한 가을의 대기로 삽상했다. 기생방의 진미가 나는 계절도 가을인 것이다.

최천중을 맞이하는 여란의 자태에도 추색이 있었다.

"여란은 추란秋蘭을 닮았구려."

하고, 최천중이 한 손을 여란에게 맡기고 마루에 올라섰다.

"소식이 단절되어 궁금하던 차에…."

여란은 최천중을 안방 보료 위로 안내하고서, 그의 무심함을 탓하였다.

"한인閑人, 한일월閑日月이면 또 몰라. 일고日苦에 일식日食이니 임 그릴 겨를도 없었소."

최천중이 너털웃음을 웃었다.

"하기야, 한일월이었기로서니 저 같은 천기를 생각하실 겨를이 있었겠사옵니까?"

여란이 째리는 눈초리가 되었다.

---

* 많은 책을 읽고 기억을 잘함.

"남의 마음 알지도 못하면서 괜한 소리 마시구려. 우리 같은 놈 살아가기 정말 힘든 세상이 되었소."

최천중이 수연히 말했다.

"오늘은 조금 느긋이 계시다 가셔도 되죠? 오랜만에 오셨으니."

여란이 교태를 부리며 눈치를 살폈다.

"여란의 사정이 허한다면 긴 밤 짧게 새워보고 싶구려."

"아이구, 반가워라."

여란은 금방 생기가 솟은 모양으로 바깥으로 나가더니, 부엌을 향해 일렀다. 앞집 뒷집의 음식점에서 맛난 요리만을 시켜 주안상을 차리라는 부탁이었다.

여란의 거문고에 맞추어 시창을 주고받으며, 최천중은 오래간만에 술과 풍류에 취했다.

어느덧 밤이 되어 노래와 술이 파했을 무렵, 최천중이 물었다.

"혹시, 김병국 대감의 행차라도 없을는지?"

"대감과는 끝장이 났어요."

여란의 시무룩한 대답이었다.

"아무런 혜택도 없이 끝장이 났단 말이오?"

"이천에 땅 삼십 두락을 얻었어요. 그로써 절연하자는 말씀이었어요. 그렇게 하자고 응했죠."

"청춘을 바친 장안의 명기가 땅 삼십 두락이면 어이가 없군."

"그러나 전 탓하지 않아요. 사람마다 분복*이란 게 있는걸요. 그

---

* 分福: 각자 타고난 복.

리고 김씨 일문에 무슨 자중지란 같은 게 있는 모양이에요."

"그게 뭔데?"

최천중이 바짝 신경을 곤두세웠다.

"영은부원군의 병세가 위독하구요, 김좌근 대감과 김흥근 대감의 사이가 좋지 않은 것 같구요, 궐내에 대한 생각들이 각기 다른 것 같아요. 왠지 모두들 어수선해 뵈요."

"어느 광에 돈이 많이 들어 있나 싶어, 서로들 시기하고 있는 거겠지."

그러나 그 이상의 소식을 알아낼 수는 없었다.

최천중은 실로 오랜만에 여란의 몸을 안았다. 마음에 부담 없이 연달鍊達된 여체를 안아보는 것도 기쁜 일이었다. 여란의 비술은 그야말로 긴 밤을 짧게 새우게 했다.

운우의 정사가 끝나자, 여란은 최천중의 가슴에 머리를 파묻고 흐느꼈다.

"제 나이 명년이면 서른이에요. 기생이 서른이면 환갑이에요. 전 평생 당신을 모시고 살고 싶어요. 이천의 시골에 삼간초옥을 짓구요."

여란의 호소를 듣고 있는 동안에 최천중의 뇌리를 스친 생각이 있었다.

"이천에 특별한 연고라도 있소?"

"없어요. 대감이 그곳의 땅을 주었을 뿐이에요."

"그럼, 그 토지를 양근 부근의 땅과 대토代土**를 해보지."

** 땅을 서로 바꿔 사고 팜.

"양근이 어디예요?"

"한강 건너에 있는 곳이야. 천호동에서 얼마 되지 않아. 마유산록에 있는 곳이오. 그곳으로 대토를 해두면 한성에 가깝구…."

하고, 최천중은 그곳에 곧 가역을 시작할 작정이니, 거기에 여란이 살 집도 마련하겠다고 했다.

"그래요? 그렇게 하리다."

여란은 기뻐 어쩔 줄을 몰랐다.

"나는 그곳에서 풍류 인사들을 모을 작정이오. 여란이 그 집의 살림을 맡아주면 되는 거요. 나도 종종 들를 테니, 그때마다 서로 만날 수도 있을 게구."

이를테면, 그곳에서 같이 살림을 하자는 제안이었다. 여란이 그 제안을 싫어할 까닭이 없었다.

"손님들을 치송治送*하고 살 만한 논도 사 보내줄 테니 그 요량하고, 빨리 이천의 땅을 그곳으로 대토해두시오."

최천중도 미상불, 그 계획이 썩 마음에 들었다.

들은 것, 본 것이 많은 여란이 손님 치송에 능란할 것이고, 경우에 따라선 몇쯤 가무에 능한 여자들을 곁에 두고 월하月下의 설연設宴**에 정취를 돋울 수 있을 것이었다.

최천중은 고한근에게, 여란이 대토하는 데 조력하라고 이를 참이었다.

---

* 길 떠남을 돌보아줌.

** 잔치를 베풂.

"가역은 언제나 끝날까요?"

여란은 벌써 가슴이 설레는 모양이었다.

"명년 춘삼월이면 끝날 거야. 나중에 큰 집을 지을 요량하고, 우선은 살림집과 산정풍山亭風의 사랑 한 채만 지으면 될 테니까."

하면서, 최천중은 삼전도의 가역보다 양근의 가역을 앞세워야겠다는 방침을 굳혔다.

"그리로 이사하면 꽃이란 꽃은 죄다 심을 작정이에요."

여란이 꿈꾸는 듯 말을 엮었다.

"당신이 거처하는 방엔 향을 피워, 향내가 방안에 가득하도록 하겠어요. 집은 정동正東으로 지어야 해요. 떠오르는 달을 창만 열면 볼 수 있게요."

"그건, 여란이 잘못 생각한 거야. 정동으로 창을 내면 지는 달을 어떻게 보나. 승월昇月은 유흥有興이고, 낙월落月은 유정有情인지라, 창은 남으로 내야지."

"소녀의 불찰이었어요. 창은 남으로 내야죠."

최천중은 흐뭇한 기분으로 여란의 등을 가볍게 쳐주었다. 여란은 다시 정염이 이는 모양으로, 몸을 틀어 허벅다리를 최천중의 몸에 걸어 왔다.

그러나 최천중은

"긴 밤이 참으로 짧게 되었으니 우리 그만 자도록 하자."

며, 살며시 여란의 포옹을 풀었다.

최천중에겐 내일도 일이 있는 것이다. 서소문 정씨녀鄭氏女를 찾을 작정이었다.

'정씨녀에게 삼전도 집을 맡겨야지.'

여란에게 양근의 집을 맡기듯, 최천중은 삼전도에 집을 지으면 그 살림살이를 정씨녀에게 맡길 구상은 썩 잘된 것이라고 생각했다. 그는 빙그레 웃는 표정 그대로 잠에 빠져들었다.

이튿날 아침, 최천중은 여란의 정성이 깃든 조찬을 삼계탕 곁들여 먹고, 남대문 여사旅舍로 고한근을 찾았다.

삼전도 가역의 도면 만들기에 열중해 있는 고한근은, 진행 중인 도면을 펼쳐놓고 설명했다.

"이곳이 도사님께서 거처하실 집입니다. 살림을 맡을 사람도 바로 이 집에 있어야 합니다. 좌우에 있는 집이 창고가 되는 거죠. 창고에 잇달아 각각 하인이 주거하는 집이 서게 됩니다. 객랑客廊은 4동으로 나누어, 각각 동서남북으로 사이를 띄어 배치할 작정이죠. 집 이름은 동재, 서재, 남재, 북재로 가칭假稱하고 장차 좋은 이름을 지어야 할 겁니다. 객랑은 각각 50칸으로 하고, 세인의 이목이 있는지라, 지붕은 낮게 초가로 할 작정입니다."

최천중은 흡족하게 고한근의 말을 듣고, 양근의 가역을 먼저 시작해야겠다면서 다음과 같이 설명했다.

"삼전도의 가역은, 대세를 관망한 후에 인재를 모을 것인즉, 그다지 급한 일이 아니오. 그러니 양근의 가역부터 서둘기로 합시다. 한양을 떠나 살아야 할 일이 곧 있을지도 모르고, 손님을 청해 노는 일은 대세를 관망할 필요가 없으니까요."

최천중의 의견에 여부가 있을 리 없었다. 고한근은 즉석에서 승낙하고 그 일에 착수하겠노라고 했다.

최천중은 또, 한양의 사제私第*를 남대문 시장 안에서 구하겠다는 의견도 말했다.

"팔도의 동지들이 연락하기에 편리한 곳이 이곳이고, 사람들이 들끓어도 눈에 띄지 않는 곳도 이곳이니, 가겟집과 여사를 겸할 그런 집을 이 근처에서 찾아보아야 하겠소."

고한근이 그 일을 맡기로 했다.

고한근과 점심을 같이 나누고, 최천중은 만리동 집으로 돌아갔다.

계집의 독살스러운 눈짓이 아니꼬웠지만, 최천중이 부드럽게 물었다.

"철룡이와 만석인 어디로 갔느냐?"

계집은 답이 없고, 일을 거드는 늙은 머슴이 대답했다.

"배 들어오는 구경 간다고 같이 삼개로 나갔어유."

최천중은 늙은 머슴에게 육조 앞 책사에 가서 사놓은 책을 가져오라 일러놓고 자기 방으로 들어갔다.

의관을 벗어놓고 낮잠을 자려고 누워 책을 한 권 펴드는데, 계집이 와락 장지를 열고 들어섰다.

"당신은 오래간만에 한양으로 돌아왔다면서, 자기 집 두고 어디다 혼을 빼어 돌아다니는 거유?"

최천중이 일어나 조용히 말했다.

"결단을 내릴 때가 있을 테니 돌아가 있거라."

---

* 개인 소유의 집.

"내려면 빨리 내요. 난 이대로 못살겠어요."

"한 열흘만 기다려. 그때 결판을 낼 테니."

최천중은, 남대문시장에 집을 구할 날을 감안하여 이렇게 말하고, 다시 자리에 누워 등을 돌렸다. 계집이 악담을 쏟기 시작했다. 최천중은 이미 악담을 들을 귀를 가지고 있지 않았다.

최천중은 만리동으로 돌아오는 그날, 아내라는 계집이 어떤 건달과 놀아난다는 사실을 눈치챘던 것이다. 그러나 원래 천기賤妓의 바탕인 데다가, 깊은 정이 있어서 맺어진 사이도 아니고 보니, 마음에서 부담 없이 그 해결책을 강구하고 있던 터였다.

마음에 그다지 큰 부담은 아니라고 하더라도, 데리고 사는 계집이 외간남자와 놀아나고 있다는 사실이 유쾌할 까닭이 없다. 남자의 심리엔, 여자 문제에 관한 한 자기는 먹고 싶지 않아도 남 주기 싫은 그런 구석이 있는 것이다. 그러나 최천중은, 자기의 체신이 여자에게 정절을 요구할 수 없다는 것도 알고 있다.

부앗김에 서방질한다는 속담은 예사로 흘려들을 말이 아닌 것이다. 최천중은 자기의 체험을 통해서 부앗김에 서방질을 하는 많은 여자를 알고 있었다. 외도하는 남편을 가진 여자는, 설령 남편에 대한 사랑, 또는 의리를 저버릴 생각까진 없으면서도 의식, 무의식중에 보복할 기회를 찾는 마음의 경사에 놓이게 된다. 정절의 도덕이 스스로를 완수하기 위해선 유혹이 없어야 하고, 유혹할 기회를 봉쇄하는 환경의 협력이 있어야 한다. 그렇지 못할 땐 색정은 나름대로의 길을 걷는다.

최천중은 이 모든 것을 알고 있었다. 그런 만큼 부정을 저지른 계집을 탓할 생각은 없었다. 그런데 용서하지 못할 것은, 자기의 부정은 선반 위에 얹어놓고 악담까지 섞어 남편을 힐난하는 그 태도였다. 스스로 부정을 범한 여자의 투기는 악성화한다. 그러니 여자의 투기가 지나치면, 그것으로 미루어 그 여자가 이미 부정을 저지르고 있거나, 기회만 있으면 언제라도 그럴 마음이 있다는 증거라고 볼 수 있다.

하여간에, 최천중은 발악하는 계집을 상대하지 않고 해결책만을 생각하기로 했다. 어떤 바탕의 여자이건, 데리고 사는 계집을 충직하게 복종시킬 수 없었다는 것은, 남자로선 창피한 일인 것이다. 두말 못 하게 상황을 만들어, 여자와 절연해야겠다고 최천중은 마음을 굳혔다. 우선, 구철룡과 만돌이 보기에 꼴이 아닌 것이다.

최천중은 이런 생각 저런 생각을 하며, 눈을 붙인 듯 만 듯하다가 일어나 앉아 구철룡이 돌아오길 기다렸다.

해가 질 무렵에, 철룡이 만석을 데리고 돌아왔다. 쌀을 싣고 들어온 배를 만석은 처음 본 모양으로, 눈을 휘둥그렇게 뜨고 장관이더라고 탄성을 올렸다. 최천중은

"이놈아, 너 혼자 있어도 만 석인데, 뭘 그렇게 놀랄 게 있느냐?"

고 빈정대주곤, 철룡과 만석을 데리고 밖으로 나왔다.

그리고 염천을 건너서 용돈을 주며,

"밤거리 구경을 하고, 오늘 밤엔 묵정동에서 자고 내일 오라."

고 이르곤, 최천중은 서소문으로 갔다.

서소문의 정씨녀는 언제나 한결같다. 반가워하는 태도도, 헤어질

때의 슬퍼하는 태도도 그저 조용하기만 했다. 인종과 예절을 배운 여자의 품위가 구슬처럼 영롱한 것이다. 이러한 여인이 최천중을 알았다는 것은, 여체가 지닌 그 슬픈 업 때문이다.

그날 밤, 최천중은 정씨녀의 여체를 정성껏 달래며 이렇게 말머리를 풀었다.

"우린 항상 남의 눈을 속이고 살 순 없는 것 아니겠소?"

"그러지 않고 어떻게 해요?"

정씨녀는 한숨을 섞었다.

최천중은 정씨녀에게 삼전도 근처에 집 지을 계획을 말하고, 그 집이 다 지어졌을 때 그곳 살림을 맡아달라는 간곡하고도 은근한 부탁을 했다.

"집이 없어서 같이 못 사나요?"

정씨녀는 쓸쓸하게 말했다.

"법이 두려워 못 살지."

최천중은 정씨녀가 할 말을 대신하고 웃었다.

"그런데요?"

"개가를 하시란 말이 아니오. 그 집은 보통 집이 아니라, 천하의 인재를 모으는 그런 집이니, 그 집 살림을 맡아달라는 얘기요."

"고지기가 되라, 그 말씀이세요?

"고지기라기보다 고지길 다스리는 어른이 되라는 거죠. 고지긴 내가 될 테니까."

"아무리…."

"아닙니다. 내 포부는 천하의 인재를 모아보자는 거요. 옛날의 맹상군과 신릉군처럼 말이오. 그러니 주인이면 어떻구, 고지기면 어떻소. 당신은 개가할 처지는 못 되지만 그런 집을 맡아볼 순 있지 않겠소. 첩첩으로 대문을 닫은 집에서 살 수 있을 것이니까요."

"생각해보겠어요."

"이왕이면 승낙하는 쪽으로 생각해요."

"언제 제가 당신 청을 거역한 적이 있었나요?"

그 수줍어하는 듯한 말투가 안타깝도록 정다웠다. 최천중은 힘을 주어 정씨녀를 안았다.

화제가 궐내로 돌아갔다.

"상감은 간을 앓고 계시대요. 약도 자시기만 하면 토해버리니, 약원藥院도 속수무책인가 봐요."

이어 정씨녀는, 조 대비전의 동정이 수상하다는 것, 정원용鄭元容을 영의정 자리에서 내리고 김좌근이 등장한 것은 그만큼 김씨 일문이 불안을 느끼고 있는 증거라는 둥 꽤 소상한 얘기를 했다.

"상감의 병이 위중하다고 해도 나라의 병이 위중한 데 비하면 아무것도 아니오."

하고 말한 뒤 최천중이 물었다.

"이하응의 동태에 관하여 아는 것이 없소?"

"전연 아는 것이 없는데요."

"내 생각엔 이하응과 조 대비 사이에 기필 무슨 흉정이 있을 것이오. 그들의 흉정이 성공할지 못 할지는 미지수이지만, 그 여우같은 이하응이 가만있을 까닭이 없지."

"상감이 이해를 넘기지 못할 것은 사실인가 봐요. 대궐 내에 수심이 자욱하다니까요."

"하나, 진정으로 상감을 위해 슬퍼하는 사람이 과연 몇이나 있을지…."

"불쌍한 상감!"

"상감이 불쌍해? 꼭두각시 노릇이나마 곤룡포를 입고 임금 노릇을 했으니까, 팔자치레는 한 거지. 진정 불쌍한 건 이 나라의 백성이오. 관북과 삼남 지방엔 굶어 죽는 사람이 수두룩하다고 하잖소."

"한데, 금년 들어 민란은 없어진 것 같은데요."

"배가 고파 난동을 일으키려고 해도 그 힘이 없어진 거요. 나는 이런 사태를 민란보다 더 나쁘다고 생각하오."

그러니 역성혁명을 해야 한다고 최천중은 덧붙이고 싶었으나, 그런 과격한 말은 삼갔다. 미관말직일망정 정씨의 친정과 시가는 대궐과 밀접한 관계에 있는 것이다.

정씨녀 집에선 해를 볼 수가 없었다. 새벽에 그 집을 나온 최천중은, 삼개 최팔룡의 집까지 발을 뻗었다. 땅값에서부터 가역에 필요한 모든 비용을 최팔룡이 맡아 처리하게 할 작정이었으니, 사전에 의논이 있어야 했던 것이다.

최팔룡은 5만 냥가량의 돈을 최천중으로부터 맡아 있는 터라, 최천중의 말이라면 뭣이건 반대하지 않았다.

최팔룡과 아침 식사를 같이하며 의논을 하고 만리동 집으로 돌아오니 한낮이었다. 방에 들어서자마자 만석이 따라 들어왔다. 그리고 꿇어앉아선,

"양주로 해서 파주골에 다녀오겠습니다."

하고, 최천중의 눈치를 살폈다.

"양주는 살다가 온 곳이니까 가볼 마음도 나겠지만, 파주골은 뭣 하러?"

만석은 대답 대신 품속에서 주머니를 꺼내 최천중 앞에 쑥 내밀었다.

"그게 뭐지?"

"끌러보시면 알 것입니다요."

"네가 끌러보아라."

만석이 주머니를 끌러 최천중의 눈앞에 놓았다.

주머니 속에는, 병아리 뼈다귀로도 보이고 새 뼈다귀로도 보이는 것이 가득 들어 있었다.

"수구문 근처에서 주운 어린애의 뼈다귑니다요."

"이걸 어떻게 하겠다는 거냐?"

"파주 기 부자의 며느리 집 뒤뜰에다 묻어둘 작정입니다요."

"뭣 하게?"

"아무래도 기 부자에게 보갚음을 해야겠습니다요."

"어린애 뼈를 묻으면 보갚음이 되나?"

"그래놓고 파주 사또님에게 고발장을 낼 것입니다요."

"무슨 고발장을?"

"기 부자가 며느리와 상피 붙어 아이를 낳아선 그 시체를 뒤뜰에 묻었으니 챙겨보라고 말입니다요."

최천중은 어이가 없어 물끄러미 만석을 바라보고 있다가,

"넌 거짓말로 생사람을 잡으려고 하는구나."

하고, 마음을 끌어보았다.

"뼈다귀 묻은 것은 거짓말이라도, 기 부자가 며느리와 상피 붙은 것은 틀림없습니다요. 만석이 눈치는 속일 수 없습니다요. 마을 사람들도 대강은 짐작하고 있습니다요. 다만, 그 세에 눌려 꿈쩍 못하고 있을 뿐입니다요. 고발을 해도 증거가 없으면 허사가 아닙니까요. 그래서 뼈다귀를 묻어두려는 겁니다요."

"상피 붙은 게 사실이라면, 가만둘 수가 없지. 우리나라는 예교禮敎의 나라니까 엄한 치죄를 해야지. 그러나, 만석아!"

최천중은 계속 말을 이었다.

"뼈다귀를 기 부잔가 하는 사람의 며느리 집 뒤뜰에 묻는 것은 좋지만, 사또에게 고발장을 내는 짓은 하지 마라. 적당한 시기에 내가 처리할 테니까."

그리고 뼈다귀를 묻되, 세 군데에 갈라서 묻고 그 묻은 지점을 기억해두었다가 알리라고 일렀다.

"그런데 뼈다귀를 묻다가 들키면 어떻게 할 테냐?"

"어디 들키도록 묻나요. 밤중에 담장을 뛰어넘을 텐데요. 그 집엔 개도 없습니다요. 기 부자가 살짝 드나들어야 하니까요. 헤헤."

만석인 자신만만하게 말했다.

한양의 겨울은 빠르게 닥친다. 추색에 취해보는 것도 잠깐 동안의 일, 사정없이 추위가 엄습한다.

북악의 찬바람을 쓰다듬고 북풍이 거리를 휘몰아치는 날이 계속

되었다.

금년 겨울의 추위는 아무래도 심상치가 않다는 소리가 이곳저곳에서 들렸다. 최천중은 정수동 노인을 생각했다. 김흥근 대감 댁의 식객이 얼어 죽을 리야 만무하겠지만, 노체老體인 식객의 처지로서 겨우살이가 쉽지 않으리란 짐작이 들었다.

솜을 톡톡하게 두어 바지저고리 한 벌을 구철룡에게 싸 들리고, 어느 날의 저녁나절, 최천중이 정수동을 찾았다. 객랑 문간에 서서 구철룡만 들여보냈더니, 정수동 노인이 반색을 하고 나왔다. 수척한 것 같았으나, 익살은 여전했다.

"하늘로 솟았는가, 땅 밑으로 꺼졌는가 했더니, 결국 나타났구나."

"기력이 그만하니 다행이오."

최천중이 수동의 손을 잡고 흔들었다.

"기력 걱정이야 없어. 체력 걱정이나 있을까."

"어때요. 생각이 있으시면 우리 수표교에나 가볼까요?"

"단심부단심丹心不丹心 집에?"

하더니,

"그럼, 내 옷 갈아입고 나올게."

하고, 안으로 들어갔다.

다시 나타난 정수동은 두루마기자락을 들어, 아까 구철룡이 갖다준 옷을 입었다는 것을 보여주며,

"솜이 두텁고 정이 두터워서, 금년 겨울에는 면동사免凍死하겠구먼."

하고, 흐뭇한 웃음으로 주름살을 폈다.

구철룡을 몇 발 뒤에서 따르게 하고, 두 사람은 어슬렁어슬렁 걸

었다. 가끔 찬바람이 거리의 먼지를 쓸어 붙일 때도 있었지만, 정수동 노인은 그저 기분이 좋아서 이런 소리도 했다.

"여우완보與友緩步이면 불한불서不寒不暑*라."

"금년 겨울에도 동사자가 꽤나 나오겠죠?"

"굶주린 창자는 추위를 더 타니까."

"활인서闊人署란 건 만들어놓고, 월동의 배려도 없으면 그거 뭣하는 건가."

최천중이 투덜대자, 정수동은 싱긋 웃었다.

"봄엔 아사餓死요, 여름엔 익사溺死요, 가을엔 역사疫死요, 겨울엔 동사凍死, 사시四時는 즉 사시死時라, 사계四季는 곧 사계死季가 아닌가."

어느덧 종가鍾街로 나왔다. 휘황한 불빛들이 차가운 밤의 대기 속에 얼어붙은 느낌이다.

"미친 놈."

하고 정수동이 중얼거렸다.

"누가 미쳤단 말요?"

최천중이 물었다.

"풍월정風月亭이란 자의 시에 이런 것이 있지 왜. '경도십리천만가京都十里千萬家 등가처처증홍하燈街處處蒸紅霞 향차보마만로거香車寶馬滿路去 취가유녀안여화醉歌遊女顏如花.'** 그자의 눈엔 있

---

* 친구와 더불어 느긋하게 걸으면 춥지도 덥지도 않다.

** '서울이라 십리 수많은 집들/ 등불 켜진 거리 곳곳 붉은 노을 타오르네/ 향기로운 수레 단장한 말 거리에 가득 오가고/ 술에 취해 노니는 여인들 그 얼굴 꽃 같구

지도 않은 향차香車와 보마寶馬만 보이고, 수구문 밖에 누누이 쌓인 동시체凍屍體는 보이지 않았던 모양이니, 미친 놈 아닌가."

"미쳐도 곱게 미쳤겠죠."

최천중이 쓰게 웃었다.

노기老妓 단심도, 최천중을 보자 마음으로부터 반겼다. 서슬이 시퍼렇게 찾아다니는 사람들이 있었고 보니, 딴으론 최천중의 안부가 궁금했던 것이다.

"단심부단심이 아니라, 단심은 역단심亦丹心이군요."

하고, 최천중은 그동안에 있었던 대강의 일을 얘기했다. 물론 이하응의 이름을 바로 들먹이는 서툰 짓은 하지 않았다. 정수동은 그래도 무슨 짐작이 있었던지,

"최공, 앞으로 조심해야 할 거요. 어떤 귀신도 누를 수 있지만 의신疑神하고 암귀暗鬼만은 잡을 수 없다오."

하며 눈을 껌벅거렸다.

"그건 그렇구, 김흥근 대감의 동정은 어떻습니까?"

"대감은 은근히 최공을 기다리는 눈치던데."

"하나, 나는 대감을 만날 생각이 없소. 영감님께서 내일이라도 은근히 한번 물어보시구려. 최천중을 우연히 만났더니, 지난번 말씀드린 일이 궁금하다고 말하더라구요."

"그러지. 그러나 모두 흥미 없는 일이야. 자, 엉뚱한 얘기는 집어치우고 우리 단심의 창이나 한번 듣세."

나.' 풍월정은 월산대군(月山大君)을 가리킴.

단심은 북을 정수동에게 맡기고, 적벽가赤壁歌 한 가락을 완전히 뽑았다.

"해가 갈수록 창이 광택을 더하니 기가 막히군. 아마 소리에도 단풍이 드는 모양이라. 내 죽는 것은 겁나지 않지만 단심의 소리 못 듣게 되는 게 두렵기만 하구나."

"저도 동감이었어요. 영감님의 북소리 듣지 못할까 봐, 그게 걱정이에요."

노년의 시름이 그렇게 해서 이심전심하는 모양으로, 정수동과 단심의 흥타령이 오갔다.

"천년을 살 거냐, 만년을 살 거냐, 북망산에 묻히면 흙으로 변할 것을, 어쩐다구 그처럼 악착같이 서두는지 알 길이 없구나."

한 것은 정수동.

"서둘러도 못살 판에 안 서둘면 어이 하리. 북망산 가는 길이 잠깐인 줄 뉘 모를까만 정들고 멍든 마음이니 몸부림쳐 우노메라."

한 것은 단심.

"곤곤장강滾滾長江 동서수東逝水에 석양이 기도홍幾度紅인가. 일호탁주一壺濁酒로 희상봉喜相逢이면, 고금대소사古今大小事*가 그렇고 그런 거지, 별수가 있을라구."

한 것은 정수동.

"그렇고 그렇다고 인생을 멸시 마소. 한 떨기 꽃의 시절이 순간이

---

* '장강은 흐르고 흘러 동으로 가면서… 석양은 몇 번이나 붉어지느냐… 한 병 탁주로 반갑게 만나서… 고금의 수많은 사건들을….' 양신(楊愼)의 '임강선(臨江仙)'을 중간중간 인용한 것이다.

라 하지마는 그 정성은 길이길이 천대만대 이을지니."

한 것은 단심.

이렇게 거듭되는 흥타령의 흐름 속에 마음을 담그고 최천중은 독작獨酌으로 얼큰하게 취했다. 그리고 어떤 귀신도 누를 수 있지만, 의신 암귀만은 잡을 수 없다는 정수동의 말을 되뇌며 양근에 땅 사는 일, 집 짓는 일은 고한근과 최팔룡에게 송두리째 맡겨버리고, 한시바삐 떠나 있어야겠다고 마음을 굳혔다. 이하응의 그 뱀눈과 같은 눈빛이 선명히 떠올랐다. 그런 눈빛을 가진 사람은 스스로의 야심을 위해서 못 할 짓이 없는 것이다.

당분간 한양에서 떠나 있겠다고 하자, 고한근은 미원촌을 들먹였다.

"우선 왕덕수 생원이 기뻐하실 게고, 조 진사 어른도 반갑게 맞이할 겁니다. 뿐만 아니라, 마을 사람들 모두가 도사님을 환영할 겁니다. 그러니 한동안 미원촌에 가 계시도록 하십시오."

최천중의 마음이 움직이지 않는 바는 아니었으나, 다음과 같이 말했다.

"명년 춘삼월, 왕 학사 댁에서 생남했다는 소식이 들리면 미원촌에 가보겠소. 이번 걸음엔 부안, 음성陰城으로 해서 청풍을 들를 참이오."

부안엔 최팔룡이 최천중의 몫으로 사둔 이천 두락의 토지가 있었고, 음성엔 백낙신을 구명해준 바람에 굴러들어온 천 두락 남짓한 토지가 있었다. 이를테면 땅의 주인으로서 그곳을 둘러보고 싶었던 것이다.

그리고 또 청풍에서는, 동짓날 황봉련과 만날 약속이 돼 있었다. 황봉련은 최천중이 한양을 떠나 있겠다고 하자, 자기도 이 기회에 한번 고향에 다녀올 의향을 말했다.

"옛집이 어떻게 되었는지 가보고 싶어요."

그리고 앞으로 그 집을 이용해야 할 일이 있을지도 모르니, 꼭 한번 보아두라는 부탁을 덧붙였던 것이다.

이러한 약속을 해놓고, 내일 새벽 구철룡과 만석을 데리고 떠나려는 참인데, 그날 밤 만리동 최천중의 집 대문을 요란하게 두드리는 사람이 있었다. 저녁나절 수상한 사람이 집 근처를 배회하더란 얘길 들었던 터라 모두들 아연 긴장했다.

"우선 사람이 몇이나 되는지 살펴봐라."

하고, 최천중이 구철룡에게 일렀다. 구철룡은, 살며시 문간과는 반대편에 달린 장지를 열고 밖으로 미끄러져 나갔다. 만석이 그 뒤를 따랐다.

문을 두드리는 소리와 함께,

"급한 일로 왔습니다. 문을 여시오."

하는 목소리가 들려왔다.

조금 지나 만석이 돌아왔다.

"혼자뿐인 것 같습니다."

"그럼, 누군지 물어봐라."

문간에서 소리가 들려왔다.

구철룡이 대문에 붙어 서서, 밖의 동정을 살피며 물었다.

"당신은 누구요?"

"문을 열어주시면 알 겁니다."

"이름이 뭐냔 말이오?"

"이름을 말해도 모르실 거요."

"무슨 일로 왔소?"

"도사님을 만나러 왔습니다."

"그렇다면, 내일 아침에 오슈."

"내일 아침엔 도사님이 어딜 떠나신다고 들었는데요."

"그렇다고, 밤중에 알지 못하는 사람이 찾아오는 법이 어딨소?"

"그럴 만한 일이 있습니다."

"그럴 만한 일이 있으면, 내일 새벽에 오면 될 게 아니오. 떠나시기 전에 말예요."

"아닙니다. 오늘 밤에 꼭 말씀드려야 할 일이 있습니다."

"도대체, 당신은 누구요?"

구철룡이 역정을 냈다.

"도사님은 혹시 아실지 모르겠소."

하고 잠깐 있더니,

"나는 연치성이란 사람이오."

하는 말이 들려왔다.

최천중은 쭈뼛이 귀를 곤두세웠다.

'아, 바로 그 연치성이!'

최천중이 방문을 탕 열어젖히고 구철룡에게 일렀다.

"그 손님 들어오시도록 해라."

최천중은 관심 어린 눈으로 문간 쪽을 바라보았다.

이윽고, 불빛 앞에 나타난 사나이를 보고 최천중은 놀라운 느낌을 가졌다. 우락부락하게 생긴 무술자를 상상하였는데, 그림에 그려놓은 것 같은 미동이 나타났기 때문이다.

그다지 크지도 않은 키에 호릿한 몸매였고, 늠름한 얼굴의 윤곽은 그대로 여상女相이라고 할 수 있었다.

"밤중에 돌연 찾아와 황공하오이다."

하고 정중하게 절을 하는데, 방바닥에 가지런히 놓은 손마저도 여자의 손을 닮아 길고 가늘며 우아했다. 한마디로 말해 어느 한군데 무술자다운 흔적이 없는 것이다.

연치성은 얼굴을 들고 자기의 성명을 대며 덧붙였다.

"도사님을 무척 찾았사옵니다."

길게 꼬리가 찢어진 눈매와 맑은 눈동자의 날카로운 빛, 짙은 눈썹에 겨우 사내다움이 엿보였으나, 그런 것까지 합쳐서 처염한 여자의 아름다움을 닮아 있는 것이다.

관상을 업으로 하는 최천중으로서도 연치성의 관상만은 분간할 수 없었다. 남자가 여상을 지녔다면, 분명 비상非相이랄 수 있는 것이지만, 연치성의 경우엔 그렇게 판단하는 걸 단연 거부하는 무언가가 있었다.

'그 무언가가 무엇인가?'

최천중은 어리둥절한 기분을 헛기침으로 얼버무리고 침착하게 물었다.

"한데, 어떠한 용무로 오셨수?"

"말씀을 낮추시기 바랍니다. 전 도사님의 은혜를 입사와 생명을 건진 사람이옵니다."

"무슨 당치도 않은 말을…."

"아닙니다. 도사님의 도움이 없었더라면 전 이미 죽은 몸이옵니다."

"무슨 소린지 알 수가 없군요."

"도사님께서 어떻게 말씀하셔도 모든 걸 전 잘 알고 있습니다. 도사님은 저를 위해 이만 냥의 재물을 쓰셨고, 영상과 형조를 설복한 사실을 전 잘 알고 있습니다. 도사님의 힘이 아니었으면 전 의금부에서 살아나올 수가 없었습니다."

"그런 일을 어떻게 아셨소?"

최천중은 탐탁지 않은 투로 말했다.

"유 진사 어른으로부터 들었사옵니다."

"내 집을 안 것은?"

"사방에 수소문을 했습니다. 그러다가 바로 어제, 육조 앞 서가에서 도사님의 이름을 들먹였더니, 삼개 최팔룡 씨를 만나보면 댁을 알 것이라고 해서!"

"흐음."

최천중은 '연치성에게 어떤 태도를 보일까?' 하고 궁리했다. 초면에 만만히 보이기 싫었다.

"모처럼 찾아주신 걸 탓하는 것은 아니오만, 내게 감사한다느니 은혜니 하는 말은 집어치우슈. 나는 인간으로서의 도리를 다했을 뿐이오. 앞으로 연공이 떳떳하게 살아나가면 그것으로 내게 족하오. 그만한 일로 밤중에 사람을 찾을 것까진 없잖소?"

"최팔룡 씨 말이, 내일 새벽에 도사님께서 한양을 떠나신다 하옵기에, 그저 마음이 바빠 이렇게 무례를 범했소이다. 해량 있으시기 바랍니다."

"하여간, 무슨 인연이었건 서로 알게 된 것은 좋은 일이오. 오늘은 밤도 깊었으니…."

하고, 최천중이 구철룡을 둘러봤다. 연치성이 잠잘 곳을 마련해주라는, 그런 시늉이었다.

그러자, 연치성은 여자 손처럼 고운 손으로 방바닥을 짚고서,

"도사님, 오늘부터 저를 도사님 곁에 있도록 해주십시오."

하고, 머리를 깊게 숙여 절을 했다.

"내 곁에 있어 뭣을 하겠소?"

"전 도사님이 커다란 포부를 가진 것으로 알아 모셨습니다. 전 앞으로 도사님을 위해 견마지로*를 다할까 하옵니다."

최천중이 어이가 없다는 듯 웃으며,

"그런 말은 아예 마시오. 내겐 포부란 것도 없소. 그리고 나는 관상사 노릇을 하는 일개 천업자賤業者요. 한데, 연공은 명색이 양반의 뼈대가 있는 사람 아뇨. 그런 사람이 천업자에게 견마지로를 해서야… 당치도 않은 말씀이오."

"양반의 뼈다귀는 또 뭡니까. 전 노비를 어머니로 한 천출이옵니다. 전 당장에라도 연가 성을 버릴까 하옵니다. 부디 도사님 곁에

---

* 犬馬之勞: 개나 말 정도의 하찮은 힘이라는 뜻으로, 윗사람에게 충성을 다하는 자신의 노력을 낮추어 이르는 말.

있도록만 해주옵소서."

"듣건대, 연공은 특출한 무술자라고 하였소. 기백도 대단한 사람이라 들었소. 지금은 역경이지만 그만한 자질이 있는 사람이라면 언젠가 두각을 나타낼 때가 있을 것이오. 속담에 '쥐구멍에도 볕들 날이 있다'는 말이 있잖소. 그런 사람이 섣불리 관상사 따위와 어울렸다간 전정前程을 망칠 염려마저 있다오."

최천중의 이 말은, 연치성의 마음을 떠보기 위한 것이었다.

"제겐 전정도 체면도 없습니다. 오직 한 가지, 도사님을 모시고 살고 싶다는 마음뿐입니다. 도사님이 끝끝내 제 청을 들어주시지 않는다면…."

하고, 연치성은 차마 뒷말을 잇지 못하겠다는 듯 표정을 비장하게 했다.

"내가 연공의 소원을 들어주지 않는다면 어떠하겠다는 거요?"

최천중은 날카롭게 그를 쏘아봤다. 죽어버리겠다는 따위의 답을 예상하고, 만일 예상한 대로의 대답이 나오기만 하면 야무지게 꾸짖어주리라고 마음먹었다.

그런데 전연 뜻밖의 답이었다.

"전, 상국上國으로 떠날까 하옵니다."

"상국?"

"예."

연치성의 대답과 태도는 진지했다.

상국이란 청국淸國을 말한다. 최천중은 약간 당황하는 심정이 되었다.

"청에 가서 뭣을 할 참이오?"

"청국에 가면, 저의 스승인 마지량馬志良이란 어른이 있습니다. 그분의 지도를 받을까 합니다. 이 나라는 저를 용납하지 않는 나라이며, 의지하고 싶었던 도사님도 절 용납하실 생각이 없다면, 젊은 생명 버릴 수도 없는 일이라서 도리가 없지 않겠습니까?"

"나와 같이 있어도 좋은 일은 없을 것이오. 되레 욕된 일만 있을지 모르오."

"짧은 생애이나마, 제가 살아온 역정은 말할 나위 없이 욕된 것이었습니다. 새삼스럽게 욕된 것을 겁낼 제가 아니옵니다."

"꼭 그렇다면…"

하고, 최천중은 엄숙하게 태도를 꾸며 물었다.

"연공은 나이가 몇이오?"

"스물둘이옵니다."

"춘부장의 성함은?"

"백白자, 호鎬자이옵니다."

"지금 춘추는?"

"일흔다섯이옵니다. 소시 때, 고을살이를 하신 적이 있었다고 들었습니다."

"어머니는 계신가?"

"제 생모의 행방은 모르옵니다."

구철룡과 만석이 있는 자리에서 그 이상을 추궁하는 것은 무례한 일이란 생각이 들었다. 최천중은 일찍이, 연치성 같은 젊은이를 측근에 두었으면 하는 욕망을 갖고 있는 터였다. 그런 만큼 말과 태도에 신중을 기한 것이다.

"나와 같이 있겠다면, 부득이 말을 낮출 수밖에 없군."

"지당한 말씀이옵니다."

"일단 나와 같이 있는 이상, 모든 것을 내 시키는 대로 하렷다."

"예."

"그럼 오늘 밤, 너희들은 이 자리에서 결의형제를 맺어라. 연공이 스물둘이라면 나이가 제일 많으니 큰형이다. 만돌, 아니 유만석은 스물이니 그다음이구, 구철룡은 아직 스물이 안 되었으니 동생이다."

이렇게 해서, 최천중은 즉석에서 형제를 맺는 의식을 주재했다.

그리고 각기의 경력을 소개한 뒤에,

"어떠한 경우라도 앞으론 그 형제의 순위대로 대접을 할 터이니, 서로가 서로를 존중하라."

고 일렀다.

연치성은 감격의 눈물을 흘렸다. 최천중은 그 눈물에서 진실을 보았다.

"한데, 내일 나는 만석과 철룡을 데리고 한양을 떠날 참이다. 아마 이해 안으로 한양으로 돌아오지 못할 것이다. 연공은 우리가 돌아올 때까지 한양에서 기다리고 있어야겠다."

최천중의 말이 떨어지기가 바쁘게 연치성이,

"제가 동행해선 안 될 특별한 이유가 있으면 모르되, 그렇지 않다면 저도 동행할까 하옵니다."

하고 간청했다.

"연공은 아버지의 허락이 있어야 할 것인즉, 그 허락을 받을 때까지 기다릴 수 없어서 하는 말이다."

"첫새벽에 가서 아버지의 허락을 받아 오겠사옵니다. 아버지께선 제 소망을 물리치지 않을 것으로 아옵니다."

"그렇다면 좋다. 그럼, 내일 일이 있으니 빨리 가서 자도록 하라."

최천중은 구철룡, 유만석에게 연치성의 잠자리를 마련해주라고 일러 일동을 퇴출시킨 뒤, 자기도 등명을 끄고 잠자리에 들었다.

그러나 좀처럼 잠이 오지 않았다. 연치성 같은 대어를 낚아 올린 것이 행운의 전조가 아니고 무엇이겠는가. 최천중은 어두운 천장에 연치성의 얼굴을 그려놓고 자기가 관상한 바를 해독하려고 애썼다. 하지만 어떠한 상서相書에도 그 유형이 없는 것이니, 판단을 내릴 단서가 없었다. 양귀비楊貴妃 이상으로 잘난 남자가 이 세상에 있을 줄은 어느 누가 상상이라도 할 수 있었겠느냐 말이다.

말발굽 소리에 잠이 깨었다.

창을 열어 찬바람을 쏘이며, 문간에 매여 있는 말을 보고 최천중이 물었다.

"어떻게 된 말이냐?"

"제가 가지고 온 말입니다."

말 그늘에서 연치성이 나오며 한 대답이었다.

"벌써 집에 다녀왔구나."

"예, 아버지의 허락도 받았습니다. 그리고 이 말은 제 말이기에 여로에 도움이 되지 않을까 해서 끌고 왔습니다."

"말이 한 필쯤 있는 것도 무방하겠지."

최천중은 연치성의 배려가 흡족했다.

"적토마까진 못 되어도 천리마랄 수는 있습니다."

하고, 연치성은 말이 귀여운 듯 그 목덜미를 두드리며 말했다.

세수를 하고 새벽밥을 먹고 행장을 챙기는 등 바쁜 시간을 보냈어도 겨울의 새벽은 아직 밝지 않았다. 어둠을 밟고 집을 나선 일동은 삼개의 선창을 향해 걸었다. 삼개로 가는 것을 의아해하는 연치성을 보며 최천중이 말했다.

"우리는 먼저 전라도 부안으로 갈 참일세. 부안까진 육로 오백팔십 리야. 그러나 해로로 가면 이틀이면 당도할 수가 있어."

그리고 미곡을 실으러 전라도로 가는 배에 편승하도록 약속이 되어 있다는 얘기도 했다.

쌀 백 석을 실을 수 있는 큰 배여서 창고의 한구석에 말을 맬 수도 있고, 일행을 위해서 특히 불을 지핀 하주荷主의 방을 제공받기로 되어 있어, 풍랑만 없으면 제법 쾌적한 뱃길이 될 것이라고 했다.

먼동이 틀 무렵, 최팔룡의 전송을 받고 배는 출발했다. 구철룡과 만석은 난생처음 배를 타보는 모양이었다. 방에 앉아 있지를 못하고 이곳저곳을 쏘다니며 깔깔대는 등 수선을 피웠다.

마침 좋은 기회라고 생각한 최천중은 배가 제물포에 가까워질 무렵, 연치성에 대해 궁금한 것을 묻기 시작했다.

"무술에 뛰어나다고 들었는데, 대강 어떤 무술인가?"

"뛰어나다는 것은 헛소문입니다. 그저, 무예 일반을 겉핥기로 대강 익혀본 것뿐입니다."

"그 가운데서도 장기가 있을 것 아닌가?"

"궁술, 십팔기, 투추 등 모두 엇비슷합니다."

"투추란 게 뭔가?"

연치성은 속주머니에서 새끼손가락 크기만 한 쇠붙이의 끝이 날카롭게 다듬어진 것을 꺼내 보이며,

"이건 창날을 작게 한 것인데, 이 한 줌만 가지고 수십 명을 당적할 수 있습니다"

하고, 천장을 향해 수십 개를 연속 던졌다. 그 재빠른 솜씨에 감탄하며 바라보니, 던져진 창날이 삼중의 원을 그리고 천장에 꽂혀져 있는 것이 아닌가.

"스무 발자국의 상거에 있는 적이면, 백발백중 미간을 쪼개버릴 수 있습니다."

하고, 연치성은 휘둥그레진 최천중의 눈앞에서 몇 번 몸을 날리더니, 천장에 꽂힌 창날을 순식간에 뽑아내어 속주머니에 간수해버렸다. 말쑥해진 천장과 연치성을 번갈아 보며, 최천중은 꿈을 꾸고 있는 것이 아닌가 싶었다.

"어젯밤 들으니 생모의 행방을 모른다고 했는데, 어떻게 된 건가?"

"…."

연치성의 얼굴에 침통한 표정이 일어났다.

"말하기 싫으면 묻지 않겠네."

"아니옵니다."

하고, 연치성은 잠깐 시선을 아래로 떨구더니 말을 이었다.

"제 출생이 제 출세에 혹시 지장이 되지나 않을까 해서, 아버지께서 생모를 멀리 보내버린 것이라고 짐작하고 있습니다."

최천중은 대강 그 사정을 납득할 수 있었다.

"그때가 몇 살 때인가?"

"다섯 살 때였습니다."

"연공의 얼굴로 보아 생모는 퍽이나 미색이었겠군."

"어린 마음에도 그런 생각을 해보았습니다."

"어디에 계시든 살아 계시겠지."

"아직 서른일곱 살이니 살아 계실 줄 믿습니다."

"너무 섭섭하게 생각지도 말구 서둘지도 말게. 세상이 바르게 되면 어머니를 만날 날이 있을 것일세."

"…."

최천중은, 완전히 밝아진 낮 속에서 연치성의 미모를 새삼스럽게 확인하는 마음이 되었다. 준수한 이마, 반반한 관골, 수발한 코, 꽃잎 모양을 방불케 하는 입술, 옥을 깎아 만든 것 같은 턱. 자세히 보니 그 얼굴은 여상일 수도 없었다. 그렇다고 해서 남상은 물론 아니다. 천지의 조화가 반드시 무슨 의도가 있기에 저런 얼굴을 만들었을 것이란 믿음 같은 것을 최천중은 갖기에 이르렀다.

그러니, 그런 아들을 낳은 어머니의 미색이 이만저만한 것이 아니라는 짐작도 자연 드는 것이다. 최천중은 황봉련과 그 어머니를 상기했다. 노비의 팔자로서 너무나 아름답게 태어났기에 겪어야 하는 수난이란 점에서, 황봉련의 어머니와 연치성의 어머니는 같은 운명을 지닌 셈이다.

"연공의 생년월일과 생시를 말해보게."

"임인년壬寅年 오월 삼일, 진시辰時라고 들었습니다."

최천중은 눈을 감고 마음속에서 괘를 뽑았다. 무작無作의 괘라고 불리는 그 술법은 산수도인이 최천중에게 직전直傳한 것인데, 이만저만한 정신력으로써 되는 일이 아니었다.

최천중은 심전心田에 힘을 주고 숨을 몰아쉬었다.

풍랑이 인 모양으로 배가 좌우로 격동하기 시작했다. 그러나 최천중은 미동도 하지 않았다. 그러기를 수각, 최천중이 눈을 떴다.

그리고

"백홍위교白虹爲橋라."

며 무릎을 탁 쳤다. 이어 다음과 같이 풀이했다.

"연공에겐 천복天福과 천수가 있어. 조실부모할 괘도 아니구. 어머니를 만날 수도 있을 것이구."

연치성의 얼굴이 환히 밝아왔다.

"한데, 무술은 언제부터 익혔는가?"

"다섯 살 때부터 익히기 시작했습니다."

"다섯 살 때부터?"

최천중이 놀라움을 나타냈다.

"약간 지루한 얘기가 되겠습니다."

하고, 연치성은 자기 성장 과정을 얘기하기 시작했다. 풍랑은 어느덧 멎어 있었다.

그때부터, 부안현의 동진東津에 배가 도착된 이틀 뒤 낮까지 연치성의 얘기는 단속斷續*되었는데, 그 대강은 다음과 같았다.

연치성은 다섯 살이 되던 해까지 노비인 생모와 같이 살았다. 그때 아버지는 퇴관한 지 이미 오래여서 선영이 있는 임진강변의 용주골이란 마을에서 살고 있었는데, 연치성이 생모와 같이 사는 집은 아버지가 사는 기와집에 잇달아 지은 조그마한 초가집이었다.

연치성은 걷기 시작하면서부터 아침마다 큰집 사랑으로 가서 아버지에게 문안인사를 하는 것이 버릇처럼 되었다. 그런데 똑같이 아버지라고 부르면서, 형들 셋은 기와집인 아버지 집에서 사는데, 자기만은 조그마한 초가집에서 살아야 하는 까닭이 어린 마음에도 석연치가 않았다. 뿐만 아니라, 자주 제사가 들었는데 형들은 모두 어른들과 함께 마루 위에서 절을 하고, 자기는 축담에 자리를 깔아 놓고 거기서 절을 해야 하는 까닭도 알 수가 없었다. 축담에서 절을 하는 사람은 자기 말고도 한 사람이 더 있었다. 연치성이 '아저씨'라고 부르는 어른이었다. 그 사람을 형들도 '아저씨'라고 불렀다.

치성이 네 살 되던 해,

"우린 왜 축담에서 절을 하노?"

하고 그 아저씨에게 물은 적이 있었다. 아저씨는 무안을 당한 사람처럼 멈칫하는 것 같더니 울먹이듯 하는 소리로 간신히,

"너도 크면 알 거다."

하며 얼른 외면해버렸다.

---

* 끊어졌다가 이어졌다가.

그때, 연치성은 그러한 일이 결코 좋은 일이 아니란 짐작이 들었고, 그 일에 관해서 어른들께 물어보아도 안 되는 일이란 걸 알았다.

같은 형제이면서도 대우가 다르다는 의식처럼 어린 마음을 상하게 하는 건 없었다. 가끔 아버지가 남몰래 특히 귀여워해주시는 게 위안이었다. 자연 형들과도, 마을의 아이들과도 어울려 노는 것을 꺼려하게 되었다. 네 살 때부터, 큰집 사랑에 선생을 모셔다놓고 형들과 같이 글공부를 시작했지만, 연치성은 공부가 끝나기가 바쁘게 혼자 사랑을 빠져나왔다.

혼자서 놀자니, 뒷산에 가서 나무에 기어오르기도 하고, 강변에 가서 돌팔매질을 하는 외로운 장난밖에 할 노릇이 없었다. 그러다가 연치성은 차츰 팔매질하는 데 유다른 흥을 느끼게 되었다. 처음엔 짬도 없이 그저 닥치는 대로 돌멩이를 던지던 것이, 어느 때부턴 표적을 정해놓고 그걸 맞히는 데 열중하게 되었다. 이상한 일이었다. 그러길 얼마인가, 연치성은 팔매질을 하기만 하면 백발백중 표적을 맞힐 수 있었다. 다음엔, 움직이지 않는 표적은 시들해져서 움직이는 표적 맞히기에 열중했다. 움직이는 표적이란 주로 참새였다. 연치성은 돌을 한 뭉치 싸 들고 산으로 들로 헤매며 보이는 대로 새를 향해 돌을 던졌다. 역시 백발백중할 수 있었다. 그렇게 해서 매일 십여 마리의 참새를 잡을 수가 있었지만, 어른들께 들킬까 봐 겁이 나서, 잡은 참새는 모조리 묻어버렸다.

참새보다 큰 꿩을 잡을 때도 있었다. 비둘기를 잡을 때도 있었고, 토끼를 잡을 때도 있었다. 그렇게 되었을 무렵엔 표적을 향해 겨눌 필요도 없었다. 대강 짐작으로 돌을 던지기만 하면 되었다. 나중엔

저놈을 잡아야 하겠다는 생각만 하면 틀림없이 잡을 수 있도록까지 기술이 상달했다.

연치성에겐 형들이 셋 있었다고 했는데, 사실은 다섯이었다. 위로 두 형은 벌써 장성한 어른이었고, 그들을 낳은 부인은 죽고 없었다. 연치성이 어려서 같이 공부를 한 형들은 후처의 소생이었다. 치성이 다섯 살, 맏이가 열한 살, 그다음이 아홉 살, 또 그 다음이 일곱 살 순으로 되어 있고, 그 사내들 위로 누님이 둘 있었다.

딸 둘, 아들 셋을 둔 연백호의 후처는 종의 몸에서 치성이 태어나자 대단한 질투를 했다. 더욱이 그의 용모가 아름답고 보니 갖은 방법으로 박해를 하고, 사사건건 트집을 잡아 자기 소생과 치성을 구별했다. 종의 아들은 출세할 수 없는 법도를 핑계 삼아, 아예 자기 소생과는 경쟁이 안 되도록 어려서부터 기를 죽여버릴 방법을 쓰려고 했다.

그런데 연치성은 총명해서, 글공부에 있어서 형들이 추수追隨할 바가 못 되었다. 이따금 훈장은 그 삼형제를 꿇어앉혀놓고,

"너희들은 치성의 똥이나 핥아라."

하는 따위의 극언을 할 때가 있었다.

그런 뒤면 치성은 으레 형들로부터 구박을 받곤 했는데, 어느 날 열한 살짜리 형으로부터,

"이놈아, 넌 아무리 공부를 잘해도 과거 볼 처지도 못 되는 놈인데, 괜히 우리들 속에 끼여 우릴 골탕 먹이기만 하느냐."

는 소리와 함께 주먹다짐까지 받았다. 과거가 뭣인지를 알 까닭이 없었지만, 커서 과거에 장원급제하겠다는 것이 어린 마음의 꿈이었

다. 그런데 '과거 볼 처지도 못 되는 놈'이란 말을 들으니 슬펐다. 몇 대 얻어맞은 것 이상으로 아팠다. 같은 아들이면서도 초가집에서 살아야 하고, 제사는 축담에서 지내야 하는 의미가, 과거도 못 볼 처지와 통해 있다는 것을 치성은 어렴풋이 알아차렸다.

치성은 곧바로 뒷산으로 올라갔다. 집에 가면 울음을 터뜨려, 기필 그 얘길 어머니에게 하고 말 것 같은 기분이 들어서였다. 어머니의 힘으로는 어떻게 할 수 없는 말을 해서, 어머니를 슬프게 해서 되겠느냐는 지각은 있었던 것이다.

뒷산에 오르기만 하면 매양 마음이 풀렸는데, 그날은 그렇지 못했다. 늦은 가을, 오후의 햇살이 누렇게 익은 나락논 위를 쓰다듬고, 아득히 강물을 반짝거리며 먼산의 봉우리들을 그림처럼 도려내고 있는데도 그 경색이 을씨년스럽기만 했다.

그때, 솔밭 사이를 기어가는 꿩 한 마리가 눈에 띄었다. 부지불식간에 덮친 돌이 그 대가리를 맞혔다. 그것이 계기가 되어 연치성은 산을 위아래로 좌우로 누비고 돌아다녔다. 토끼를 보면 토끼를 잡았다. 꿩을 보면 꿩을 잡았다. 놀라 숲속에서 뛰어나온 노루가, 치성이 던진 돌에 정통으로 이마를 맞고 쓰러졌다.

한동안 시름을 잊고 있다가 정신을 차려보니, 한 마리의 노루와 다섯 마리의 토끼와 일곱 마리의 꿩을 잡았다.

"군자는 뛰어다녀서도 안 되고, 짐승을 잡는 등 점잖지 않은 짓을 해서도 안 된다."

고 말한 훈장을 두려워할 필요가 없다는 생각이 들었다. 과거도 못 볼 처지에, 글공부는 해서 뭘 하겠느냔 말이다. 치성은 이제 막 잡은 짐승들을 챙겨 모으기 시작했다.

치성은 그것을 모두 돌쇠할아범에게 갖다줄 생각을 했다. 돌쇠할아범은 연백호 댁의 늙은 종이었다. 가끔 치성의 집안일을 돌봐주는데, 특히 치성을 좋아했다. 연을 만들어 주기도 하고, 팽이를 만들어 주기도 했다. 지난봄엔, 산딸기를 한 광주리 따 가지고 와서 치성에게 준 적도 있었다. 그 할아범이 언젠가 노루고기 맛이 썩 좋다고 하는 말을 치성이 들은 적이 있었다.

왜 이런 짓을 했느냐고 훈장이나 아버지가 물으면, 과거도 못 볼 글공부는 집어치우고 사냥꾼이 될 작정이라고 말할 답까지 준비했는데, 잡아놓기는 했어도 짐승들을 들고 갈 엄두가 나지 않았다. 해는 벌써 서산 근처를 서성거리고 있었다. 집으로 돌아가야 한다는 마음이 없지 않았으나 배도 고프고 지치기도 했었다. 치성은 자기가 잡은 노루의 등에 머리를 기대고 잠에 빠져 들었다.

그렇게 얼마쯤 지났을까. 치성은 꿈결에 자기를 부르는 소리를 들었다. 아득히 먼 곳에서 들려오는 소리였다. 그 소리는 산울림을 곁들여 울려 퍼지기도 했다. 한 사람의 소리가 아닌, 수많은 사람의 소리였다. 치성이 눈을 떴다. 이곳저곳 횃불이 보였다.

"치성아!"

"치성아!"

하는 소리가 연이어 울렸다.

치성은 덜컥 겁이 났다. '나를 찾고 있구나' 하는 짐작과 함께, 어른들에게 야단을 맞게 되었다는 불안이 겹친 것이다.

이윽고, 치성을 찾아낸 마을 사람들은 횃불 속에 나타난 노루,

꿩, 토끼를 보자 소스라치게 놀랐다. 다섯 살짜리 어린애가 그런 것을 잡았으리라곤 상상도 할 수 없었기 때문이다.

대낮처럼 환하게 횃불을 켠 연백호 댁의 사랑 뜰에 한 마리의 노루, 다섯 마리의 토끼, 일곱 마리의 꿩이 쌓였다.

연백호는 치성을 무릎에 앉혀놓고 물었다.

"치성아, 어떻게 된 일인지 말해봐라."

"제가 잡았어요."

치성은 몇 번이고 한 말을 그냥 되풀이할 수밖에 없었다.

"어른을 속이면 못써. 곧이곧대로 말해야지."

연백호의 말은 부드러웠으나, 언제 폭발할지 모르는 노여움이 깃들어 있었다.

"제가 잡았대두요."

"어떻게 잡았단 말이냐?"

"돌팔매질로 잡았어요."

"돌팔매질로?"

약간 노여움이 섞인 말투로 바뀌었다. 도무지 그런 황당한 말을 믿을 수 없다는 표정이었다.

치성은, 아까 자기를 보고 '과거도 못 볼 놈'이라고 주먹질한 형의 냉소 섞인 얼굴을 횃불 밑에서 보았다. 버럭 분하고 억울한 감정이 복받쳐 올랐다.

"과거도 못 볼 건데 사냥이나 하면 어때서 그래요?"
하고 악을 쓰며 울음을 터뜨렸다. 치성은 짐승을 잡는 것이 점잖지 못한 소행이라서, 자기를 귀히 여기는 아버지가 그 누명을 씻어줄 요량으로 '내가 잡지 않았다'는 말을 시키기 위해 이렇게 묻고 있는 것이라고 오해하고 있었던 것이다.

"아이가 지쳐 있는 것 같으니 내일 챙겨보도록 합시다."

훈장의 말이 있어 그 밤의 일은 그로써 끝났다.

이튿날 아침.

연치성이, 강변에서 주워 모은 작은 돌을 가뜩 넣은 주머니를 차고 뒷산으로 가려고 사립문을 나서는데, 큰집에서 사람이 부르러 왔다.

'무슨 소릴 해봐라. 내가 글공부를 하는가!'

이렇게 마음을 다지고, 치성은 큰집 사랑으로 들어섰다.

대청마루엔 아버지를 비롯해서 훈장도 있었고, 서른을 넘긴 백형伯兄과 역시 그 나이 또래의 중씨仲氏도 있었다. 어마어마한 공기가 감돌고 있었다. 안집에서 사랑으로 들어오는 샛문 근처에 안집 삼형제의 얼굴이 아른거렸다.

치성이 마루로 올라가 마루 끝에 얌전히 꿇어앉았다.

"치성아, 이리 온."

아버지의, 슬픈 빛을 담뿍 담은 눈과 부드러운 말이 있었다. 치성은 아버지 옆으로 가서 뜰을 바라보고 앉았다.

아버지는 치성의 어깨를 가볍게 안아주며 물었다.

"치성아, 어제 그 노루랑 토끼랑 꿩은 정말 네가 잡았느냐?"

몇 번을 말해도 곧이듣지 않는 아버지의 태도가 어린 마음에도 안타까웠다. 그러나 어떻게 거짓말을 할 수 있는가 말이다.

"아버지, 그런 걸 잡는 게 나쁜 짓이란 것, 저도 알아요. 그러나….”

하고 치성은 말문이 막혔다.

“아니다. 아버지께선 네가 나쁜 짓을 했다고 꾸짖으시는 게 아니다. 사실을 알고 싶어 할 뿐이시다.”

훈장의 말이었다.

그때, 뜰 오동나무에 참새가 한 마리 날아와 앉고, 왼편 담장 쪽에는 개 한 마리가 꼬리를 늘어뜨리고 나타났다. 오동나무 위의 새가 떨어진 것과, 개가 ‘깽’하는 소리를 내고 쓰러진 것은 거의 동시였다.

왼쪽 어깨를 아버지에게 안긴 치성의 오른팔이 무슨 동작을 했다는 것은 좌중의 사람들이 보았기는 해도, 그 동작이 참새를 떨어뜨리고 개를 쓰러뜨렸다는 사실을 알기까지엔 얼마간의 시간이 지나야 했다.

그 사실, 아니 그 사실의 의미를 알아차리자, 연백호를 비롯해 좌중의 사람들은 아연한 눈빛으로 서로의 얼굴을 바라볼 뿐 한동안 말이 없었다.

연백호는 길게 한숨을 내쉬고, 치성의 얼굴을 부신 듯 바라보았다.

“귀문에 광명이 비쳤사옵니다.”

훈장은 감동을 이렇게 표현했다.

“치성아, 너 언제 그런 신통한 기술을 익혔느냐?”

백형의 이 말은 아버지의 궁금증까지를 대변한 셈이었다.

“이게 뭐 신통한 기술인가요? 돌팔매놀음을 했던 것뿐인데….”

치성은 야단을 맞지 않을 것이란 짐작이 들자, 가벼운 마음으로

재잘거렸다.

“치성아, 넌 참으로 신통한 기술을 가졌다. 넌 범상한 사람이 아니다.”

중형도 한마디 거들었다.

연백호는 묵묵히 앉아 있다가 일어서서 치성의 손을 끌고 방으로 들어갔다. 그리고 큰아들더러 죽은 개와 참새를 하인을 시켜 흔적이 없게끔 처리하도록 하라고 이르고 곧 돌아오라고 했다.

큰아들이 돌아오길 기다려 문을 닫으라고 이르고, 연백호는 입을 열었다.

“치성아, 내 말을 잘 들어라.”

그러고도 한참을 생각하다가 연백호가 물었다.

“아무리 글공부를 잘해도 과거를 볼 수 없다고 했는데, 그 말은 누구한테서 들었느냐?”

치성은 곧 대답할 수가 없었다. 너무나 엄숙한 분위기에 겁을 먹은 것이다.

“누가 그런 소릴 하더냐? 누구라고 해도 괜찮다. 걱정 말고 얘기해봐라.”

누가 한 말이라도 괜찮다면 이처럼 엄숙하게 물을 필요가 없을 것이 아닌가 싶어 치성은 주저주저했다.

“네 어미가 그런 소릴 하더냐?”

치성이 펄쩍 뛰었다.

“엄마가요? 엄마한테서 들은 얘긴 아닌데요.”

“똑바로 말해라.”

백형이 한 말이었다.
"치문 형님이 그렇게 말했어요."
엄마 말이 나오는 바람에 치성은 바른대로 말하지 않을 수 없었다.
"치문이가?"
하더니, 연백호의 얼굴이 사납게 변했다. 노여움을 억제할 수 없다는 그런 표정이었다. 그러곤 금방이라도 치문을 부를 것처럼 하더니 참는 모양이었다.
"치성아."
하고 훈장이 불렀다.
"예."
치성이 훈장을 보았다.
"과거를 볼 수 없다는 말은 헛소리다. 너는 얼마든지 과거를 볼 수 있다. 너는 장차 무과에 급제해서 훌륭한 장군이 되거라."
"장군이 뭡니까?"
"을지문덕 같은, 강감찬 같은 장군 말이다. 나라를 지키는 장수가 되란 뜻이다. 그렇게 되면 문과 급제를 하는 것보다 훨씬 나으리라."
"선생님 말씀이 옳다. 네 신기한 기술을 보니 훌륭한 장군이 되고도 남겠다."
백형이 한마디 거들었다.
"어린애에게 문과니 무과니 들먹여 뭐 하노. 과거를 볼 수 없다니 하는 소리도 괜한 말이다. 잠자코 공부나 열심히 해라."
하더니, 연백호는 치성의 머리를 쓰다듬어주며 말했다.

"자, 밖에 가서 놀아라."

치성이 나간 뒤 어른들끼리 무슨 의논이 있었던 모양이지만, 그 내용을 치성이 알 까닭이 없다.

그런데 그날부터 바뀌어진 것은 안집 삼형제의 태도였다. 치성이 보이기만 하면 어디론가 달아나버렸다.

간혹 안집에 들르면, 큰어머니라고 불러오던 부인이 치성을 두려운 눈으로 보게 되었고 대접은 정중했다. 뿐만 아니라, 집 안팎으로 치성을 대하는 사람들의 태도가 달라졌다.

치성은 막연하나마 불안한 예감을 갖게 되었다. 어떤 불행이 닥쳐올 것 같은 그런 예감이었다.

아버지의 극진한 사랑이 눈에 보이도록 더해갔지만, 어쩐지 부담스럽기만 했다.

치성은 글공부가 끝나기만 하면 곧바로 집으로 돌아와 어머니의 치마폭에 싸여 놀았다.

한시 반시도 어머니와 떨어져 있기가 싫었다.

생각하면, 그것이 바로 대감이 시킨 노릇이었다.

그해가 저물어갈 무렵, 연치성은 생모와 이별하는 운명의 길을 걸어야 했다. 그 슬픔을 연치성은 아직도 잊지 못하는 것이다.

어머니와 이별하게 되는 대목에서 연치성의 음성은 침울한 빛을 띠었다.

"함박눈이 내리는 밤이었습니다. 좋아라고 눈 구경을 하다가 잠이 들었는데, 뭔가 이상해서 잠을 깼더니 어머니가 저를 안고 울고 있었습니다. 왜 우느냐고 물었죠. 어머니는 먼 곳으로 떠나게 되었다는 겁니다. 저도 같이 갈 것이라고 했더니, 그건 안 된다는 말씀이었습니다. 넌 커서 장군이 되어야 할 사람이니, 아버지 곁에 있어야 한다지 않습니까. 전 '장군이 안 되어도 좋으니 엄마와 같이 가겠다'고 응석을 부렸죠. 그래도 어머니는 듣지 않더니 자꾸만 제가 울며 보채자 그렇게 하겠다고 하셨는데… 다시 잠이 들었다가 깨어보니, 어머닌 가시고 계시지 않았습니다. 눈이 쌓여 발자국의 흔적도 없었습니다. 넋을 잃고 눈에 싸인 뜰과 먼산을 바라보았죠. 돌쇠할아범이 눈물이 글썽한 얼굴로 들어왔습니다…."

그때부터 연치성은 아버지와 같이 기와집에서 살게 되었고, 제사를 지낼 때 축담에서 절을 하지 않아도 되었다. 그러나 그런 것이 연치성의 멍든 마음을 메울 순 없었다.

'마지량'이라는 청국인이 치성의 무술선생으로 초빙되어 온 것은, 어머니가 떠난 지 두 달 후였다. 마지량은 길게 구레나룻을 기른 억세게 생긴 마흔 안팎의 사람이었는데, 그 눈빛은 언제나 웃고 있었고, 우리말도 곧잘 해서 치성을 웃기기도 했다.

치성은 마지량으로 인해 비로소 마음을 잡을 수가 있었다. 그는 치성의 사정을 잘 알고 있었던 모양으로, 어느 때 치성이 풀이 죽어 있는 것을 보고 다음과 같이 말했다.

"연치성! 어머니를 보고 싶으면 네가 빨리 장군이 되어야 한다. 장군이 된 아들을 보고 싶어 하지 않는 어머니가 있겠나. 어머니는 널 장군으로 만들기 위해 깊은 산속으로 기도하러 가셨단다. 명장이 되려면 신령의 가호도 있어야 하기 때문이다. 사람의 힘만으론 명장이 되지 못한다. 네가 장군이 되는 날, 아니 무과에 급제하는 날 어머니는 반드시 나타나실 것이다. 자, 어머니를 빨리 만나보기 위해서도 무예 수련을 해야지."

마지랑의 연치성에 대한 사랑은, 제자에 대한 스승의 사랑을 넘어서 있었다. 연치성의 탁월한 소질에 반하다 보니, 육친 이상의 사랑이 솟게 된 것인지도 몰랐다.

마지랑은, 인근의 선비들이 자기들의 자제를 입문시키려고 간청을 하는 경우도 있고 연백호도 그렇게 권한 일이 있지만, 일절 귀를 기울이지 않았다.

"내 제자는 연치성 하나면 그만."

이라고도 했고,

"천부의 재능이 없는 사람에겐 무예를 가르칠 생각이 나지 않는다."

고도 했다.

드디어 마지랑은 연치성과 거처를 같이해야 한다며 그렇게 실행했고, 연치성의 음식을 손수 장만하기까지 했다.

동시에 연치성에 관한 한 어떤 간섭도 용납하지 않았다. 아버지인 연백호도 마지랑의 허락을 받지 않곤 치성에게 무엇을 시킨다든가, 충고를 한다든가 하는 짓을 못 하게 되었다.

연백호는 안심하고 치성을 마지랑에게 맡겨버린 것이다.

마지랑의 교육은 독특했다.

연치성과 같이 노는 데부터 시작했다. 같이 강변에 가서 팔매질을 하고, 같이 산에 가서 나무에 올랐다.

그런데 한 가지 다른 것은, 절대로 살생을 금했다. 팔매질로 새나

꿩은 물론이요, 곤충 한 마리도 잡지 못하게 했다.

"무술은 활생活生이어야 한다."

는 것이 그의 신념이었다.

"그러나 다른 짐승을 잡아먹으려고 하는 경우를 당하면 그놈을 죽여야 한다. 사람을 죽인 놈은 사람이건 짐승이건 죽여도 좋다. 백성을 보호하기 위해선 뭣이건 죽여도 좋다. 활생을 위한 살생은 불가피하다. 그러니 장난으로, 또는 놀이로써 생명체를 죽여선 안 된다."

마지량은 밤에만 글을 읽혔다. 문과 무는 원래 표리表裏와 같다는 것이 그의 주장이었다. 문이 없는 무사는 사나운 짐승이나 다를 바가 없고, 무가 없는 문사는 허수아비일 뿐이라고 했다.

연치성이 여섯 살 되던 해 봄에, 마지량은 돌팔매질을 수리검으로 바꾸었다. 그러기를 여섯 달, 연치성은 수리검의 비법을 완전히 체득했다.

열 길쯤 되는 바위를 쳐다보는 자리에서 그 바위의 잔등에 갈라진 금을 따라 30개의 수리검을 그 갈라진 틈새에 꽂아 넣는 시험에 연치성은 너끈히 합격했다. 나무나 흙이나 동물 같은 것을 표적으로 하여 수리검을 꽂기란 어린아이의 장난에 속한다. 바위틈에 수리검을 던져 꽂는다는 건 십 년의 수련이 있어도 가망이 없는 노릇인데, 연치성은 여섯 달 만에 그 난행을 완수한 것이다.

수리검의 기술은 투추投鎚의 기술로 옮아갔다. 투추란 창끝에 달린 창날을 새끼손가락 크기로 잘게 한 것을 던지는 기술이다. 수리검은 필살의 무기이긴 하지만, 부피가 클 뿐 아니라 정교하게 만들어져야 하는 것이기 때문에, 군적群敵을 상대할 때 불편하다. 그러나 투추는 철편의 끝을 날카롭게 갈기만 하면 되는 것이고, 부피가 작으니 한꺼번에 수백 개씩 가지고 다닐 수가 있고, 그 효과는 수리검과 마찬가지라서 편리했다.

연치성은 두 달이 못 되어 투추의 비법을 익혔다. 여섯 살의 체력이었지만 스무 발 상거에 있는 것이면 황소를 잡을 수도 있을 만큼의 기량을 터득한 것이다.

수리검, 투추 등은 모두 근접한 적을 위한 무술이다. 원적遠敵을 위해선 궁술을 익혀야 했다. 그런데 이 궁술만은 체력에 상응한 발달을 꾀해야 하는 것으로서, 짧은 시일에 성과를 올릴 순 없었다. 그러나 연치성은 자기 체력에 알맞은 거리에선 백발백중할 수 있었다.

"불원, '신궁'이란 소릴 들을 것이오."

마지량이 그 무렵 연백호에게 한 말이었다.

이렇게 해서 연치성이 열 살이 되었을 때는 출중한 무술가라고 할 수 있을 만큼 성장했다. 아울러 수중술水中術, 비장술飛牆術, 권법 등의 기술도 그 수준을 넘었다.

"이제 내가 가르칠 것은 죄다 가르쳤습니다."

연치성이 열 살이 된 생일날, 마지량은 연백호에게 이렇게 보고했다.

"겸사의 말씀을."

하고 운을 뗀 연백호는

"아직 어린놈이고, 마 선생께 정이 깊이 든 모양이니, 좀 더 머물러 계시어 계속 가르쳐주십시오."

하고 간청했다.

"치성이 앞으로 할 일에 관해서 이곳에선 정말 내가 도움이 될 것이 없소이다. 그런데 내가 소청하는 바는, 치성을 청국으로 데려가게 해줍소사 하는 겁니다. 청국엔 좋은 스승도 많고 하니, 치성이 익히지 못한 무예를 그곳에서 익힐 수 있을뿐더러, 인물로서도 대성케 할 수 있지 않을까 합니다."

마지량의 말은 간절했다.

"아직 열 살밖에 안 되는 놈을…."

연백호는 조심스럽게 중얼거렸다.

"아니올시다. 치성을 열 살 난 아이로 봐선 안 됩니다. 게다가 내가 함께 있을 것 아닙니까. 저만한 그릇은 천년에 하나, 아니 만년에 하나 있을까 말까 한 그릇입니다. 치성의 대성을 위해 그 자정子情을 누르셔야죠."

"자식의 수학修學을 위해서, 만경창파에 배를 태워 보낸 부정父情이 신라 때에 있었다고 들었소만…."

하면서도 연백호는 석연한 얼굴이 아니었다.

마지량이 억양을 낮추어 다음과 같이 말했다.

"이 좁은 나라에 치성을 그냥 둬둘 순 없습니다. 불원, 성명聲名이 퍼질 것은 명약관화한 일이온데, 그렇게 되면 터무니없는 시기로 어떤 봉변이 있을지 모르는 일 아닙니까. 심히 망발된 말이오나, 조선인은 인재를 기를 만한 기량器量이 없소이다. 자라는 나무를 꺾긴 잘해도 가꿀 줄은 모른다 이 말씀입니다. 거목이 자라기 위해선 터를 크게 잡아야 하는 법, 이 조선국은 연치성 같은 거목을 위해선 이미 좁은 느낌이 있사옵니다. 옥玉을 곳 아닌 곳에 두면 화적火賊을 부르고, 대인이 소인배에 끼여 살면 화를 당하기가 쉬운지라, 생각을 고쳐먹도록 하십시오."

사리와 세정에 통달해 있는 연백호는 당장 그 마지랑의 말뜻을 알았다.

"작심했으면 빠를수록 좋습니다."

그 제의에도 연백호는 동의했다.

연백호는 재산의 오분의 일을 쪼개어 연치성의 생활비와 교육비 몫으로 제공하려고 했으나 마지랑은 듣지 않았다.

"내 주제로써 치성과 같은 제자를 얻은 것은 영광의 극입니다. 십 년 후면 치성이 환향할 터이니, 그 재산은 그때부터 뒷바라지할 몫으로서 간직해두소서."

연백호는 마지랑의 이 고마운 말에 체신을 차릴 겨를도 없이 눈물을 흘렸다.

연치성은 그렇게 해서 신해년辛亥年 유월 초하루에, 마지랑을 따라 임진강변 용주골을 떠났다.

압록강을 건넌 것은 유월 칠일. 압록강 건너편인 안동현安東縣 여사旅舍에서, 연치성은 초승달을 바라보며 두고 온 고향과 어머니를 생각하고 울었다.

그러나 그 시각부터, 마지랑의 연치성에 대한 새로운 교육이 시작되었다. 한 권의 책을 갖다 맡기며 한 마지랑의 말은 이랬다.

"이것은 연암 박지원 선생이 쓴 '열하일기熱河日記'다. 눈물을 거두고 읽어봐라. 너의 선인 가운덴 이런 훌륭한 인물도 있었다."

"문 없는 무는 만무蠻武일밖에 없고, 무 없는 문은 문약할밖에 없다."
는 것이 마지량의 지론이었다.

마지량은 학문의 교사로서 '고염위顧炎位'란 노인을 치성에게 붙였다.

이렇게 치성은 중국에서 꼬박 십 년을 머물렀다. 그동안 치성이 거처를 삼은 곳은 심양瀋陽, 연경燕京, 소주蘇州, 양주揚州, 상해上海 등이었다. 넓은 중국을 견문케 한다는 것도 교육이라는 마지량의 배려에 의한 것임은 물론이다.

치성은 마술馬術을 비롯해서 십팔기를 익혔다. 십팔기로써 개인기는 끝난다. 검술, 봉술로써 팔 척 거인을 물리칠 수 있었고, 포술捕術로썬 사나운 짐승으로부터 벼룩 같은 미물도 놓치지 않는 기량을 가졌다. 권법은 더욱 묘했다. 비조飛鳥처럼 몸을 날려 맨손으로 수 명을 때려누이는 것이 권법이다.

이 밖에 치성은 총포술도 배웠고, 화약 만드는 기술도 배웠다. 이 총포술과 화약제조법을 배우기 위해, 상해에까지 가서 양인洋人의 지도를 받았던 것이다.

이와 병행하여 마지량은 병법과 전술을 가르치는 선생을 초빙해서 손오병법孫吳兵法은 말할 것도 없고, 양인의 전술을 가미한 오진五陣, 또는 팔진법八陣法을 배우게 했고, 군사천문학, 진중의학陣中醫學도 각각 전문가로부터 습득하도록 했다.

십 년의 수련이 끝난 뒤, 고국에 돌아가기로 기약한 날짜가 가까워졌을 때, 마지량으로부터 다음과 같은 말이 있었다.

"청국 조정에서 실시하는 무과에 응시할 의사는 없느냐? 네 실력이면 출중한 성적으로 등과할 수 있을 것인즉, 비록 조선족 출신이라 할지라도 반드시 성공할 것이고, 장차 입신의 길도 트일 것이니 생각이 어떠냐?"

그러나 연치성은,

"스승님의 간곡한 말씀인데 어떤 일인들 복종하지 않겠습니까만, 모처럼 익힌 무술을 제 나라를 위해 보람되게 쓰고 싶사옵니다."
하고 완곡하게 거절했다.

"장한 말이긴 하다."
하면서, 마지량은 끝내 아쉬운 표정으로 말을 이었다.

"너의 나라는 인재를 알아주지 못하는 나라다. 그러니, 과연 네 기량이 보람을 볼 수 있을지 두렵구나. 그러나 너의 뜻이 그러하니, 굳이 이곳에 붙들어둘 수가 없다. 너의 춘부장과의 약속도 있고 하니…."

한편, 연치성은 마음 한구석에 연경을 떠나고 싶지 않은 바가 없지 않았다. 연경에서 사귄 고국의 청년들 가운덴 천주교 교난教難으로 피신한 사람도 있었는데, 훌륭한 자질을 가진 사람들이 많았다. 고향을 그리워하면서도 돌아갈 수 없는 그들에 대한 동정이, 연경에 그냥 머물러 있었으면 하는 감상으로 괸 것이다.

그러나 그런 감상이 화살 같은 귀심歸心을 꺾을 수 없었다. 연치성은 마지량을 비롯한 여러 선생님과 그동안 사귄 친구들의 전송을 받으며, 말 등에 병서와 군기軍記, 전사戰史 등을 가득 싣고 고국을 향해 길을 떠났다. 그러니까, 신유년辛酉年의 가을이었다.

고국에 돌아와서도 그는 촌각을 한가히 지내지 않았다. 무과 응시를 위해 정성을 기울였던 것이다.

"무과에 급제함으로써 입신영달을 해보겠다는 그런 마음보다도, 무과에 급제했다고 들으면 어머니가 숨어 계셨던 곳으로부터 나타나주시지 않을까 하는 마음이 간절했습니다. 과거를 보는 데 지장이 되지 않을까 해서 피하신 몸이니, 무과에 급제한 후면 그런 괘념이 필요 없게 될 테니까 말입니다. 제가 무과에 꼭 급제하고 싶었다는 건, 어머니를 찾고 싶은 일념이었습니다."

이렇게 말하는 연치성의 얼굴엔 분연한 빛이 돌았다.

"지난번 무과에서 수백 명 급제자를 낸 가운데, 제 이름을 맨 꼬리에나마 붙여주었더라도 그렇게 억울하진 않았을 겁니다. 꼬리에라도 제 이름이 있었더라면 어떻게든 대사大事는 끝났으니 어머님께서 나타나실 수 있었지 않았겠습니까?"

최천중은 그 마음을 충분히 이해할 수 있을 것 같았다. 그래서 말했다. 그의 말은 존대어로 바뀌어 있었다.

"그때의 사정 얘기나 해보시오."

"훈련원 동벽東壁에 붙은 방을 저는 멍청히 쳐다보고 있었습니다. 사백수십 명을 헤아리는 그 이름 가운데, 제 이름이 없다는 것은 아무래도 믿어지지 않았습니다. 다섯 살 때부터 스물한 살에 이르기까지, 그 각고한 수련이 이처럼 허무할 수가 있을까 하는 생각이었습니다. 아무래도 뭔가 잘못돼 있다는 생각이 들었습니다. 혹시 실수로 이름을 빠뜨린 것이나 아닐까 하구요. 제 출신이 천해서 그렇게 되었으리란 생각은 꿈에도 안 했습니다.

서자이긴 하나, 부사府使를 지낸 양반의 아들이란 자부가 있었으니까요. 그리고 무과엔 서출도 등용하게 돼 있고, 실지로 나붙은 방 가운덴 저와 같은 처지인 서출의 자제들도 끼여 있었습니다. 아무리 생각해도 한 과목인들 실수한 게 없으니, 어리둥절한 기분이 되지 않을 수 없었습니다."

그때, 연치성의 머리를 스친 것이 마지랑의 말이었다.

'너의 나라는 인재를 알아주지 못하는 나라다. 그러니 네 기량이 과연 보람을 볼 수 있을지 두렵구나….'

연치성은 암담한 마음이었다. '어머니를 다시 찾을 수 없지 않을까?' 하는 두려움이 섞였다. 그런데다, 교난을 피해 연경에 와 있던 친구들이 고향을 찾았을 적에 듣고 보고 한 참담한 얘기들이 겹쳤다. 양처럼 순한 백성들을 천주학을 한다는 죄로 무참히 학살한 벼슬아치들이 판을 치고 있는 이 나라에서 무슨 보람을 생각한다는 것은, 나무 위에 올라가서 물고기를 구하려는 격이란 절망감조차 있었다. 동시에 스르르 반역의 뜻이 고개를 쳐들었다.

'이왕 배운 무술이니, 못된 벼슬아치들이나 없애버리고 죽든지, 청국으로 도망치든지….'

이런 생각을 하며 멍하니 서 있는데, 어깨를 치는 사람이 있었다. 돌아보니 조필구란 친구가 침울한 표정을 하고 거기 서 있었다.

조필구는 연치성의 소매를 끌고 사람이 없는 곳으로 갔다. 주위에 인적이 없음을 확인하자, 조필구는 분연히 입을 열었다.

"세상에 이런 일이 있을 수 있는가? 모두가 다 떨어져도 자네만은 붙어야 하는 건데, 이게 뭔가!"

조필구는 흥분을 가누지 못하겠다는 듯 말을 이었다.

"내 이름은 열 번째로 방에 붙어 있더라만, 자네가 붙지 않았다면 창피스러운 노릇일 뿐이다. 그런데 조면식이 일등이란 또 뭔가? 웬만한 일 같으면 속을 썩이고 말겠지만, 이건 흑을 백이라고 하고, 백을 흑이라고 우기는 거나 다를 게 없지 않은가. 이번 일은 아무래도 따져보아야 하겠어. 아무리 세상이 돼먹지 않았기로서니, 이렇게 멀쩡한 부정을 보아 넘길 수 있느냐 말이다."

"따져서 뭘 해?"

연치성이 우울하게 말했다.

"뭣 하다니. 이런 멀쩡한 부정을 보고만 있어?"

"따져서 될 일이면, 애당초 이런 짓은 없었을 거야."

"안 돼. 시관 집에 가야 해. 시관한테 따져봐야지."

"난 그럴 생각이 없어. 망한 놈의 세상은 망한 대로 봐둬야지."

"자네 기분이 그렇다면 할 수 없지만, 우린 가기로 결정했어."

"우리라니?"

"몇몇 친구가 있네. 자네 이름이 없는 걸 보고 모두들 분개했지. 그래, 시관 집으로 몰려가기로 한 건데, 밖에서 모두들 기다리고 있을 거야."

"나 때문에?"

"자네 때문만도 아냐. 자네 이름이 없으니 모두들 창피스럽게 된 거야. 아득히 자네에게 미치지 못할 자들이 급제를 했으니 그렇지 않겠나. 자네와 같이라면 또 모르지만 말일세."

훈련원 밖으로 나와 보니, 아닌 게 아니라 십수 명의 한량들이 모여 있었다. 그 가운데엔 낙방한 친구도 있었으나, 대부분이 급제한 사람들이었다.

연치성이 만류했으나, 모두들 듣지 않고 시관 집을 향해 걷기 시작했다. 연치성은 그냥 돌아설까도 했지만, 연치성 자기 일로 흥분한 그들의 행동을 방관할 수 없는 기분이어서 그들 뒤꽁무니를 따랐다.

그런 일이 있을 줄 벌써 짐작하고 있었는지, 시관 심대섭沈大燮의 집 앞엔 병사들이 모여 제법 삼엄한 경계를 하고 있었다.

조필구가 앞에 나서서 시관을 만나러 왔다고 하니, 병사들은 오늘은 무슨 일이 있어도 시관을 만날 수 없다고 버텼다. 같이 간 한량들이 조필구에게 가세해서, 시관을 만나게 해달라고 아우성을 쳤다. 병사들이 몽둥이를 휘두르고, 달려드는 한량들을 쫓으려고 했다. 무과에 응시할 만한 한량들이니 가만있을 까닭이 없었다. 난투전이 벌어졌다. 그런데 무기를 들고 있는 병사들에게, 맨손인 한량들은 적수가 아니었다.

연치성이 앞으로 뛰어나가 병사 몇 놈을 순식간에 때려뉘곤, 한량들을 향해 외쳤다.

"여러분은 빨리 돌아가시오. 우리가 이렇게 몰려서 행동을 하면, 억울하게 죄를 뒤집어쓸 염려가 있소. 여러분은 이미 한량의 신분이 아니오. 이건 나의 일이기도 하니 내가 맡겠소. 빨리 되돌아가시오."

그러곤 달려드는 병사 몇 놈을 발로 주먹으로 쳐서 길을 열어,

날쌘 동작으로 담장을 넘어 들어갔다.

안에서 밖에서 병사들이 우르르 모여들었다. 연치성은 주머니 속에서 투추를 꺼냈다. 항거하는 놈의 이마는 영락없이 갈라져 쓰러졌다. 병사들은 뒤로 물러섰다. 그 틈에 연치성은 대청마루로 뛰어올라, 안사랑 방에서 와들와들 떨고 있는 심대섭 앞에 나타났다.

"일이 다소 무리하게 되었소만, 이건 내 잘못이 아니고 시관의 잘못이오. 순순히 만나주었더라면 이런 시끄러운 일은 없었을 테니 말이오."

하고, 심대섭 앞에 무릎을 꿇고 앉았다. 이어 자기 소개를 하고 물었다.

"내가 낙방한 까닭을 알고 싶소."

심대섭은 물에 나온 붕어처럼 입만 딱딱 벌렸으나 말이 되지 않았다.

이때, 연치성의 등을 향해 창을 들고 덤비는 자가 있었다.

연치성은 재빠르게 몸을 돌려 창의 중간쯤을 잡아당겼다. 그 통에 넘어져 거꾸러진 자는 조면식이었다.

"흥, 아무도 만나지 않는다고 하더니, 조면식만은 만나는 모양이구려."

연치성은 치밀어 오른 격분을 가까스로 참고 조용히 일렀다.

"서툰 창을 휘둘러 뭣 하자는 거요. 나는 시관에게 할 말이 있어서 온 사람이오. 당신은 물러가 있으시오."

조면식은 그래도 체면을 세워야겠다는 생각은 있었던지,

"무엄하게도 이게 무슨 짓이야. 감히 시관 앞에. 역부족으로 낙방

했으면 근신을 하는 게 도리가 아닌가?"

고 제법 호통을 치며, 창을 도로 주워 연치성의 가슴을 겨누었다.

연치성이 왼발로 문지방을 밟았다 했을 땐, 창은 연치성의 손에 있고 조면식은 대청마루에 뒹굴었다. 연치성이 창끝을 조면식의 이마에 갖다대고,

"너 같은 놈이 무과에 일등 급제를 했으니, 나는 낙방한 게 다행이다."

하는 말로 그의 간담을 서늘하게 해놓고, 창끝을 심대섭 앞으로 돌렸다.

"내가 왜 낙방했는지, 그 까닭만 말하시오. 말하지 않으면 이 창은 사정없이 당신의 가슴에 꽂힐 것이오."

뜰에 병사들과 장정들이 가득 모여 있었지만, 누구 하나 감히 나서질 못했다.

심대섭이 어물어물했다. 연치성은 창을 한 바퀴 돌려 창자루 끝으로 심대섭의 가슴을 밀었다. 심대섭이 벌렁 뒤로 넘어지며,

"사람 살려라."

고 비명을 질렀다.

"이유만 말하면 죽이지 않아."

하고, 연치성이 이번엔 창날 끝을 심대섭의 목에 갖다댔다.

"내 잘못이 아니오."

심대섭이 손을 저었다.

"그럼, 누구의 잘못이오?"

"당신은 서출이구…."

"서출도 급제한 사람이 있지 않소?"

"당신은 천출이라서… 천출은 안 돼요. 의정부의 분부요."

이 말을 듣자, 연치성은 아찔했다. 서출보다도 못한 천출! 그렇다면 시관을 탓할 일은 아닌 것이다.

"내가 천출이란 걸 어떻게 알았소?"

연치성이 신음하듯 물었다.

"당신이 천출이란 밀고가 있었소."

"밀고를 간단하게 믿소?"

"당신의 형들이 고해 온 사연을 어떻게 믿지 않을 도리가 있었겠소?"

연치성은 눈앞이 캄캄했다. 큰집 삼형제의 얼굴이 캄캄해진 눈앞을 스치는 것이었다. 연치성은 그 자리에 엎드려 순순하게 포승을 받았다.

"전 죽길 작정했습니다. 죽게 되어 있기도 했구요. 그런데 덕택으로 이렇게 하늘을 보게 되었습니다."

연치성의 눈에 눈물이 있었다.

최천중은 뭐라고 형언할 수 없는 마음에 빠져들었다.

"내 덕택도 아니고 누구의 덕택도 아니오. 연공은 하늘이 아는 사람이오. 그렇게 쉽게 죽을 사람도 아니고, 그렇게 돼서도 안 될 사람이오. 연공은 기필 하늘이 뜻하는 바가 있어 이 세상에 태어나게 한 사람일 것이오. 그 따위 썩어가는 나라의 벼슬은 해서 뭣 하겠소. 그보다 큰 일이 있을 것이오. 나 최천중도 출생이 애매해서 세속의 길에서 떠난 처지에 있소. 비록 지금 관상사 노릇을 하고 있지만 내겐 큰 포부가 있소. 그 포부를 말할 날이 언젠가는 있을 것이오. 우리 같이 큰일을 꾸며봅시다."

"고마우신 말씀. 연치성이 그 포부를 듣고자 하옵니다."

"시기가 있을 것이오. 서두를 건 없소. 천기를 기다립시다."

"그럼, 저를 같이 있도록 해주시겠다는 겁니까?"

"여부가 있소. 연공이 원한다면 평생을 같이 지냅시다."

"감사하옵니다."

연치성은 깊숙이 고개를 숙여 절을 했다. 최천중은

"우리 앞으로 그렇게 어렵게 하지 맙시다."

며 손을 저었다.

"그러시다면 말씀을 놓으셔야죠. 절 조카나 아우로 치시고 말씀을 낮추어주십시오."

"그렇게 하려 했지만, 연공의 얘길 듣고 보니 외람된 생각이 들어서…."

최천중은 망설이지 않을 수 없었다.

"말씀을 낮추지 않으시면, 전 송구하여 모시고 있을 수가 없사옵니다."

연치성의 말과 태도는 간절했다.

"마령馬齡*이 나이일까만, 연공의 소망이 그렇다면 연장을 핑계로 그렇게 하겠다."

---

* '말의 나이'. 자기의 나이를 낮추어 겸손하게 하는 말.

이 말이 떨어지자, 연치성의 얼굴이 활짝 밝아졌다.

"앞으로 숙부님으로 모시겠습니다."

"갸륵한 조카님을 두게 되어 최천중이 한량없이 기쁘구려."

하고, 최천중이 흡족하게 미소를 띠었다. 그리고 물었다.

"배다른 형들이 연공의 출생 사실을 밀고했다고 하는데, 아버지께선 어떤 심정으로 계시던가?"

"그 사실을 아버지께 고하지 않았습니다. 아버지께선 제가 낙방한 그날부터 함구하신 채 병석에 계십니다."

"고하지 않은 건 잘한 일이다. 그렇다고 하나 자네 형들이 한 처사는 인륜을 범한 노릇이로구나."

"부끄럽사옵니다. 그러나 천출인 제가 형들보다 앞질러 입신하는 게 못마땅할 것이란 그 심정은 이해가 가지 않는 바가 아닙니다."

"과연, 장부의 말이군. 소인배를 상대할 필요는 없으니."

"그래서 전 영영 그 가문을 하직한 것입니다. 제가 있음으로써 아버지의 심기도 어지러울 것이고 해서…."

연치성이 다시 눈물을 머금었다. 이때, 최천중의 뇌리를 스치는 게 있었다.

"한데, 연공은 허균許筠 선생의 얘기를 들은 적이 있나?"

"들은 적이 없사옵니다."

"허균 선생의 얘길 들은 적이 없다구?"

최천중은 의아하다는 표정을 감추지 않았다. 산골의 초동樵童도 알고 있는 '홍길동전洪吉童傳'을 쓴 허균을, 연치성이 모르고 있다니 이상한 일이었다. 그러나 곧 고쳐 말했다.

"그럴지 모르지. 열 살 때 청국으로 가서 십 년 동안이나 그곳에 있었으니까. 게다가 학문과 무술을 닦느라고 겨를이 없었을 테니 허균 선생을 모를 만도 하기는 하다만…."

"어떤 분이옵니까?"

호기심이 이는 모양으로, 연치성의 눈이 빛났다.

"어떤 분이라기보다, 연공이 꼭 알아둬야 할 인물이지."

"지금 생존해 계십니까?"

진지한 연치성의 표정을 보자, 최천중은 말 한마디에도 신중을 기해야겠다고 느꼈다.

"이백 년 전에 살아 계셨던 분이다. 한데, 그분과 연공의 출생이 비슷하단 말일세. 타고난 재질도 비슷하고. 그분은 학자이고 연공은 무사이지만 출중하고 탁월한 점, 그리고 집안과의 관계가 닮았어. 우리가 한양으로 돌아가면 그분이 쓴 책, 그분에 관해서 쓴 책을 골고루 구해 주지."

"그분도 역시 천한 출생이었습니까?"

"그렇지. 그러나 그는 워낙 높은 문벌의 아들이라서 형조참의, 의정부참찬의 벼슬까지 오르긴 했지. 하나, 마땅히 영상이 될 수 있는 그릇이었는데, 그 이상의 벼슬은 하지 못하고 초야에 묻히게 되었지. 서출이란 이유로서…. 아까운 인재를 망친 거여."

이어 최천중은, 출생 탓으로 대재大才를 갖고서도 세상에 용납되지 않아 불우의 생애를 마친 인물들의 얘기를 했다. 특히, 허균의 둘레에 모여든 인물들을 들먹였다.

"적서의 구별은 있어야 하는 겁니까?"

연치성이 하얗게 질린 얼굴이 되어 한 말이었다.

"터무니없는 노릇이지. 그런데 우리나라에서 그런 몹쓸 버릇이 생긴 것은, 정도전鄭道傳의 난에서 비롯된 거여. 왕위계승권을 둘러싸고 싸움이 벌어지고 보니, 달리 명분이 있어야지. 그래서 적자 서자의 구별을 하게 된 건데, 그게 관습이 된 거지 별다른 전거典據가 있는 건 아냐. 한데, 그 버릇이 지금껏 작화作禍*하고 있으니 딱해."

연치성은 조심스럽게 귀를 기울였다.

"하여간, 허균 선생은 대단한 인물이었다. '명륜록明倫錄'에 보면, 허균을 천지간의 괴물이라고 해놨지. 그분이 쓴 '홍길동전'을 읽어보면, 그분의 한과 포부를 알 수 있을 것 같아. 그 한과 포부! 아쉬울 뿐이야."

"끝내 그 포부를 펴지 못했단 말씀이군요."

"그렇지. 허균은 서민과 천민이 골고루 평등하게 살 수 있는 세상을 만들려다가 모사가 사전에 발각되어, 광해조 십년 팔월 십사일, 조정의 백관이 환시하는 가운데 참형을 받았어. 그때 허균의 나이 사십구 세…."

연치성이 숨을 죽였다. 최천중이 한숨을 섞어 중얼거렸다.

"이 나라에선 인재가 그렇게 죽는 거여!"

---

* 화가 되는 일을 꾸밈.

여로유정

旅路有情

배가 바다에서 강줄기로 들어섰다는 말을 듣고, 최천중은 선실에서 나와 뱃전을 짚고 섰다. 아침의 안개가 차츰 사라지고, 납빛 구름 사이로 햇빛이 간혹 비끼긴 했으나 풍랑은 거셌다.

구철룡이 옆에 와 섰고, 연치성도 가까이 와 있었다. 만석이 보이지 않았다.

"만석인 어디에 있느냐?"

최천중이 물었다.

"멀미가 심해 누워 있습니다."

하는 구철룡의 대답.

"그놈 간장이 입만큼은 못하구나."

최천중은 웃고 나서, 구철룡에게 만석을 곁에서 돌봐주라고 일렀다. 그리고 연치성을 돌아보고 말했다.

"연공은 속이 대단히 든든한 모양이지? 멀미를 한 흔적도 없구나."

"배는 멀미를 할망정, 무사는 멀미를 모릅니다."

연치성의 태연한 대답이었다. 최천중은 새삼스럽게 연치성의 화사할 만큼 아름다운 용모에 감탄했다. 그 화사한 몸매로써 이틀 낮, 이틀 밤의 선행船行에 까딱도 안 하는 것이 이상할 정도였다. 그래서 물었다.

"뱃멀미와 무술이 무슨 관련이 있을까?"

"있습니다. 말을 타는 사람은 뱃멀미를 하지 않습니다."

"음."

최천중은 자기도 모르게 탄성을 발했다. 이때, 선두船頭*가 곁에 와 섰다.

"풍랑이 세어 고생이 많으셨죠?"

"천만에, 덕택으로 좋은 선유船遊를 했소."

선두는 최팔룡으로부터 많은 얘길 들었다며 수선을 피웠다. 그리고 몇 번 찾아와서 문안을 드리려고 했으나, 주무시지 않으면 얘기에 열중해 있어 그러질 못했다는 변명을 늘어놓았다.

"한데, 부안은 어떤 곳이오?"

최천중이 물었다.

"부안요? 좋은 곳이죠. 산 좋고, 들 좋고, 바다 좋고, 삼호三好의 부안이란 말이 있습죠."

"삼호?"

하고, 최천중이 피식 웃었다. 그리고 덧붙였다.

---

* 배의 책임자.

"그런 삼호이면 무호無好나 일반이구려. 여자가 좋아야지."

"여자도 물론 좋습죠. 부안의 기생이라면 전주감영의 꽃이랍니다."

"그럼, 왜 삼호만을 치는 거요?"

"여자까지 치면 사호四好가 되지 않습니까? 사호는 사호死好에 통하는지라, 그래, 기忌하는 겁죠."

"쓸개 빠진 소리!"

하고 최천중이 너털웃음을 웃고 말했다.

"부안 사호이면 얼마나 좋아. 산 좋고, 들 좋고, 바다 좋고, 여자 좋아서 좋구, 그래서 부안이 죽어도 좋을 만큼 좋은 곳이 되는 건데."

"역시 도사님은 달라."

선두는 껄껄거리며 선수로 향했다.

최천중이 빙그레 웃는 얼굴을 연치성에게 돌렸다.

"연공은 여자를 아는지?"

"여자요? 여자는…."

연치성은 얼굴이 화끈 붉어졌다.

"여자를 모르면 사내가 아냐. 사내 아닌 사람이 장부가 될 수 있나. 부안의 여자가 그처럼 좋다면 연공을 부안에서 장부로 만들어야 하겠구먼."

최천중은 활달하게 웃었으나 연치성은 고개를 들지 못했다.

사포沙浦, 장신포長信浦를 거쳐 동진東津에 다다르니, 오후도 한

나절이 지났다. 배는 거기서 사흘을 머물러 한양으로 가는 미곡을 싣는다고 했다.

동진에서 부안의 읍성까진 십육 리.

말엔 뱃멀미에 지친 만석이를 태웠다. 삼십 세의 위장부인 최천중, 이십 세의 귀공자인 연치성, 게다가 다부지게 생긴 구철룡 일행이, 어느 모로 보나 종자從者의 몰골인 만석을 말 등에 태우고 행차하는 광경은 행인들의 눈길을 끌 만큼 이채로운 것이었다.

일행은 선두가 일러준 대로 부안에 당도하자 취원루聚遠樓 근처의 객사에 여장을 풀었다.

늦은 점심을 먹곤 만석을 철룡에게 맡겨놓고, 최천중은 연치성을 데리고 가까이에 있는 취원루에 올랐다.

취원루는 부안 읍성의 남쪽에 있는 문루門樓인데, 서쪽으론 변산邊山을 대하고, 북쪽으론 서해를 바라보며, 동남으론 대야大野에 임한다.

허종許琮이

막막고범하처거漠漠孤帆何處去

빙군동재방봉래憑君同載訪蓬萊*

라고 읊은 것은 이 누상에서였다.

그러나 최천중과 연치성의 시야엔 한 척의 배도 보이지 않았고,

---

* '저 멀리 외로운 돛단배 어디로 가는가? 그대와 함께 타고 봉래산이나 찾아갈까.'

세차게 휘몰아치는 겨울바람 속에 들도 바다도 황량하기 짝이 없었다.

"해활海闊하고 야활野闊한 것은 좋은데 이 황량함이란! 아마 계절의 탓, 바람의 탓만은 아닌 것 같으이."

최천중이 연치성을 돌아보고 한 말이었다. 연치성도 같은 감상이었다.

"저만큼 넓은 곡창지대를 끼고 있는 읍성이 이처럼 초라하다는 것은 납득할 수 없군요."

그는 십 년 동안 살았던 청국의 풍물과 비교하는 마음으로 이렇게 말한 것이었다. 청국의 집들은 비록 서민의 가옥일망정 덩치가 큼직큼직하다. 이렇게 게딱지처럼 궁색스럽진 않은 것이다. 연치성은 새삼스러운 마음으로 이곳저곳 눈을 돌리다가 물었다.

"이런 곳에서 어떤 인물이 났을까요?"

"박토에 거목이 자랄 수 있겠나."

하다가, 최천중은 김구金坵를 들먹였다. 김구는 고려조 희종熙宗 때 태어난 인물로 일세의 대문장가로 꼽혔던 사람이다.

"당시 원나라에 왕씨王氏란 한림학사가 있었는데, 김구가 올린 표表를 읽고 감탄했다는 거여. 그래, 이처럼 정미精美한 문장을 대하면서도, 지은이의 얼굴을 만나뵐 수 없으니 한스럽다고 했다니까 가히 그 문장이 관일시冠一時**했다고 할 만하지 않는가?"

"그분의 문장을 읽어보았으면 합니다만."

** 당대에 으뜸이다.

"'지포집止浦集'이란 것과 '북정록北征錄'이란 게 있어. 한양에 돌아가면 구해볼 수가 있을 거야."

"그분을 기념하는 무슨 사당이나 그런 건 없을까요?"

"차차 찾아보도록 하지. 자기 고을에서 난 천하의 대문장을 모실 줄 모른다면 부안이란 곳도 허망한 고장이야."

"그 밖의 인물은 없습니까?"

"글쎄, 내 기억 속엔 없어."

두 사람은 한동안 말을 잃고 누상의 현판을 둘러보기 시작했다.

"본조本朝에 들어와서 특출했다고 할 만한 인물은 없습니까?"

연치성이 물었다.

"숨은 인물은 있을지 몰라도 나타난 인물은 없는 것 같다."

고 하곤, 최천중은 생각이 난 듯,

"성중엄成重淹이 아마 이곳 사람이지?"

하고 고개를 갸웃했다.

"어떤 분이었는데요?"

"특출한 인물이라고까진 할 수 없지만 아쉬운 재사였던 모양이야."

성중엄은 성종成宗 때 별시문과別試文科의 병과丙科에 합격해서, 23세의 나이로 홍문관박사弘文館博士가 된 사람이다. 성종실록을 편찬할 당시, 그는 무고한 죄를 받은 명현明賢들을 옹호하다가 파직되어 인산으로 유배되었다. 그런데 뒤에 갑자사화甲子士禍가 일어나자, 홍문관 재직 시 왕의 후원관사後苑觀射*를 논계論啓

---

* 내궁에서 활 쏘는 것을 관람함.

한 사실을 소추당하여, 하동河東으로 전배되었다가 끝내 능지처참을 당하고 말았다.

"그때의 그 사람 나이가 서른 살이었다고 하니 억울하지 않은가."

"글 한 줄 잘못 썼다고 능지처참이라니, 정말 어지러운 세상이군요."

연치성이 어두운 얼굴이 되었다.

"잘못 쓴 글로써 당했다면 여한이라도 없지. 기골 있는 자는 모두 그렇게 죽어갔으니, 그게 어디 나라의 체면이랄 수가 있는가."

"옳은 말씀입니다. 공자님의 가르침에 '기서호其恕乎'란 대목이 있지 않습니까. '종평생終平生 행해야 할 일을 한마디로 하려면 무슨 말이 있겠습니까?' 한 제자의 물음에 대답하신 거죠. 용서하라, 관용하라, 이것이 바로 공자님의 가르침 아니겠습니까. 그런데 성교聖教를 받든다고 하는 나라가 그처럼 관용할 줄을 모르고 예사로 사람을 죽이니, 이게 될 말이겠습니까."

연치성은 자기도 모르게 흥분하여 말꼬리를 떨었다.

"그러니까 말세라고 하지 않는가? 성인은 위방불거危邦不居요, 난방불입亂邦不入**이라고 하셨지만, 불거하자니 이미 위방에 있고, 불입하자니 이미 난방에 있으니 어떻게 해야 하는가. 세상을 피해 두메에서 살다가 귀토歸土하는 길을 택하든지, 감연히 장부의 기개를 펴서 성사成事의 영榮과 패배의 욕을 결단 짓든지… 길은 오직 두 갈래뿐이다."

** 위험한 곳에 머물지 않고, 어지러운 곳에 들어가지 않는다.

"나는 단연 성패를 결단하는 길을 택할망정 피하진 않겠소이다."

연치성의 미우眉宇에 비상한 결심의 빛이 있었다.

"나도 동감이다."

그리고 변산 쪽으로부터 서해 쪽으로 시선을 돌렸다. 바다엔 풍랑이 일어, 분명치 않은 수평의 저편에 미지의 세계가 펼쳐져 있었다.

"한데, 도사님은 어떻게 그처럼 지리와 인물에 밝으십니까?"

연치성이 한동안의 침묵을 깨고 물었다.

"나는 이 산천의 의미를 알려고 뜻을 세웠다. 억울하게 죽은 인물들의 한을 샅샅이 내 가슴속에 새겨넣을 원을 세웠다. 나는 그들 원혼들의 염력을 빌려 내 힘으로 하고, 이 강산에 보람의 꽃을 피울 작정이다."

최천중의 말은 장중했다.

'굉장히 귀하신 어른이 대마大馬와 종자를 거느리고 와서 남문의 객사에 드셨단다….'

이런 소문이 삽시간에 성내에 퍼졌다. 나졸의 하나가 이속吏屬의 하나에게 고하니, 이속은 현감에게 알렸다. 귀하신 손님이 왔다는 소리만으로도 현감의 가슴은 써늘했다.

"그 손님이 누구인지 빨리 가서 알아봐라."

하는 영이 내렸다.

군관이 나졸을 데리고 객사로 갔다.

객사의 주인은

"한양에서 오신 손님들이라고 들었을 뿐, 자세한 건 모릅니다."
는 답밖에 할 수 없었다. 마침 어른은 소풍을 나가고 방엔 종자들밖에 없다는 것을 알자, 군관이 방문 앞에 서서 말을 던졌다.

"한양에서 온 분들에게 말 좀 묻겠소."

구철룡이 방문을 열고 얼굴을 내밀었다. 그리고 무뚝뚝한 시선으로 군관과 나졸을 번갈아 봤다.

"어디서 온 누군 줄 알았으면 하오."

군관은 어떻게 말을 써야 할지 망설이는 투로 어물어물 물었다.

"우리는 한양에서 온 사람이오. 당신들은 누구요?"

구철룡이 다부지게 되물었다.

"우린 감영에서 왔소. 댁들이 누구신지 알아 오라는 분부가 있었소."

"나는 구철룡이란 사람이고, 저기 누워 있는 사람은 유만석이란 사람이오."

"뭣들을 하는지 그걸 좀…."

"보시다시피 저 사람은 뱃멀미에 지쳐 누워 있고, 나는 저 사람의 말동무를 해주고 있소."

"그런 게 아니고, 저… 평소에 무슨 일을 하는 사람인지…."

"말끝을 똑똑히 맺어보시오. 무슨 일을 하는 사람인지, 어떡하겠단 말요?"

구철룡의 다부진 기세에 눌려, 군관은

"그걸 좀 알았으면 합니다."

하고 깔끔히 존대말을 썼다.

"우리는 어른을 모시는 사람이오. 그러나 상민은 아니니 그렇게 아슈."

"댁들이 모시는 어른은 무엇을 하시는 어른인가요?"

"그런 걸 알아서 뭣 하려우?"

"사또께서 알아 오라는 분부여서…."

"덕이 높으신 어른이라고만 알아두슈. 아픈 사람에게 찬바람이 해로우니 문을 닫겠소."

하고 구철룡이 방문을 닫으려고 하자, 군관이 황급히

"이름이라도 일러줄 수 없소?"

하고 매달렸다.

"어른의 이름을 함부로 들먹일 순 없소."

구철룡의 말은 쌀쌀했다.

"사또의 분부시니 이름이라도 알아야 하겠소."

군관은 슬그머니 화가 난다는 투로 말했다.

"그건 댁의 사정이구요. 내 입으론 어른의 이름을 들먹일 수 없소."

"관에서 묻는데두 이름을 대지 못하겠다는 거요?"

군관의 말이 거칠어졌다.

누워 있던 만석이 슬쩍 일어나 앉으며 뚜벅 한마디 했다.

"암행어사는 아니니 과히 염려 마슈."

암행어사라는 말이 나오자, 군관과 나졸은 찔끔하는 표정이 되었다. 그때, 최천중과 연치성이 객사 문을 들어서고 있었다.

군관과 구철룡의 응수를 잠깐 지켜보고 있다가, 최천중이 마루로 올라서며,

"철룡아, 관속들을 대하는 그 말투가 뭔가?"
하고 가볍게 꾸짖었다.

"함부로 어른의 이름을 대라고 하니까 밸이 뒤틀릴밖에요."

구철룡이 볼멘소릴 했다.

최천중이 군관을 돌아보고,

"종자들에게 어른의 신분을 묻는다는 건 예의에 어긋난 일이오. 조금만 기다리면 우리가 돌아올 거구, 돌아오고 난 후에 알고 싶은 걸 물어도 될 것을, 종자를 붙들고 추근대는 일은 양반을 대하는 법도엔 없는 일이 아닌가?"
하고 엄하게 쏘아붙였다.

"사또의 분부가 계셨는지라, 마음이 급해서 무례를 범했사옵니다."

군관은 공손히 머리를 조아렸다.

"실수란 누구에게나 있는 법이니 심히 탓하지 않겠소. 그럼 말하리다. 나는 한양에 사는 최가라 하는 사람이고, 이 선비는 연씨라고 하는 강릉부사의 아드님이오. 나는 여기에 약간의 토지를 사둔게 있어, 추수를 챙길 겸 팔도강산 유람 길에 이곳을 찾았소. 연공과 구공, 유공 모두 일행이오. 다른 목적이 있어서 온 것이 아니니, 사또께선 괘념 말도록 이르소. 그리고 한 가지 부탁은, 모처럼 이 고장을 찾은 손님들이 불쾌한 감정으로 떠나지 않도록 배려가 있었으면 하오."
하고 구철룡을 시켜 열 냥을 꿴 돈꾸러미를 가져오게 하곤 그것을 나졸의 발아래 던졌다.

"날씨가 추우니 그걸 갖고 술이나 사 먹게."

군관과 나졸은 감지덕지한 태도와 표정으로 물러 나갔다.

감영으로 돌아간 군관은

"암행어사는 아니라고 했으니 아닐 테지만, 하여간 보통으로 지체 높은 사람은 아닌 것 같습니다."

하고 현감에게 보고했다.

"어떤 암행어사가 자기는 암행어사라고 미리 말할까. 이름이라도 똑똑히 알아 올 일이지."

현감은 신경질을 냈다.

"최가라고 했지만, 일행인 선비는 연공이라고 하고 강릉부사의 아드님이라고 했으니 신분은 밝혀진 것이 아니옵니까? 부사의 아드님이 수행이 되어 팔도강산을 유람하는 어른이라면, 그 지체는 대강 짐작할 수 있지 않겠습니까? 그런 처지인데, 어떻게 굳이 성명을 밝히라고 할 수 있겠사옵니까?"

군관의 말을 듣고 보니 그렇기도 했다. 그런 만큼 현감은 심기가 불안했다.

"계속 동정을 살피도록 하라. 그리고 미심쩍은 거동이 있으면 즉시 내게 알려라."

하고 군관을 돌려보낸 뒤 이방을 불렀다. 사정을 이미 들어 알고 있는 이방은, 암행어사가 그처럼 버젓이 차려 나타날 리 없으니 그런 걱정은 할 필요가 없겠지만 매사에 조심은 해야 할 것이란 의견을 말했다. 그리고 덧붙이길,

“사태를 보아가며 영감께서 그들을 초빙하여 융숭히 대접을 하시면, 그들의 정체를 알 수 있지 않겠나이까?”

“그것 좋은 생각이다. 고을을 찾는 손님을 대접하는 것이 예의니라.”
하고 현감은 청졸을 불렀다.

“너 빨리 가서 김 좌수를 오시라고 해라.”

저녁 밥상을 물린 뒤, 최천중은 객사의 주인을 불렀다. 임가任哥 성을 가진 객사의 주인은 초로의 나이로, 그런 직업을 가진 사람답지 않게 상스런 데가 없었다. 말을 함부로 하거나 경망하게 굴 인품이 아니었다.

“며칠을 묵게 될지 모르오만, 주인장 신세를 단단히 져야 하겠소.”
하고 숙식비 선불조로 백 냥을 내놓으니, 객사 주인은 눈이 휘둥그레졌다. 원래 숙식비를 미리 받아본 적이 없을뿐더러, 백 냥 돈이면 네 사람 몫으로 두 달 동안 묵을 수 있는 액수였던 것이다.

그런데

“넉넉잡고라도 보름을 넘기진 않을 것이오만, 모자라면 또 드리리다.”
하는 것이 아닌가.

“모자라다니 될 말입니까요.”

주인은 그저 송구해했다.

“한데, 주인장은 송시진이란 사람을 아오?”

“송시진이면, 고촌의 그 송시진이 말씀인개비요?”

"그렇소. 고촌이라고 합디다."

"그럼 알고말고입쇼."

"서로 친한 사인가요?"

"천만의 말씀입네요. 소인네 따위가 어찌 그런 사람허구…."

객사 주인은 어물어물했다.

"대강 어떤 사람이우?"

"나으리께선 모르시는 사람인개비요?"

"모르오. 이름만 듣고 왔으니까."

사실이 그랬다. 송시진이란, 최팔룡이 최천중 몫의 토지를 사놓고, 거간들의 말만 듣고 그 토지의 사음舍音*을 맡긴 자였다.

최팔룡이 자신도 잘 모르는 사람이니, 이번 길에 잘 알아보고 사음으로 그냥 두든지 바꾸든지 하라는 말을 듣고 온 터였다.

"궁토宮土**의 도장導掌*** 노릇을 해 갖고 꽤 재산을 모은 사람입죠."

객사 주인의 말은 덤덤했다.

"나이는?"

"한 사십 되었을 것인데요."

"궁토의 도장 노릇을 했으면 세도깨나 피우는 사람 같구려."

"글쎄올시다."

---

* 마름. 지주를 대신한 소작권 관리자.

** 조선후기 왕족에게 제사 비용으로 지급된 토지.

*** 남의 논밭을 관리하여 풍 · 흉년에 관계없이 주인에게 일정한 도조를 바치는 것을 맡아보던 일.

하곤, 주인은 그 이상 송시진에 관한 말을 피하려고 했다. 남의 험을 잡는 말은 삼가겠다는 마음먹이로 보았다. 최천중은 객사 주인의 그런 태도로 미루어, 송시진이 그다지 덕망을 얻고 있는 사람이 아닌 것으로 짐작했다.

"중대한 일을 맡기려고 했더니 그만둬야겠군."

최천중이 중얼거렸으나 주인은 답이 없었다. 화제를 바꿔 부안의 인심을 물었다. 주인은 눈치를 살피며,

"세상이 나쁘지, 인심이야 나무랄 데 없습네요."

하고, 농산물, 해산물이 풍성한 부안 땅은 원래 인심이 좋기로 소문난 곳인데, 기름진 땅에서 배를 곯고 살아야 하니, 세상이 각박하게 되었노라는 푸념을 했다.

"그 까닭이 뭐요?"

"소인네가 어떻게 그 까닭을 말할 수 있겠습네요."

"어지간히 말조심을 하는군."

"혀끝에 목숨이 왔다갔다하는 세상인데, 말조심 않고 배겨내겠습네요. 한데, 나으리께선 무슨 소임으로 오셨습니까요?"

"나요? 나도 말조심해야지."

하고, 최천중이 씁쓸하게 웃었다.

객사 주인 임가는 뭔가 결단을 내리지 못해 고민하는 표정으로 우물쭈물하고 있었다. 최천중은 그 속을 번연히 알면서도 시침을 떼고,

"밤에도 바람이 자지 않는군."

하며 바람 소리에 귀를 기울이는 척했다. 드디어 임가는 결심을 한

모양으로,

"나으리."

하고 불러놓곤 최천중의 얼굴을 살폈다. 최천중은 인자한 표정을 꾸몄다.

"소인의 사돈이 지금 옥에 갇혀 죽게 되었습네요."

주인의 말투는 침통했다.

최천중은 다음 말을 기다렸다.

"나으리께서 힘이 되신다면 하고 간청을 드립니다요."

"무슨 죄로 하옥되었소?"

"뻔한 죄입네요. 양반이 못 되는 주제에 재물을 좀 가졌다는 죄입네요."

"차근차근 얘기해보시오. 내게 힘이 있을까만 서로 의논해서 나쁠 일이야 있겠수."

객사 주인 임가의 얘기는 다음과 같았다. 임가와 그 사돈은 소싯적 같이 뱃사공 노릇을 했다. 착실히 일한 덕으로 그 사돈은 부안에 땅마지기나 장만하고 살게 되었다. 게다가 운도 겹치고 해서 최근엔 제법 부자 소리를 들을 만큼 되었는데, 장만한 땅 가운데 관토官土의 일부가 들어 있다는 생떼를 써서 잡아 가두었다는 것이다.

"관토라니, 어떻게 된 건데?"

"사돈 댁 땅의 인접한 곳에 자갈밭이 있었답니다요. 그걸 일구어 밭을 만들었는데 그것이 관토라고 트집을 잡는 겁니다요. 그런디 형방이 와서 귀띔으로 하는 말이, 이천 냥만 갖다주면 풀어주겠다는 겁니다요. 돈 이천 냥이 어디 쉬운 일입니까요. 부자라고 하지만 시골 부자 뻔한 겁니다요. 사돈은 그냥 맞아 죽을 터이니 한 푼 돈도 내지 말라고 하지만, 매일처럼 곤장을 맞는다는디 그걸 보아 넘길 수 있습니까요. 겨우 오백 냥 돈은 마련했는디, 형방의 말은 이천 냥에 한 푼 귀가 떨어져도 어림없다고 합네요."

사건으로선 고을마다에 있는 일이라 별반 신기한 것이 아니다.

사또와 육방 관속은 수단을 가리지 않고 수탈을 일삼게 되어 있는 판이니, 트집을 잡힌 게 불운이라고 할밖에 없었다.

"그 사돈이란 사람, 토지를 다 팔면 얼마가 되겠소?"

"제값 다 받으면 만 냥 돈이야 되겠지만, 누가 그런 돈 내놓구 살 사람이 있겠습니까요? 이 고장에 그런 돈 가진 사람도 없거니와, 돈 있는 표때를 보일 수도 없는 처지입네요."

"현감 이름이 뭐요?"

"신씨, 신씨라고만 알고 있습네요."

"도임한 지가 얼마나 되었소?"

"두 달 남짓합네요."

"두 달 남짓하면 발악할 때도 되었군."

한 달 사또가 수두룩한 가운데 두 달 남짓 자리를 지탱하고 있다면, 김문에 썩 잘 보인 축으로 쳐야 할지 몰랐다. 벼슬을 사기 위해 왔다갔다 바친 재물의 본전도 찾아야 할 것이고, 앞으로 명맥을 잇기 위해 뇌물도 써야 할 판이니, 부안현감도 가랑이가 째질 지경일 거라고 생각하니 웃음이 저절로 나왔다. 웃음을 터뜨리고 보니 침통한 객사 주인의 얼굴이 민망했다. 그래, 얼른 말했다.

"내 무슨 수를 써보리다."

확실한 자신이 있어서 한 말은 아니었으나, 객사 주인 임가의 감지덕지 어쩔 줄 모르는 태도를 보자, 최천중은 각오를 굳히지 않을 수 없었다.

"주인장, 사돈 이름이 뭐요?"

"심후택이라고 합니다요."

"하옥된 지 얼마나 되었수?"

"오늘로써 여드레째입니다요."

"곤장을 심하게 맞았는가요?"

"세 차례를 맞았답니다요. 굴신을 할 수 없는 지경이랍니다요."

임가의 눈에 눈물이 글썽했다. 최천중이 스스로 의분을 느꼈다. 무고한 백성을, 재물을 탐해서 함부로 가두고 때리고 하는 놈은 인면수심일밖에 없다. 그런 놈을 용납할 뿐 아니라, 그런 놈의 등을 쳐 먹는 세도가들이란 짐승만도 못한 놈들이다.

"그 일은 내게 맡겨두슈."

최천중이 단호한 말투로 말했다.

"그 은혜 결초보은이라도 하겠습니다요."

임가는 머리를 조아렸다.

"주인장의 사돈 심후택이란 사람은 독실한가요?"

"독실한 사람입니다요."

"정직한가요?"

"정직합니다요."

"부지런한가요?"

"부지런합니다요."

"신의는 있는 사람인가요?"

"신으로써 평생을 살아온 사람입니다요."

최천중의 가슴속에 방침이 굳어졌다.

"그럼 주인장, 주인장의 생각을 그대로 말해보슈. 아까 내가 묻던 송시진은 좋은 사람이우, 나쁜 사람이우?"

"…."

"그 사람이 어떤진 내게 중대한 일이오. 그런데 주인장이 본심을 밝히지 않는다면 경우가 틀리지 않소?"

"그 사람은 지독한 사람입니다요. 관가를 등에 업고 못 할 짓이 없습니다요. 도장 노릇을 하며 위로는 관가를 속이고, 아래로는 백성들을 등쳐먹는 고약한 인간으로 알려져 있습니다요."

"그런데 어떻게 도장 노릇을 할 수 있었을까요?"

"백성들 등을 쳐서 얼만가를 관가에 바쳐 못 할 짓이 없으니까 그렇게 된 것으로 압니다요."

"좋소. 그럼 내일 아침 사람을 보내 송시진을 이리로 오게 하시오."

객사 주인은 단번에 지친 얼굴이 되었다.

"내가 한 말이 전해지면 소인은 이곳에서 살지 못합니다요. 그리고 내가 오란대서 올 사람이 아닙니다요."

"주인장으로부터 그런 소리 안 들은 것으로 할 테니까, 그런 걱정은 마슈. 그리고 사람을 보낼 때, 한양에서 '최팔룡'이란 분의 부탁을 받고 온 사람이 부른다는 전갈을 전하도록 하면 틀림없이 올 것이오."

"분부대로 하겠습니다요."

"그럼, 물러가시오."

최천중은 객사 주인을 돌려보내고 궁리에 잠겼다. 이웃방에서 미닫이를 열고 연치성이 나타났다. 객사 주인과의 응수를 다 들었던 모양으로, 연치성이 물었다.

"그 심후택이란 사람을 어떻게 구해낼 작정입니까?"

"말로써 안 되면 이천 냥을 내가 대신 물어줄 작정이네."

그리고 덧붙였다.

"논 이천 두락 맡길 미더운 사음을 구하는 셈이거든. 미더운 사음을 구할 수가 있다면 이천 냥은 싼 것일세."

이튿날은 화창했다.

최천중은 구철룡과 만석에게 용돈을 주어, 성안 구경을 하라고 내보냈다. 연치성은 말을 타고 나갔다.

점심때 무렵에 송시진이 나타났다.

궐대가 큰, 제법 힘깨나 쓸 것 같은, 그리고 자신이 넘친 거만한 표정의, 사십 가까운 송시진이 객사 주인의 안내로 방안에 들어서선,

"내가 송시진이오."

하고 인사를 차리긴 했으나, 그 태도는 은근무례라는 말이 알맞은 그런 것이었다.

최천중은 냉랭하게 물었다.

"최팔룡을 아슈?"

"압니다만…."

"그 사람 지난여름에 사들인 토지가 있죠? 그 토지의 주인이 나요."

하자, 송시진의 태도에 약간의 변화가 있었다. 그러나 그건 옷매무새를 고치는 척한 것뿐이고, 얼굴엔 오만불손한 표정이 그대로 남았다. 그러면서도 하는 말은,

"먼길에 오시느라고 얼마나 수고가 많으셨습니까요? 한 번쯤 오시리라고 생각은 했습니다만, 이렇게 뵙게 되니 반갑습니다요."

하고 격식을 갖추었다.

"당신이 사음을 맡았다죠?"

"예, 하두 최 생원께서 부탁이 있고 해서 맡았습니다요."

"수고가 많았소."

"수고랄 거야, 뭐. 하기야 사음 노릇이 그렇게 수월한 건 아닙니다요. 농부란 건 어떻게든 속일라고만 하는 못된 버릇을 갖고 있은께요. 사음의 대가 약하면 수 구경 못 합니다요, 헤헷."

"그러니까, 송 생원 덕택으로 나는 수 구경은 할 수 있겠소그려."

"물론입니다요. 내가 댁의 사음을 하는 동안엔 걱정 없을 것입니다요."

"고마운 일이군요. 한데, 물어보아도 되겠소?"

"뭣을 말입니까요?"

"금년 추수 말이오."

"물론 물으셔얍지요."

"금년 추수가 얼마나 되었수?"

"칠백 석이고 열 석입니다요."

"사만 평이 넘는 이천 두락에서 난 벼가 칠백 석이란 말인가요?"

"칠백 석 받아낸 건 순전히 내 수완입니다요. 대차게 설치지 않았으면, 한 삼백 석 받고 그만이 될 뻔했습니다요."

"더더욱 고마운 일이군요."

최천중은 어이가 없다는 감정을 가까스로 누르고 우선 이렇게 말했다.

"내 공로를 알아주시니 다행입니다요."

송시진의 능글능글한 얼굴을 바라보며 최천중이 다시 물었다.

"최팔룡 씨로부터 듣기론, 이천 석 남짓 수를 받을 수 있는 토지를 샀다고 하던데, 칠백 석이면 겨우 삼분의 일밖엔 안 되는 것 아뇨?"

"허어 참."

하고 송시진이 아랫입술을 내밀었다.

"한양의 한량들은 이렇당께. 농사를 짓지 않은께, 가물면 어찌 되고 홍수가 나면 어찌 된다는 걸 통 모른께 답답해여. 금년 초엔 가뭄이 들고, 나락꽃이 필 무렵엔 바람이 불었고, 그렁께 한재, 수재, 풍재 삼재가 골고루 들었단 말입니다요. 그래도 칠백 석을 받았으니 어지간하지 않습니까요. 궁토 관리를 그렇고롬 했더라면 난 나라님의 상 받을끼랑께…."

송시진은 기고만장 떠들어댔다.

"상은 나라님만 주는 건 아니죠. 나도 상을 줄 수 있어요. 사정이 정 그렇다면 내 상을 주리다."

최천중이 정중하게 말했다. 송시진은 '헷헤'하고 웃었다.

“그런데 만일 사정이 그렇지 않다면….”
하고 최천중이 조금 언성을 높여 말했다.

“….”

“벌을 받아야 할 것 아닐까요?”

“그렇고말고라요.”

송시진이 자신만만하게 말했다.

“그럼, 실정을 어떻게 알아봐야 하겠소?”

“실정을 알아보다니, 어떻게 된 말씀입니까?”

“실정을 무슨 방도로든지 내가 알아봐야 하지 않겠소?”

송시진은 물끄러미 바라보고 있더니 거만한 표정을 우악스럽게 바꾸곤,

“가만 들어본께, 내 말을 못 믿겠다는 얘긴개비여. 부안 땅에서 송시진을 못 믿고 누굴 믿을낑가아.”
하며 으르렁댔다.

“믿고 안 믿고에 여부가 있는 건 아뇨. 세상사란 그런 것 아뇨? 돈은 헤아려서 주구, 또 헤아려서 받구, 뻔히 맞는 줄 알면서도 말요. 나라의 세금 받는 것과 같은 이치죠. 받는 사람 있구, 챙기는 사람 있구. 그래야 피차 꺼림하지 않게 넘어갈 수 있지 않겠수? 그러니 내가 당신을 못 믿어서가 아니라, 일의 경우를 따르자는 얘길 뿐이오.”

“꼭 그렇다면 어찌 챙길 것인가?”

“그건 내가 묻고 싶은 말요.”

“칠백열 몇 섬을 똑똑히 혀서 받으면 될 것 아니라꼬?”

송시진이 배짱을 부릴 참으로 보였다.

최천중은 송의 그런 태도엔 아랑곳없어,

"작인作人의 명단 같은 건 있겠죠?"

하고 물었다.

"있습니다요."

그런데 그걸 어떻게 할 거냐는 투가 언외에 풍겼다.

"그 명단을 한번 보았으면 하오."

"지주가 작인의 명단까지 보겠다면, 사음은 뭣 하는 것이랑가요?"

"하여간 나는 그걸 보고 싶소."

"꼭 보고 싶다면야 보여드립니다요."

"지금 좀 봅시다."

최천중은 일단은 이쯤 해두는 게 무난할 것이라고 판단하고 다음과 같이 말했다.

"삼재가 들어, 선량한 농부들의 사정을 봐서 수를 적게 받아들인 것은 잘한 일이오. 농부가 딱한데 지주의 이익만 생각하여 그 딱한 사정을 봐주지 않는 그런 사음이라면, 나는 당장 이 자리에서 그 사음을 바꿔칠 작정을 했소이다. 그런데 송 생원께선 지주야 뭐라고 하든 말든 작인의 사정을 짐작하고, 삼분의 일만 받아들인 아량을 보였다니 대단한 일 아닙니까? 내가 명단을 보자고 한 것은, 그 가운데 딱한 사람을 가려내어, 이미 받아놓은 칠백 섬을 도로 나눠줄까 해서 한 말이오. 명단을 내놓고 그 일을 함께 의논하자는 거요. 그 목적 이외엔 아무것도 없소."

송시진은 어안이 벙벙한 듯 코를 벌름벌름했다.

"그러니까 명단을 언제 가지고 오겠소?"

"내일이라도 가지고 오겠습니다요."

최천중은 객사 주인에게 술상을 준비하라고 일렀다.

'영자英姿'란 말이 있다.

연치성이 말을 탄 모습을 위해 만들어진 표현일 것이다. 청국풍의 검은 털모자를 쓰고, 속엔 털을 댄 연한 밤색의 웃옷을 허리쯤에서 동여매고 가죽 각반을 친 기상騎上의 연치성은, 이제 막 그림책으로부터 빠져나온 듯한 귀공자의 모습 그대로였다. 행인들은 입을 벌리고 서서 그를 우러러봤다. 담 너머로 바라본 여자들도 노약老若 할 것 없이 넋을 잃었다.

그림 같은 귀공자가 말을 타고 이리로 오고 있다는 소문이 입에서 입으로 바람처럼 스쳤다. 반각쯤 지났을 무렵에는 사람들이 쏟아져 나와 길 양편을 메웠다.

성내에서 사는 사람들은 양반과는 달리 내외를 엄하게 단속하지 않는 까닭도 있어 처녀들까지도 부끄럼 없이, 아니 부끄럼을 탈 마음의 여유를 가질 까닭도 없이 저마다 얼굴을 내밀었고, 귀공자와 눈을 맞추려고 안간힘을 썼다.

이를테면, 부안 성내는 그날 연치성으로 인해 발칵 뒤집힌 것이다.

'부안 절색'이란 소문이 있던 윤가尹哥 성 가진 형방의 딸은, 자기의 용색容色에 자신이 있는 데다가 형방 노릇을 하는 아버지의 권세를 믿는 마음으로 무망無望하지 않다고 생각한 때문인지, 연치성을 먼빛으로 보자 까무러쳐 자리에 누웠다.

권번券番에선 소동이 일었다.

"그 도련님을 하룻밤만이라도 모실 수가 있다면, 이때까지 번 재물을 몽땅 바치겠다."

고 나서는 기생이 있는가 하면,

"하룻밤이 뭐야, 난 손목이라도 한 번 잡혀보았으면 지금 죽어도 한이 없겠다."

고 한숨짓는 기생도 있었다.

그 가운데, 부안 권번에선 제일이라는 정평을 가진 옥선玉仙은 미색에다 가무가 출중한 기생인데, 원래 과묵한 성품이라서 말은 하지 않았지만 어떻게 해서라도 그 귀공자의 마음을 끌어볼 요량으로, 마음 깊은 곳에서 책략을 꾸미는 쪽으로 기울어들었다.

촌부寸部에서 성내에 볼 일이 있어서 왔다가 우연히 연치성의 모습을 보게 된 어느 노유생老儒生은, 장탄식하고 조식曹植의 시구를 읊었다.

고반견광채顧盼遣光采

장소기약란長嘯氣若蘭

행도용식가行徒用息駕

휴자이망찬休者以忘餐

(뒤돌아보는 그 눈매의 빛나는 아름다움이여!

휘파람을 부는 듯한 풍정은 난꽃을 연상케 하는데,

그래서 길 가는 사람은 수레를 멈추고,

쉬는 사람들은 식사하길 잊는다.)

미녀 아닌 미동으로 인해, 이미 피가 말라 있는 유생이 조식의 시에 뜻밖의 공감을 느꼈던 것이다.

잠자듯 고요한 읍성, 차가운 바람이 불어 죽은 듯 움츠리고 있는 부안의 읍성이 연치성의 출현으로 인해 밤중에 태양을 본 것처럼, 한겨울에 봄철의 꽃이 핀 것처럼 놀라 술렁댔다.

연치성은 그러한 소동엔 아랑곳없이, 맑고 깊은 눈을 멀게 뜨고 비정하리만큼 차가운 표정으로 입을 다물곤, 애마의 걸음을 조절하며 하염없이 부안 성내의 이 골목 저 골목을 헤맸다. 혹시 하는 아련한 소망이 그의 가슴엔 있었다. '이렇게 방방곡곡을 누비는 동안 혹시 어머니를 만날 수 있지도 않을까!' 하는.

연치성이 이렇게 성내에 회오리를 일으키고 있을 때, 청원루淸遠樓 근처의 주막에서 만석이란 놈은 엉뚱한 수작을 부리고 있었다.

청원루에서 놀다가 만석은, 굳이 구철룡을 떼밀듯이 해서 보내놓고 자기는 주막집으로 들어섰던 것인데, 그것은 술을 마시고 싶어서가 아니고 거짓말을 꾸미고 싶은 입과 가슴이 근질근질했기 때문이었다.

"횅히 못 보던 얼굴인디, 총각은 어디서 왔소이?"

주청에 모여 앉은 건달의 하나가 물었다. 이런 말이 건너올 줄을 만석이는 미리 짐작하고 있는 터라, 말이 저절로 흘러나왔다.

"나 말이오? 나는 한양에서 왔수다."

"한양에서 왔어라우? 한양, 좋은 곳인디 뭣 하러 이런 델 왔당가?"

"한양이래서 누구에게나 다 좋겠수? 좋은 사람한테나 좋지."

"그건 그려. 헌디 여긴 뭣 하러 왔소이?"

"배를 타보고 싶어 배를 탔더니만 인심이 좋은 나으리가 있어, 같이 따라온다는 게 이곳까지 와버렸소."

"인심 좋은 나으리라면, 어제 남문의 객사에 들었다는 손님들 말인개벼?"

"그렇소."

"아 참, 도대체 그 사람들은 뭣 하는 사람들이여?"

"나도 잘 모르겠소."

"같이 왔다면서도 모른당가?"

"어찌 알겠소. 나 같은 놈 주제에 어디 물어보기라도 하겠수?"

"그래도 짐작이란 건 있지 않을개벼."

"지체 높고, 돈 많은 댁의 나으리들이란 짐작만은 할 수 있었지만 속속들이야…. 한데, 최씨 성 가진 나으리는 한양 교동에서 한창 세도를 피우고 있는 김씨 댁의 사위인 것 같았소."

"한양 교동의 김씨라면, 영의정 판서들이 우글우글하다는 그 김문 말인개벼?"

"바로 그 김씨 댁의 사위인 것 같더라, 그 말씀이오."

주청에 있는 사람들의 눈초리가 한꺼번에 만석이에게 쏠렸다.

"교동 김씨야 말할 것 있소. 천하가 자기들 것 아뇨. 임금님도 그 사람들 뜻대로 하는걸요."

“김문의 사위라고 해도 뉘 집 사윈가? 열두 집이나 있다고 들었는다.”

이렇게 말한 사람은 초로를 넘어 있었다. 한양 출입깨나 한 사람인 모양으로, 교동 김씨 일문의 세도가 얼마나 당당한가, 부잔가를 부산하게 설명했다.

“뉘 댁 사위인지 그것까지야 알 수 있소. 하여간, 그 집 사위인 것만은 틀림이 없을 것 같았소. 배를 탈 때, 그 집 종들이 몰려와 있었거든요. 게다가 관속들이 굽실굽실했는데, 최씨 성을 갖고 있는 사람이 그 집안의 처객妻客도 아닌 담에야 어떻게 김문의 그런 융숭한 전송을 받겠소. 그러나 본인이 그런 말을 안 했으니, 꼭 그렇다고 장담은 못 하지만두요.”

만석 앞으로 잔이 쏟아져 들어왔다. 만석은 흡족해서,

“이 고을에 온 인사로 내가 한턱 사리다. 저 돼지다리 이리로 내오슈.”

하고 호기를 부렸다. 원래 소질이 있는 데다가, 얼근하게 취하기까지 한 만석은, 그럴듯하게 거짓말을 꾸며나갔다. 그러나 최천중이 화를 입지 않도록 조심하길 잊지 않았다.

성내의 골목마다를 누비곤 연치성이 성밖을 한 바퀴 돌았다. 부안의 성벽은 석축으로 된 것으로서, 높이가 15척, 둘레가 1만6천여 척이라고 했다. 동서남으로 망루와 문이 있으되, 성벽의 군데군데가 허물어져 있어, 성의 구실은 이미 잃고 있었다. 게다가 성밖으로 민가가 너무 나와 있었다. 이를테면, 무용無用의 성벽이었다.

군사적인 안목이 있는 연치성은, 그런 무용의 성벽을 만들기 위해 백성들을 부역시키는 노릇 자체가 못마땅하게 느껴졌다. 자연, 청국의 소읍小邑과 부안을 비교해보는 마음이 되었다. 그러니 새삼스럽게 울울한 마음이 괴었다.

연치성은 쓸쓸한 마음을 안고 객사로 돌아왔다. 객사의 안팎엔 사람들이 몰려와 붐비고 있었다.

'무슨 일이라도 생겼는가?'
했는데, 그 군중이 연치성 자기를 구경하러 온 것인 줄 알자 씁쓸하게 웃곤, 말을 철룡에게 맡기고 최천중의 방으로 들어섰다.

최천중은 사음 송시진과 더불어 술을 마시고 있다가, 연치성이 들어오는 것을 보자 반기며 송시진과 수인사를 시켰다.

송시진 역시 연치성의 미모에 넋을 잃도록 놀랐다. 그래, 술잔을 권하며 이런저런 말을 걸기 시작했다. 그러나 연치성은 술을 마시지 않겠다고 사양하고, 술상과는 떨어진 자리에서 얌전히 앉아 최천중과 송시진의 응수에 귀를 기울였다. 그런데 무료한 탓도 있었지만, 벼룩이 이곳저곳에서 뛰고 있는 것이 눈에 띄었다.

연치성은 무심코 머리카락 한 개를 뽑아, 그 끝에 올가미를 만들고 주위에서 뛰고 있는 벼룩을 그 올가미로 홀치기 시작했다. 그리고 홀친 벼룩을 한 마리, 한 마리 옆에 있는 화로 속에 집어넣었다.

처음엔 연치성이 공연히 손을 놀리고 있는 것쯤으로 알았던 최천중은, 그 동작의 의미를 알아차리자 깜짝 놀랐다.

"연공, 뭣 하고 있는가?"

"벼룩을 잡고 있습니다."

그때, 송시진도 그 동작의 의미를 알고 눈을 휘둥그렇게 떴다.

"벼룩을 잡다니, 이거 원…."

하니, 최천중과 송시진이 보는 앞에서 연치성이 또, 무지拇指와 시지示指 사이에 끼운 머리카락 올가미를 날쌔게 놀려 뛰는 벼룩을 홀쳤다.

귀신이 곡할 노릇이란 정말 그런 것을 두고 말하는 것이리라. 송시진은 놀람이 지나쳐 겁을 먹었고, 최천중도 속으로 혀를 내둘렀다. 그러는 동안에도 연치성은,

"부안엔 원래 벼룩이 많은 건가. 방이 따뜻하니 이처럼 모여든 건가."

하고 중얼거리며 쉴 새 없이 머리카락 올가미를 움직였다.

그럴 때마다 백발백중 벼룩을 홀쳤다.

송시진은, 제자가 이런 기술을 가지고 있을 때 그 선생인 최천중은 어떤 기술을 가졌겠느냐 하는 지레짐작으로, 이때까지 거만했던 표정과 태도를 죄지은 사람 같은 비굴한 태도로 고쳤다.

그리고 돌연 무릎을 꿇곤,

"연공이라고 하옵셨죠? 몰라보고 실례가 많았습네요."

하고 머리를 조아렸다.

"연공, 그만하게. 이리 와서 같이 한잔하겠나? 그러다간 부안의 벼룩 씨를 말리겠다."

며 최천중이 껄껄 웃었다.

거나하게 취한 유만석이 객사로 돌아와, 뒷문으로 살짝 자기 방

에 와선 '어어 취했어' 하고 드러누운 것은 해거름 무렵이었다.

이때는 벌써 연치성이 일으킨 소란 소식과 곁들여 최천중이 교동 김문의 사위라는 소식이 감영으로 전해져, 감영이 발칵 뒤집혀 있었다.

"김문의 사위라면 어느 대감의 사위일까?"

현감은 어름어름 김 좌수의 눈치를 살폈고, 김 좌수는 김 좌수대로 어름어름 중얼거렸다.

"김흥근 대감의 사위일까? 김문근 대감의 사위라면 상감의 동서가 되는 긴디, 설마 그렇진 않을 기고…."

"열두 집 어느 집의 사위든지 예사로 대접할 사람은 아닌 기여."

"그렇고말고입네요."

"그럼, 어떻게 대접해야 하나?"

"사또께서 객사까지 나가셔야 할 줄 압니다요."

"그렇게 해야지."

곧이어, 사또께서 남문 객사로 나가니 차비를 차리란 영이 내려졌다.

그러는 차에, 또 한 소식이 날아들었다. 허겁지겁 이방이 이제 막 들은 소식을 현감에게 아뢨다.

"연씨 성 가진 선비, 하두 인물이 잘나 성내를 떠들썩하게 했다는 그 선비 말입네요. 신통한 기술을 가졌는디, 보통 사람이 아니랍니다요. 머리카락 올가미로 뛰는 벼룩을 백발백중 홀긴답니다요."

"뭐라구? 벼룩을 머리카락 올가미로 홀껴?"

"예, 그렇답니다요. 고촌의 송 도장이 방금 그걸 자기 눈으로 보고 왔답니다요. 송 도장은 지금 금산집에 있답니다요. 귀신에게 홀린 것 같다면서, 아직 정신을 차리지 못한답니다요."

"호랑일 잡았다면 또 몰라. 벼룩 몇 마리 잡았다고 그 야단이랑가?"

김 좌수가 말하자, 이방은 어처구니가 없다는 듯 핀잔을 퍼부었다.

"어른이 그게 무슨 말씀입네요. 호랑일 올가미에 묶는 건 쉬워도 벼룩을 올가미에, 그것도 머리카락 올가미에 묶는 건 안 되는 일입니다요. 한번 생각해보시란께?"

그때서야 김 좌수도 사태를 납득했다는 듯 고개를 끄덕거렸다.

행차할 차비가 다 되었다고 하자, 현감이 일어섰다.

"백문이 불여일견이니 내가 가볼 것이여. 퇴기 명월의 집에 일러 잔칫상을 준비하도록 해요."

현감의 행차에 좌수가 수행하기로 했다. 현감은 단독으로 한양 손님을 만나기가 두려웠던 것이다.

현감의 행차가 떠나자, 육방 관속이 사방으로 뛰었다. 이방은 퇴기 명월의 집으로, 형방은 푸줏간으로, 예방은 기생 점고를 위해 권번으로, 공방은 해산물 도가로…. 그래서 다음과 같은 노래가 부안에 생겼다.

"한양에서 손님 왔네. 부안감영 야단났네. 그래도 우리 현감, 명관 축에 드노메라, 바지에 오줌 싸도 나귀는 바로 탔다…."

아닌 게 아니라, 그때 부안현감은 당황했기로서니 남원 고을 변학도처럼 나귀를 거꾸로 타고, 문 들어오니 바람 닫으라는 따위의 치사스런 꼴은 보이지 않았던 모양이다.

쉰 살 가까운 현감이 서른 살 되는 최천중을 상좌에다 모시려고 했으니, 아첨이 동방의 예법을 파괴할 정도로 보편화되어 있었다는 증거가 되기도 한다.

그러나 영리한 최천중이 후환을 남길 서툰 짓을 할 까닭이 없다.

"십 세 이상이면 형사지兄事之*거늘, 감히 후학이 상좌에 앉을 수 있사오리까."

하고 사양하고 그 사양이 통하지 않자,

"후학은 포의소관布衣素冠**의 신분인지라, 왕명을 받든 목민관의 상좌에 앉는다는 것은 국법과 예도에 어긋나는 일인즉, 후학을 죄인으로 만들지 마소서."

하는 강한 언변까지 토했다. 그래서 기어이 하좌에 앉게 된 것인데, 현감 자신은 최천중이 고관대작의 사위인 몸인데도 심히 겸손한 인품이라고 해서 더욱더 황공한 마음을 가졌다. 그러니 그 술자리에서 최천중은 안심하고 얼마든지 겸손할 수 있었고, 그럴수록 우러러뵈는 효과를 거둘 수가 있었다. 뒤에 설혹 최천중이 그 신분에 어울리지 않는 과분한 대접을 받았다는 사실이 탄로가 날 경우라도, 조금도 어색함이 없도록 처신한 것이다.

---

* 나이가 좀 많은 사람을 형처럼 모심.
** 벼슬하지 않음.

"듣자오니 김문의 처객이라고 하셨는데, 빙장 어른의 함자는 어떻게 되시는지?"

좌정하여 수인사가 끝나자 현감이 물었다. 최천중의 대답은 정확했다.

"천만의 말씀, 저와 김문과는 아무런 관련이 없사옵니다."

그러나 현감은 그 대답을 신분을 숨기기 위한 도회韜晦***라고만 생각했다. 그래도 현감은 확증을 얻고 싶어서 김문을 화제에 계속 올렸다.

최천중은 김문의 사정에 밝았다. 심지어는 김흥근 대감의 식객인 정수동까지 잘 알고 있는 판이니, 최천중의 대답엔 거침이 없었다. 현감은 최천중이 김문의 처객임을 믿지 않을 도리가 없었다. 최천중은 자신의 입으론 그 사실을 강력하게 부인하면서도, 상대방이 그렇게 믿도록 화제를 적당하게 요리했다.

현감은 최천중의 유식有識에도 감동했다. 박람강기博覽强記****한 데다가 시문의 소양이 깊은 최천중은, 어떤 문장을 화제로 해도 막히는 데가 없을 뿐 아니라, 그 견식이 탁월했기 때문에 장차 대각에 설 사람으로 믿어 의심하지 않았다.

"최공의 일행에 연공이란 선비가 있다고 들었는데, 특히 용모가 수려하고 어떤 신기神技를 가졌다고 들었는데, 그분은 어떤 분이십니까?"

*** 재능이나 학식, 신분 따위를 숨겨 감춤

**** 고금동서의 서적을 널리 읽고, 그 내용을 잘 기억하고 있음.

하는 물음이 있었을 땐, 최천중이

"그 사람은 전 강릉부사 연백호 공의 아드님이온데, 무술에 뛰어난 재질을 가졌습니다."

하고 솔직하게 말했다.

"그런데 왜 무과로 입신할 생각을 갖지 않았을까요?"

현감은 연치성뿐만 아니라 최천중의 등과 여부가 궁금했던 것이다.

"벼슬을 하기 전에 세상을 좀 더 잘 알려고 하는 겁니다. 관을 탐한 나머지, 수신을 소홀히 하는 풍조가 있지 않습니까. 연공으로 말하면, 본인이 벼슬에 뜻이 있다고만 하면 언제이건 문이 열려 있는 사람이니까요."

최천중은 넌지시 자기의 입장을 설명하는 뜻도 된다는 것을 계산에 넣고 이렇게 말했다.

현감의 최천중에 대한 경복敬服은, 시간이 감에 따라 그 도가 짙어만 갔다.

"듣자니, 그 연공이란 분은 모발로써 올가미를 작作하여 뛰는 벼룩을 포捕하는 신기를 가졌댐시여?"

하고 김 좌수가 끼여 물었다.

최천중은 김 좌수의 얼굴을 자세히 보았다. 초로에 들어선 듯, 듬성듬성 주름이 잡힌 얼굴에 깔린 미골媚骨*이 밉살스러웠다.

그래서 한 말이다.

"연공은 벼룩을 포한 것이 아니라 벼룩을 잡았습니다."

---

* 아첨기.

"잡는 거나 포하는 거나 월색月色이 달빛인께, 상관 있습네요. 한 번 그 신기를 견見했으면 하옵는디요."

김 좌수는 수염에 묻은 술 방울을 쓰다듬고 제법 점잔을 뺐다.

"별 사연이 없으면 연공도 같이 모셨으면 합니다."

현감도 은근히 청했다.

"연공을 이리로 오게 하는 건 쉬운 일이오만, 그 사람은 자기의 기술을 주석에서 자랑해 뵈는 그런 인물이 아니오. 결례되는 일이 없겠다면 불러오도록 하겠소."

"손님께 결례되는 짓을 어찌 하오리까. 휴념**하십시오."

현감은 정중했다.

최천중은 쪽지를 써서 가마와 함께 객사로 보낸 뒤, 부안의 유서를 읊은 시를 알고 싶다고 했다.

"있습지요."

하고, 김 좌수가 목청을 다듬어 읊었다.

> 강산청승적영봉江山淸勝敵瀛蓬
>
> 입옥용은만고동立玉鎔銀萬古同***

그런데 이 절 이상으로 나가질 못했다. 눈을 감고 귀를 기울이고 있던 최천중이, 왜 시창을 도중에서 끊어버리느냐고 물었다.

** 休念: 염려 놓음.

*** '청명한 강산 영주 봉래와 같으니, 옥을 묶어 세운 듯 은을 녹여 만든 듯 만고에 변함없네.'

"다음 전구轉句를 잊었습네요."

김 좌수가 비굴한 웃음을 띠었다.

"변산이 경승이라서 좋은 시가 많습니다. 이규보의 시에 이런 것이 있지요."

하고 현감이 한마디 읊었다.

변산자고칭천부邊山自古稱天府

호동장재수동이好棟長材修棟梁*

"어제 취원루에 올랐더니, 현판에 김종직金宗直의 시가 있더군요. 김종직과 변산이 혹시 무슨 인연이라도 있는 것일까요?"

최천중이 현감을 향하여 묻자, 현감은 김 좌수에게 눈짓을 하였다. 그러나 김 좌수는 꿀 먹은 벙어리처럼 입만 오물오물했다. 현감은

"솔직히 부안에 온 지가 일천하여서 소상히 알지 못합니다."

하고 무안한 기색을 보였다.

"부안엔 고찰이 많다고 들었는데요?"

현감의 무안을 덜어줄 양으로 최천중이 얼른 이렇게 물었다.

"많습니다요."

김 좌수가 침을 꿀꺽 삼켰다.

"도솔사, 청림사, 문수사, 실상사, 의상암, 원효방, 불사의 방장, 그

---

* '변산은 예로부터 기름진 땅으로 부르는데, 좋은 재목 가리어 동량으로 쓰리라.'

리고 소래사가 있습니다요. 모두 유래가 심深한 절인디요. 특히 소래사로 말하자면….”

할 때 현감이 그 말끝을 가로챘다.

“그 소래사를 두고 정지상鄭知常의 명시가 있습니다. ‘부운유수객도사浮雲流水客到寺, 홍엽창태승폐문紅葉蒼苔僧閉門, 추풍미량취락일秋風微涼吹落日, 산월점백제청원山月漸白啼淸猿’**….”

최천중은 되풀이해서 그 시를 듣고 모필을 빌려서 첩에 적어 넣기도 했다. 그것은 현감에 대한 체면치레로 한 노릇이었다.

연치성은 도착하자 마루에 꿇어앉아,

“선생님, 무슨 분부시옵니까?”

하고, 최천중을 향해 나부시 절했다.

“이리로 들게. 분부가 있어서가 아니라, 이곳 사또 어른께서 친히 연공을 보고 싶다고 하시네.”

최천중이 부드럽게 말했다.

방으로 들어서는 연치성을 보자, 현감은 눈을 둥그렇게 떴다.

김 좌수는 멍청하게 입을 벌렸다. 기생들은 혼이 빠져 숨을 죽였다. 그도 그럴 것이다. 연치성의 등장으로 인해 방안에 현란한 광채가 비낀 것이다.

“선성先聲***은 익히 들었소만….”

** ‘뜬구름 흐르는 물인 양 나그네 절에 이르니, 단풍잎 푸른 이끼 가득한데 중은 문을 닫는구나. 가을바람 서늘하여 지는 해에 불어오고, 산 달이 차츰 훤해지니 잔나비 울음소리 들려온다.’

*** 전부터 들었던 명성.

현감이 인사를 차린 건 수각 뒤의 일이었다. 김 좌수도 겨우 정신을 돌이켜 인사를 차렸다.

현감이 기생더러 연치성의 술잔에 술을 따르라고 일렀다. 술병을 든 기생의 손이 폭풍 속의 나뭇잎처럼 떨렸다. 보면 볼수록 연치성의 용자容姿는 아름다웠다. 그러면서도 여자의 아름다움에선 볼 수 없는 위엄이 갖추어져 있었다. 현감은 부안의 성내가 떠들썩한 것도 당연한 일이라고 생각했다. 부안만이 아니라 이런 용색이면 조선 팔도가 떠들썩할 만했으니 말이다.

절경과 절색 앞에선 본래 저절로 함구하게 되는 법이다. 한동안 말없이 술잔의 응수만이 있었다. 먼저 입을 연 것은 최천중이었다.

"영감, 모처럼 연공을 오라고 했으니 무슨 말씀이라도 있어야 할 것 아닙니까?"

"솔직히 꿈을 꾸고 있는 것 같사와…."

하고 현감은 뒤를 잇지 못했다.

김 좌수가 당돌하게 입을 열었다.

"문聞컨대, 귀공은 신통한 기술을 유有한다고 했습던데요."

"신통한 기술이란 건 없습니다."

연치성이 조용하게 말하였다.

"모발로써 벼룩을 포捕하였다고 문聞했습네요."

"그게 무슨 기술입니까. 파리나 모기나 벼룩 등속은 누구나 쫓든지 잡든지 하는 법, 소인도 귀찮은 벌레는 싫소이다."

연치성은 살큼 웃음을 띠었다.

"연然이나, 그것을 포捕하는 법이 특출하여서 가히 명인지경名人

之境이라고 문聞했습네요."

김 좌수의 말투가 아까부터 귀에 거슬렸던 참이라, 최천중이 넌지시 한마디 했다.

"좌수 어른의 용언지법用言之法이 가히 명인지경이오."

"과분한 말씀입니다요."

"과분하긴. 진서眞書를 배워 그만큼 활용하기가 어디 쉬운 일이겠소."

그러자 김 좌수가 뭐라고 하려는 것을 막아버리고 현감이 말했다.

"연공이 그러한 도술을 닦은 포부를 듣고 싶소."

"도술은 저기 계시는 선생님이 하시는 일이고, 소생은 치졸하게 무술을 익혔을 뿐입니다."

"무술도 명인의 경지에 이르면 도술이 되는 것 아니겠소?"

"명인, 명인 하시지만 그 경지는 아득히 먼 것이옵니다. 활의 명인은 '불사不射의 사射'라야만 하고, 포술捕術의 명인은 '불포不捕의 포捕'라야 하는 겁니다."

연치성의 말은 늠연했다.

"'불사의 사'란 어떤 것을 말하는 것입니까?"

현감은 대단한 흥미를 느낀 모양으로 이렇게 물었다.

연치성은 최천중에게 눈을 돌렸다. 말을 해야 옳으냐, 안 해야 옳으냐를 의논한 것이다. 최천중이 보일 듯 말 듯 고개를 끄덕이고 눈에 웃음을 띠었다. 얘길 하라는 뜻이었다.

"옛날 조趙나라에 '기창紀昌'이란 활의 명수가 있었소."

하고 연치성이 얘기를 시작했다.

기창은 이백 보 저편에서 유엽柳葉을 쏘아 백발백중했으며, 백 개의 화살로써 하나의 표적을 쏘면 과녁에 꽂힌 제일시第一矢의 뒷부분에 제이시第二矢가 꽂히는데, 그런 식으로 백 개의 화살이 일직선이 될 정도의 명수였다. 그러나 그는 천하제일의 궁수랄 수는 없었다.

드디어 그는 태행산太行山에 '감승甘蠅'이란 궁술의 명인이 있다는 소식을 듣고 찾아갔다. 기창은 감승 앞에서 하늘을 나는 기러기를 쏘아, 화살 하나로써 다섯 마리를 떨어뜨렸다. 그런데 감승은 독수리 한 마리가 머리 위를 빙빙 돌다가 하늘 끝으로 날아가 깨알만큼 보일 정도로 멀어졌을 때 날카로운 안광眼光을 쏘았다. 그러자 그 독수리는 돌멩이처럼 떨어졌다.

"이것이 바로 '불사의 사'라는 겁니다. 기창은 감승 도사 곁에 9년 동안을 있으면서, 활이 무엇인지를 잊을 정도로 '불사의 사'를 배웠다고 합니다. 말하자면 화살을 쏘아 뭣을 맞히거나 잡거나 할 동안엔 명인이라고 할 수 없다는 얘깁니다."

"그럼, '불포의 포'라는 건 또 뭣입니까?"

"말 그대로 잡지 않고 잡는 거죠. 가령 호랑이가 있다고 칩시다. 거기 서라고 하면 호랑이가 그 자리에서 움직이지 못합니다. 파리나 벼룩을 잡을 필요 없이 그 파리나 벼룩이 범접을 못 하게 되는 겁니다. 그리고 '불포의 포'를 할 줄 아는 사람은 묶여 있는 동물이나 사람을 십 리 밖, 또는 백 리 밖에 앉아서 풀어주는 힘을 갖고 있는 겁니다. 이쯤 돼야 비로소 명인이라고 할 수 있지 않겠습니까?

그러니 소생 따위는 아직 어림도 없습니다."

"이 세상에 어찌 그런 명인이 재在하겠습네요."

김 좌수가 입을 비쭉했다.

"그런 명인이 있습니다. 이 세상을 얕잡아봐선 안 됩니다."

김 좌수의 말버릇이 탐탁하지 않았던지, 연치성이 분연히 말했다.

"그런 명인이 어디에 재在합네요? 귀공께서 견見한 적이 유有하옵니까요?"

김 좌수의 빈정대는 투가 완연했다.

"소생은 본 적도 있고 모시고도 있습니다."

"하처何處에서요?"

"바로 이 자리에 계십니다."

하고, 연치성은 최천중을 가리키는 뜻으로 그를 향해 가볍게 읍하며 말을 이었다.

"선생님이야말로 '불사의 사'를 하십니다. 눈빛으로 적을 뉘시니까요. 선생님이야말로 '불포의 포'를 하십니다. 십 리 밖에 앉으셔서 동물을 묶기도 하고, 묶인 동물이나 사람을 풀어주시기도 하니까요. 선생님에 비하면, 소생은 초개草芥*나 다를 바가 없습니다."

아찔한 것은 김 좌수와 현감만이 아니었다. 최천중 자신이 아찔했다. 그러나 연치성은 결코 허황된 얘기를 한 것이 아니었다. 사물의 핵심을 뚫어보는 최천중에게 '불사의 사'를 느꼈고, 금부禁府에 붙들려 죽음을 기다리고 있었던 자기를 풀어준 최천중에게 '불포

---

* 풀과 티끌.

의 포'를 행하는 위력을 은혜와 더불어 느끼고 있었던 것이다.

꿈속에서 깨어난 듯 현감은

"여봐라!"

고함을 질렀다. 바깥에서 대기하고 있던 사령이 문밖에서 대령했다.

"너 빨리 가서 연심과 옥선을 데리고 오너라. 미양微恙*이 있기로서니 피치 못할지니라. 엄한 분부라고 일러라."

하곤, 최천중에겐 다음과 같이 말했다.

"부안 기생의 쌍옥雙玉으로 연심과 옥선이 있는데 미양으로 자리에 못 나오겠다고 했지만 최공과 연공을 모신 마당엔 도리가 없습니다. 그들을 불러와 자리에 어울리게 해야겠소."

최천중은 웃음을 머금고,

"아무리 쌍옥이라고 할지라도 몸이 아프다면 티가 든 구슬이나 마찬가진즉, 아픈 기생을 데리고 올 것까진 없지 않겠습니까."

하면서도, 능구렁이 같은 현감이 좋은 기생을 내놓으면 빼앗길까 보아 못 나오게 해두었던 것일 거라고 짐작했다.

"미양이라고 했으니 대단할 것 없을 겁니다. 아마 지금쯤은 나아 있을지도 모를 일이구요."

하는 것을 보면, 현감은 연치성과 최천중의 인품에 반해 어느 정도 희생을 감내하리란 협기俠氣를 낸 것이 분명했다.

최천중이, 이미 자리에 있었던 월매月梅란 이름의 기생과 취향翠香이란 이름의 기생을 번갈아 보며,

---

* 가벼운 병.

"이쯤 해도 부안의 정취는 만발한 셈인데요."

하고 웃자, 현감은 소탈한 척 말했다.

"연공을 모셔 사군자四君子가 되었으니 우선 짝이 맞아야 안 되겠소."

"주인 흥겨우면 객도 역시 흥겨운 법이죠. 한데, 부안의 기력妓歷을 알고 싶소이다. 진주 기생 논개, 평양 기생 월향에 비길 만한 기생이 부안에 있었는지요."

"워낙이 소읍이라 관기官妓마저 조찰하여 보잘것이 없습니다."

현감은 무슨 죄를 지은 것처럼 미안해했다.

"명기가 없다고 해서 고을의 수치는 아니죠. 반계磻溪 유선생柳先生은 요즘의 관官이 기생과 더불어 놀기를 일삼는 바람에 해정상속害政傷俗이 심하다고 하셨고, 다산茶山 정선생丁先生은 기생과 더불어 일위압소一爲狎所이면 일정일령一政一令에 비방을 받게 된다고 하셨거늘…."

최천중이 말을 끝맺기도 전에, 현감은 얼굴빛을 잃고 벌벌 떨었다. 최천중이 얼른 말을 바꾸었다.

"그렇다고 영감을 탓하는 것은 아니오. 그런 말이 있다는 거죠. 육조 직속의 낭관郎官**이 휴기어궁문지대로携妓於宮門之大路하며 태평의 기상을 뽐내고, 향교의 유생이 협창어문묘지재사挾娼於文廟之齋舍해서 작위풍류운사作爲風流韻事***하는 세상인데요."

** 오륙품 관인 정랑이나 좌랑 직.

*** 휴기어궁문지대로: 기생을 데리고 궁궐 대로를 지나고. 협창어문묘지재사: 창기를 끼고 사당 숙사를 지나고.

연심과 옥선은 과연 부안의 쌍옥이라고 할 만했다. 연심은 턱이 살큼 두 겹으로 보일 정도로 토실토실 살이 찐 여자로서 나름대로의 애교가 색정을 돋우기에 알맞았고, 옥선은 세요연신細腰軟身* 으로 고혹적인 매력을 가진 여자였다.

현감은 연심을 최천중 옆에 앉히고, 옥선을 연치성의 옆에 앉도록 해놓곤,

"정성을 다해 각기 잘 모셔라."

고 일렀다.

낮에 연치성의 마상자馬上姿**를 보며 어떤 수단으로라도 그 환심을 사보겠다고 별렀던 만큼, 옥선은 뜻밖의 행운에 황홀해서 두근거리는 가슴을 어떻게 할 수가 없었다.

최천중은 옥선의 관상을 자세히 봤다. 험이 없다고 판단되면, 옥선을 통해 연치성을 사나이로 만들어도 괜찮다는 생각을 한 것이다.

이목구비가 반반하고, 몸 전체의 균형에도 특히 흠잡을 만한 데가 없었다. 그런데 귀 밑에 있는 점 하나가 마음에 걸렸다. 귀 밑이나 눈 밑의 점은 있어서 좋은 사람이 있고, 있어서 안 좋은 사람이 있는데, 옥선의 경우 최천중은 선뜻 판단할 수가 없었다. 그 음성을 들어봐야만 했다.

"옥선이라고 했지?"

"예."

---

* 가느다란 허리와 부드러운 몸.

** 말 위에 탄 모습.

"자네 장기가 뭣인고?"

"별반 장기란 것이 없사와요."

"장기가 없다? 그럼 기업妓業은 뭣으로 하는고?"

김 좌수가 대신 대답했다.

"가무에 출중하고, 시문에도 능합니다요."

"그럼 밤도 꽤나 이슥하고 하니 먼저 창부터 들어봅시다."

최천중은 연락宴樂***이 목적이 아니라, 연치성의 하룻밤 상대로 서나마 옥선이 적합한가 안 한가를 알고 싶었다.

월매가 북을 잡았다. 옥선이 시조를 읊기 시작했다.

"동창이 밝았느냐아…."

최천중은 속으로 혀를 찼다. 시조를 읊을 땐, 때와 장소에 어울리는 사설詞說을 택해야 하는 것이다. 늦은 가을, 초겨울 밤에 처음으로 만난 손님과의 인연을 감상한 사설이 없지도 않을 텐데, 여름 아침의 경색을 노래한 시조를 읊는다는 건 재치가 부족한 탓일 것이다. 그러나 그 음성은 고왔다.

'하룻밤 사랑으로선 저 정도면 괜찮겠지.'

옥선의 노래에 이어 연심의 노래가 있었고 그다음은 취옥, 다음은 월매의 순으로 나아갔다. 그래도 연치성은 시종 입을 다문 채 앉아 있었다.

밤이 꽤 깊었을 무렵, 최천중이 현감에게 물었다.

"연공은 보내도록 합시다. 주흥을 아직 익히지 못한 사람이니,

*** 잔치를 즐김.

주석에 오래 앉아 있기가 거북할 것이니까요."

그런 점엔 능란한 현감은,

"옥선이 연공을 객사까지 모셔드려라."

하고, 옥선의 귀에 대고 속삭였다.

"네 수단이 있거든 연공을 네 집으로 모시도록 하라."

바깥으로 나가려는 연치성을 천중이 불러 역시 귀엣말을 했다.

"청탁병탄淸濁倂呑*이 장부의 기개이며, 노방路傍**의 꽃에도 무심할 수 없는 것이 군자의 정회이니라. 그리고 여체를 넘어서야 어른이 되니라. 하나, 자중자애 잊지 말지니라."

연석宴席이 파할 무렵, 최천중은 현감께 친히 할 말이 있으니 주위의 사람을 치우도록 부탁했다.

여인餘人***이 물러가길 기다려, 최천중이 정좌를 하고 현감을 대했다.

"영감께선 심후택이란 사람을 아시죠?"

심후택이란 이름을 듣자, 현감은 이때까지 마신 술이 한꺼번에 깨버린 듯한 표정이 되었다.

"아실 테죠?"

최천중이 부드럽게 말을 고쳤다.

"압니다."

---

* '맑은 것과 탁한 것을 함께 삼킨다'는 뜻으로, 선과 악을 가리지 않고 받아들일 만큼 도량이 큼을 이르는 말.

** 길가.

*** 다른 사람들.

"듣건대, 관토를 노략질했다는 죄로 하옥했다죠?"

"그런 줄로 압니다."

"관토 노략의 죄는 섣불리 다룰 게 못 됩니다. 전 경상우병사 백낙신이 득죄得罪한 것도, 관토 노략을 핑계 삼아 백성을 괴롭혔다는 데 그 원인이 있습니다. 함부로 다룰 일이 못 되는 겁니다."

"…."

"물론 토지를 개간하려면 한 자 두 자쯤 관토를 먹어 들어갈 수가 있겠죠. 그러나 그런 땐, 그 관토가 황무荒蕪해 있었을 경우에 개간한 노력을 감안해서 개간자의 소유로 해주든지, 만일 관에서 그 토지가 필요할 땐 노력의 부분에 삯을 주어 토지를 사는 형식을 취해야만, 국법이 고마운 줄을 백성들이 알고 기꺼이 황무한 땅을 개간할 의욕을 가지게 됩니다. 그렇게 해서 국리민복國利民福, 일석이조의 보람을 갖게 되는 것이죠.

심후택을 내 토지를 관리할 사음을 시킬 양으로 왔더니, 그런 정황이라고 해서 그렇지 않아도 영감을 찾을 작정이었는데, 오늘 밤 이렇게 만나게 되니 반갑기도 해서 부탁드리는 겁니다. 만일 심후택에게 죄가 있다면 그 죗값은 소생이 치르겠습니다. 몇 천 냥이라도 낼 용의가 있으니 서슴없이 말씀하시죠."

현감은 깊이 생각에 잠기고 있더니,

"내 비록 이곳 수령이지만 속속들이 사정을 알 수야 있습니까. 이방의 고발이 있었기에 잡아들인 것인데, 설혹 죄가 있더라도 원지에서 오신 손님의 간청이라 곧 심후택을 풀어드리기로 하겠소."

"고맙습니다. 그렇게만 해주신다면 그 호의는 후일 한양에서 갚겠소. 그리고 또 한 가지 부탁은, 여태껏 사음 노릇을 해온 송시진이 아무래도 좋지 못한 사람일 것 같으니 조사해본 후에 고발을 하겠소. 그땐, 적당한 치죄治罪가 마땅할 것이오."

"예, 알았습니다."

현감은 황송하다는 태도로 말했다.

일어서며 최천중이 다음과 같이 덧붙였다.

"아까 영감께선 나를 교동 김문의 처객인 양 생각하고 계신 모양인데, 그건 오해입니다. 나는 그 일문을 잘 알고 있고, 그 일문은 내 말을 잘 듣는 처지에 있지만, 나는 결코 그 일문의 처객은 아닙니다. 뿐만 아니라, 나는 권세와 아무런 관련도 없는 사람입니다. 문자 그대로 포의소관布衣素冠의 사람입니다. 그러니 내게 권세가 있다고 믿고 내 청을 들어준다는 마음이시라면 그걸 버리십시오. 군자의 한 사람으로서 도의를 좇아 내 말을 들어주신다면, 아까 말한 바와 같이 그 호의는 한양에 가서 갚겠소. 영감도 언젠가는 환경還京하셔야 하지 않겠습니까?"

반현半弦의 달이 중천에 영롱했다. 밤이 이경을 넘어 바람도 깃을 죽인 듯 거리가 고요했다.

그 고요한 거리를 연치성의 발소리와 옥선의 발소리가 호젓하게 얽혔다.

옥선은 너무나 심한 감동으로 추위를 잊었고, 연치성 또한 이향異鄕의 밤거리를 비록 기녀이긴 하나 젊고 아리따운 여인과 함께 걷고 있는 데 따른 훈훈한 정감을 느꼈다.

연치성은 우연이란 것이 엮어내는 인생의 불가사의를 생각했다. 그것에 객수客愁가 서려, 저 달을 어디선가 보고 있을 어머니의 모습을 마음속에 그렸다. 한없는 슬픔을 머금고 떠오르는 어머니의 모습! 그 그리움이 이 세상의 모든 인연은 이를 소중히 해야 한다는 간절한 감회로 이어졌다.

연치성이 나란히 걷고 있는 옥선의 얼굴을 돌아봤다. 아슴푸레한 달빛 속의 그 얼굴은 꿈속의 그림과 같았다.

"옥선이라고 했지?"

"예."

옥선의 말소리가 떨렸다.

"옥선의 집이 여기서 먼가?"

"아녜요. 얼마 되지 않아요. 남문으로 가는 도중에 있어요. 나으리의 숙소완 멀지 않아요."

"우리 숙소를 어떻게 알았지?"

"소문이 성내에 쫙 퍼졌는걸요."

연치성은 어이가 없었다. 잠자코 몇 발짝을 걷곤 다시 입을 열었다.

"양친은 계신가?"

"예."

"모시고 있나?"

"아버지와 어머니는 옥구라고 하는 곳에 계세요."

"그럼, 여기엔?"

"양모를 모시고 있어요."

"양모라니?"

"기생에겐 그런 게 있어요. 기생으로 길러준 어머니예요."

"흠."

하고 연치성이 생각에 잠겼다. 천한 집에서 태어나 어쩌다 출중한 용모를 가진 탓에 기생으로 팔려 온 운명일 것이다. 연치성은 출생과 더불어 결정되는 신분이란 것에 마음이 미쳤다. 어처구니없는 일, 참으로 어처구니없는 일이다.

'나는 종을 어미로 하여 태어난 사람, 함께 걷고 있는 여자는 천기!'

연치성은 한마디쯤 위로의 말을 하고 싶었다.

마음은 있으면서 말이 되지 않는 것은 옥선도 마찬가지였다. 어떻게든 하룻밤만이라도 모셨으면 하는 마음이 간절한데도 입이 떨어지지 않았다. 난봉꾼들 사이에 비벼져 차돌처럼 되어버린 기생인데도, 연치성 앞에선 숫처녀처럼 수줍어지기만 했다.

그러나 옥선은 결심을 굳히고 있었다. 자기 집 행랑채 봉창에 불이 켜져 있으면 기둥서방이 와 있지 않다는 신호인 것이다.

그 무렵 옥선은 양모의 승낙 아래, 부안의 갑부 배 참봉의 작은 아들을 기둥서방으로 삼고 있었던 터였다. '배성락'이란 이름을 가진 그 사나이는 덩치가 클 뿐 아니라, 비력臂力*이 강하기로 소문난 난봉꾼이었다.

집 가까이에 왔을 때 옥선의 가슴이 설렜다. 봉창에 불이 환히 켜져 있었다.

---

* 팔 힘.

"저게 제 집이에요."

옥선은 골목 어귀에서 불이 켜져 있는 봉창을 가리켰다.

"음, 그래?"

연치성은 걸음을 멈추는 듯하더니,

"그럼, 잘 가오."

하고 지나치려고 했다.

"누추한 곳이지만 잠깐…."

옥선은 연치성의 소매를 잡았다. 그리고 연치성의 얼굴을 황홀하게 바라봤다.

"이미 밤이 늦었소."

"소첩의 소원이에요. 잠깐만이라도 좋아요. 나으리, 잠깐만이라도…."

옥선의 말은 간절했다.

"난 스승을 모시고 있는 몸이오."

"그러니까 잠깐만이라도 좋다고 하는 것 아녜요."

옥선은 애원하듯 속삭였다.

"선비의 거동엔 범절이 있는 법이오."

연치성이 정중하게 말했다.

"천기에게도 마음은 있사와요. 마음엔 귀천이 없사와요. 나으리…."

옥선의 말엔 흐느낌이 섞였다.

"무릇 사람에겐 귀천이 없는 법이오. 세상엔 귀천이 있을지 몰라도 나에겐 그런 게 없소. 자, 야심도 하고 차가우니…."

하고, 연치성은 자기 옷소매를 잡은 옥선의 손을 풀려고 했다. 찰나, 옥선 손의 너무나 차가운 감촉이 연치성의 가슴을 뭉클하게 했다. 그래서 잡은 옥선의 손을 그냥 놓을 수가 없었다. 차가운 여인의 손이 이처럼 애절할 줄이야!

연치성은 말없이 옥선의 뒤를 따라 골목 안으로 들어섰다. 그리고 옥선이 인도하는 대로 방으로 들어갔다.

기생방을 구경하는 건 난생처음으로 있는 일이었다. 장식이 번쩍번쩍한 의걸이, 그림과 글이 새겨진 머리맡의 수 병풍, 놋쇠 화로, 진주 재떨이, 아랫목에 깔려 있는 화문花紋의 이불. 그러한 조도調度* 에서 풍겨 오는 음미한 내음은, 연치성으로선 견딜 수 없는 것이다.

그래도 연치성은 꾹 참고, 옥선이 따라주는 녹차로 입을 축였다.

한마디 없을 수도 없었다.

"그래, 살아가기가 어떠하오?"

"물결치는 대로 바람 부는 대로죠, 뭐. 오죽해서 화류花柳라고 하겠어요? 화음유영花陰柳影에 사는 것이 아니라 물결에 번롱되는 낙화의 신세, 바람에 휘날리는 버들가지 같은 팔자가 아녜요?"

"그런 대로 기쁨도 있을 것 아닌가?"

"기쁨이야 있죠. 이렇게 나으리 같은 분을 모실 수 있는 요행도 있으니까요."

연치성은 이런 말에 응수할 재간을 갖지 못했다. 그저 덤덤하게 옥선을 바라보고 있었다.

---

* 사물을 정도에 맞게 정리함.

"나으리, 의관을 벗으셔야죠."

옥선이 도포의 고름을 끄르려고 손을 연치성의 앞가슴으로 옮겨왔다. 연치성은 정신을 바짝 차렸다. 그리고 일어섰다.

"나는 가야 하오."

따라 일어선 옥선의 얼굴에 형용할 수 없는 실망의 빛이 돌았다.

옥선은 기생으로서의 직감으로, 붙들어도 소용이 없다는 것을 알아차렸다.

밖으로 나와 연치성의 신발을 챙겨주고 골목 어귀까지 전송했다. 그러나 이 한마디만은 안 할 수가 없었다.

"당분간 부안에 계실 거죠? 한 번만이라도 좋으니 다시 나으리를 뵈올 수 있게 해주세요. 소첩의 간절한 소청 잊지 마세요, 나으리!"

누군가가 뒤따르고 있다는 짐작을 한 것은, 골목길을 빠져나온 지 얼마 안 되어서였다.

그런데 그 짐작은 적중했다. 발자국 소리가 점점 뚜렷하게 들려왔기 때문이다. 발자국 소리는 그 속도를 더해갔다. 그래도 연치성은 뒤돌아볼 생각을 않고, 본래대로의 걸음으로 천천히 걸었다.

그 고비를 돌면 숙소의 문이 보일 지점에서였다. 바쁜 걸음으로 뒤따라온 사람이 홱 바람 소리를 내며 앞지르더니, 연치성의 앞을 막아섰다. 연치성이 걸음을 멈추었다.

우람한 허우대를 가진 사나이의 얼굴은 달빛을 등지고 있었기 때문에 선명하진 않았으나, 체구에 어울리게 큼직큼직한 것만은 알 수가 있었다.

사나이는 앞을 가로막아서기는 했으나, 달빛에 완연한 연치성의

너무나 아름다운 용색에 찔끔 놀랐던 모양이었다. 그러나 내친걸음을 물러설 수 없다는 기분으로,

"이마에 쇠똥도 벗겨지지 않은 풋내기가 벌써 기방 출입이랑가?"

하고 내뱉었다. 까닭을 짐작한 연치성은 잠자코 그를 피해 가려고 했다. 그러자 사나이는 자리를 옮겨 서서 연치성의 길을 막았다.

"도대체 넌 어떤 개뼉다구여?"

"…."

"부안에선 보지 못했던 놈인디, 성명 삼자나 알아보자꼬이."

"…."

"너 인자 어디서 나왔당가? 옥선의 집에서 나왔지이? 거기가 어디라고 기웃거리는 거여."

"…."

"이 잡것이 귀가 먹었당가? 뉘 집 뼉다군지 말이라도 해보더라꼬이."

연치성은 부아가 치밀었지만 꾹 참기로 했다. 그래, 대꾸도 않고 그 사나이의 곁을 지나치려고 했다. 그러자 사나이는 연치성의 어깨를 잡으려고 했는데, 연치성이 팔꿈치를 가볍게 움직였다.

"악!"

하는 외마디 소리를 내고, 그 큰 허우대의 사나이가 썩은 나무 덩어리처럼 길바닥에 쓰러졌다. 쭈그러진 갓이 저만큼 나가 뒹굴었다.

연치성은 비로소 그 사나이의 얼굴을 자세히 볼 수가 있었다. 입도 크고 코도 큰 용모는, 아무래도 썩은 덩어리처럼 쓰러져 있는 몰골엔 어울리지 않았다. 그 뒤통수를 한 번쯤 걷어차버렸으면 직성이 풀릴 것 같은 감정을 가까스로 억눌렀다.

연치성은 그 자리를 떠나려다가 문득 생각했다. 길바닥에 재워두면 상한傷寒을 일으켜 죽을지 모른다는 생각이었다.

연치성은 사나이의 상체를 끌어 일으켜, 그 등에다 '쿵' 하고 발길질을 했다. 사나이는 막혔던 숨을 '훅' 하고 내뿜으며 무엇에 퉁긴 것처럼 벌떡 일어섰다.

"됐어."

연치성이 소리를 내어 중얼거리곤, 그 사나이의 가슴팍을 쥐고 끌었다. 사나이는 허수아비처럼 휘청휘청 뒤따랐다. 그 몰골은 흡사 몽유병자였다. 의식을 잃은 채 다리만 움직이고 있는 것이다.

문을 열어준 객사의 주인 임가는, 연치성에게 끌려 들어온 배 참봉의 아들을 보고 눈을 휘둥그렇게 떴다. 연치성은 끌고 들어온 사나이를 팽개치듯 해놓곤 임가를 보고 말했다.

"이 사람을 아우? 하여튼 죽지나 않도록 해주슈."

인사불성人事不省인 사나이를 빈방에다 끌어들여놓고, 객사의 주인 임가가 연치성에게로 와서 물었다.

"보아하니 정신을 차리지 못하는 모양입네요. 자기 집에 기별해야만 될 것 아닙니까요?"

"걱정할 것 없소. 아침이 되면 본정신이 돌아올 거요."

"도대체, 어떻게 된 것이랑가요?"

"어떻게 되긴. 건방을 피우다가 천벌을 받은 거요. 한데, 주인은 그 사람을 아우?"

"알구말구입네요. 부안 갑부 배 참봉의 둘째아들입네요."

"그 배 참봉인가 하는 사람, 아들 하나는 잘못 두었구먼."

"무슨 일이 있었습니까요?"

연치성은 그 말엔 대답하지 않고,

"평소의 소행이 어떤 사람인가?"

하고 물었다.

객사 주인 임가는 난처한 표정을 지었다. 퍽이나 말하기가 조심스러운 모양이었다. 연치성이 거듭 물었다.

"기생방 출입을 하는 사람인가?"

"아무렵네요."

임가는 소리를 낮췄다.

"옥선이란 기생이 있습네요. 그 기생의 기둥서방 노릇을 하고 있다는 소문까지 있습네요."

연치성은 짐작이 갔다. 그 사나이는 연치성이 옥선의 집에서 나오는 것을 보고, 뒤따라와서 행패를 부리려던 것이었다.

"알았소."

하고 연치성이 말하자, 임가는 걱정스런 얼굴을 들었다.

"혹시 나으리께서 저 사람을 저 꼴로 만드신 게 아닙니까여?"

"그렇다면?"

"저 사람에겐 맹랑한 패거리가 있어라우. 뒷일이 시끄럽게 될 것이랑께. 관가에서도 저 패거리들에겐 속수무책입니다요."

"그런 걱정은 마오."

이때, 최천중이 돌아왔다.

뜰 가운데 서서, 최천중이

"주인장!"

하고 고함을 질렀다. 임가가 질겁을 하며, 연치성의 방에서 뛰어나갔다.

"주인장, 당신 사돈은 곧 풀려나올 거요. 가마나 준비해 갖고 빨리 관가로 사람을 보내슈."

임가는 넙죽 땅바닥에 무릎을 꿇고,

"나으리, 고맙습네요."

하고 절을 했다.

"고마운 건 내일 가서 들먹이고 빨리 교군들을 관가로 보내요."

마루로 나서 있는 사람 가운데 연치성의 얼굴이 보이자, 최천중은 방으로 들어가며 그를 불렀다.

갓을 벗고 도포 끈을 풀며, 최천중이

"군자는 졸해서 못 쓰니…."

하고 중얼거렸다. 연치성은 최천중의 말뜻을 알아차리고 웃었다.

"인정과 세정을 알자면 먼저 여정女情을 알아야 하는 거여."

최천중이 자리에 드러누우며 말했다.

"그게 그다지 바쁜 일은 아닐 줄 압니다만…."

"그래, 연공의 말이 옳아. 바쁠 건 없지."

"오늘 밤은 조금 취하신 것 같습니다."

연치성이 약간 조심스러운 표정을 지었다.

"취했어. 그런데 강작대인취強作大人醉하려는데 불면소인취不免小人醉*로다. 술 취한 흔적이 있도록 취하는 건 대인의 취가 아니거

---

* 대인을 취하게 하는데, 어찌 소인이 취하지 않을손가. 즉, 상대를 취하게 하려면

든."

그 이튿날.

송시진은 작인 명부를 최천중에게 바쳤다. 그 태도엔 전날과 달리, 상전을 받드는 종의 공손함이 역력하게 나타나 있었다.

최천중은 작인 명부를 손에 쥐고 물었다.

"이 명부에 거짓이 없으렷다?"

"예."

"받은 추수의 양에 일두일승一斗一升*의 조작도 없으렷다?"

"예."

"칠백여 석 이상은 절대로 받지 않았단 말이로군."

"예."

"내 그 실태를 챙겨볼 터인데, 그때 만일 착오가 있으면 어떻게 할 거요?"

"…."

"백 석 미만의 착오이면 내 당신을 그냥 두리라."

"…."

"그러나 만에 하나라도 그 이상의 착오가 있으면 용서하지 않을 테니, 지금 이 자리에서 실토를 하시오."

송시진은 아랫입술을 깨물고 생각하는 듯하더니, 전날과 같은 오만한 표정을 띠고 자신 있게 말했다.

자신도 취한 척하지 않을 수 없었다는 뜻.

* 한 말 한 되.

"과히 착오가 없을 것입네요."

"그렇다면."

하고 최천중이 소리를 높였다.

"거기에 관가에서 와 있는 포졸들이 있느냐?"

"벌써 대령하고 있습니다요."

하는 소리가 바깥으로부터 들려왔다.

어젯밤, 현감과 최천중 사이에 무슨 약속이 있었던 것이다.

"미안하오만…."

하고, 최천중은 송시진을 아래위로 훑어보는 눈빛으로 되더니 싸늘하게 말했다.

"당신은 내가 추수의 실태를 알아볼 때까지 옥에 있어야 하겠소."

송시진은 얼굴이 흙빛이 되었다.

"그 그, 무슨 소립네요?"

"당신이 말한 대로 정직했다면, 이틀 밤 이상을 옥에 재우지 않으리다."

"왜 내가 옥에 간다냐? 턱도 없는 소린 하지도 말랑께?"

흙빛에 붉은 빛이 돋아난 얼굴로 송시진이 흥분했다.

"당신이 당신 말대로 정직했다는 게 밝혀지면, 옥중의 하룻밤을 백 석으로 값을 쳐주겠소. 그러나 그렇지 않을 경우엔 화적으로서 치죄될 것이니 그렇게 아시오."

"나는 죽어도 옥에는 가기 싫소. 나를 가두지 않고도 얼마든지 실태를 알아볼 수 있을 것 아닌개비여? 그란디 뭣 땜에 사람을 잡아 가둔대여."

송시진의 입에서 게거품이 일었다.

최천중이 빙그레 웃으며 말했다.

"당신은 꽤나 세도를 부리는 사람으로 들었소. 당신이 무서워 작인들이 바른소릴 못 할까 짐작해서 내 궁여지책을 쓴 거요. 당신을 그냥 둬두면, 당신은 돌아다니며 작인들이 입을 열지 못하도록 공갈할 게 뻔하오. 그만큼 당신은 겁나는 사람으로 부안에선 통하고 있답디다."

"나으리, 바른대로 말할 테니. 제발…."

송시진은 이마를 방바닥에 대고 빌었다. 그러나 최천중은

"이미 때가 늦었소. 나는 내 눈으로 실태를 알아보겠소."

하고, 포졸들을 향해 송시진을 끌고 가라고 했다. 그리고 도중에 도망칠 염려가 없지 않으니, 연치성이 옥문까지 따라가도록 일렀다.

조사는 꼬박 닷새가 걸려서야 끝났다. 그런데 놀랍게도 송시진이 최천중의 토지에서 거둬들인 것은 이천칠백여 석이었다.

이것은 최천중에게 보고한 숫자보다는 이천 석이 더했고, 정해진 수보다는 칠백 석을 상회한 숫자였다.

"바로 날강도 같은 놈이로구나."

하고, 사람 속이길 장기로 하겠다는 유만석, 즉 만돌이까지 혀를 내둘렀다. 그 소문이 부안군 내에 뺑 돌았다. 사람마다 혀를 끌끌 찼다.

"약간은 거둬 먹었을 것이란 짐작이야 못 한 바 아니지만 이천 석을 통째 삼키려고 했다니, 쳇쳇…."

놀란 것은 작인들이었다. 수를 한 두락당 서 말 다섯 되[三斗五升]를 더 낸 셈이라 고통스럽긴 해도, 사음에게 그 정도의 손해를 입는 것은 도리가 없다고 생각하고 꿀꺽 참고 있었던 판인데, 사음이 지주로부터 이천 석을 가로채려고 했다고 들었을 때 모두들 아연했던 것이다.

최천중은 다음과 같이 방침을 세웠다.

첫째, 여분으로 거둔 칠백 석은 작인들에게 환부한다.

둘째, 삼백 석은 구황비축곡救荒備蓄穀으로서 부안현에 기부한다.

셋째, 삼백 석은 이곡용利穀用으로 남겨두어 궁한 작인에게 저리低利로 빌려준다.

넷째, 사백 석은 비상용으로 남겨둔다.

그리고 나머지 천 석은 즉시 선편을 이용하여 한성 최팔룡에게 보낸다.

이와 같은 방향을 세우고, 최천중은 부안현감을 찾았다. 현감은 구황비축곡으로 삼백 석을 기부하겠다는 최천중의 말을 듣고 고마워서 어쩔 줄을 몰랐다.

"그 대신…"
하고 최천중이 요구했다.

"송시진이란 놈의 주리를 틀더라도, 이천 석 미곡을 숨겨놓은 곳을 알아내야 할 겁니다."

"여부가 있겠습니까."

현감은 쾌히 승낙하고, 최천중에게 되레 송시진을 어떻게 처벌하는 것이 좋을까 하고 물었다.

"백성의 등을 쳐먹는 그런 자는 마땅히 엄벌에 처해야 합니다. 그러나 생명을 뺏을 것까진 없소이다. 그놈의 재물은 모두 사악한 수단으로 이루어진 것일 것인즉, 전부 몰수하여 관용官用 또는 구빈용救貧用으로 쓰고, 호구糊口할 만한 얼마간의 양식만을 주어 부안에서 방축放逐하는 것이 타당할까 합니다."

"곤장은 몇 대나 과하면 좋으리까?"

"나이대로의 장형을 과하는 게 어떨는지요."

"합당한 말씀이라고 생각하오."

하고 현감은 제법 활달하게 웃었다.

최천중은 심후택의 방면에 대한 감사의 뜻으로 다음과 같이 말했다.

"소생, 비상용으로 사백 석을 부안에 남겨두려 하는 것은 영감을 위한 것이니, 언제이건 필요가 있을 때 그것을 쓰도록 하시오."

"천만의 말씀이오. 마땅히 해야 할 일을 한 것일 뿐, 귀공자에게 과분한 부담을 시킬 의도가 없소이다."

"그만큼 백성의 부담을 덜고자 하는 뜻일 뿐입니다."

최천중은 넌지시 현감의 양심을 이렇게 찔러본 것이다.

송시진은 이천 석의 미곡을 숨겨둔 창고를 빠짐없이 실토했다.

칠백 석을 작인들에게 돌려준다는 소문이 퍼지자, 동네마다 웃음꽃이 피었다.

최천중의 출현으로 부안에 때아닌 봄이 찾아드는 느낌이었다.

기생 옥선은 연치성이 자기를 찾아주지 않을까 하는 기대로 초조했다.

부안 절색의 이름이 있는 형방의 딸 윤소저尹小姐는 상사병을 앓고 누웠다.

며칠 동안의 조섭으로 옥고가 대강 풀리자, 핼쑥한 얼굴이긴 했으나 소생한 기쁨에 겨워 심후택이 객사로 최천중을 찾아왔다. 나귀의 등에 돈 천 냥을 싣고 온 것인데, 어렵게 모은 돈인데도 심후택은 조금도 아깝다는 생각이 들지 않았다.

"나으리의 은혜는 백골난망입네요. 자자손손 전할 것입네요."

심후택은 최천중 앞에 꿇어앉아, 몸 둘 바를 모르는 듯 목소리가 떨렸다.

"연분이 시킨 일 아니겠소?"

최천중은 너그럽게 웃었다. 그리고

"앞으로 내 토지의 사음을 맡아줘야겠습니다."

는 부탁을 했다.

"생명을 구해준 것만도 감지덕지합는데, 어찌 그런 직책까지 소인에게 맡기시려고 합네요. 소인은 박덕무능한디 어떻게 그런 막중한 일을…."

하고 심후택이 사양했다.

"송시진의 일이 마음에 걸리는 모양인데, 그런 일엔 개의치 마시오. 그는 인간이 아닐뿐더러, 앞으로는 절대로 누구에게나 행패할 처지가 못 될 것이오."

"하오나, 소인보다 나은 사람이 있을 것입네요."

"당신이 진실하다는 얘긴 두루 들어 내가 알고 있소. 여러 소릴 하면 내 본의를 괄시하는 것이 되오."

최천중의 엄한 말에 심후택은 그 이상 사양의 말을 할 수 없었다.

최천중은 토지문서의 사본과 작인 명부의 사본을 심후택에게 넘겨주며 다음과 같은 지시를 했다.

"평년작일 경우 받아들일 수는 이천백 석으로 정하고, 그 가운데 백 석은 사음의 수고에 대한 사례로 드리겠소. 천 석은 매년 연말까지 한성으로 보내고, 나머지 천 석은 별도의 지시가 있을 때까지 사음이 보관해두도록 하시오. 흉년이 들거나 그 밖에 재앙이 있을 땐 당신 재량으로 수를 감해주도록 하고, 그 사유만은 추후에라도 내게 알리시오."

하고, 이어 작인들을 집안과 같이 보살피라는 것과 도지賭地*를 관리할 요령 같은 것을 일렀다. 그리고 물었다.

"지금 이 근처에서 토지를 사려면, 상토 한 두락에 미곡 몇 섬이면 되오?"

"15석에서부터 20석 사이로 보면 과히 무리가 없을 듯합네요."

"그럼, 상토가 나오기만 하면 그걸 사들이도록 하시오. 십 년 내로 이 부안에서 만 석의 토지를 장만할 참이오. 내가 만 석의 땅을 이곳에서 장만하게 되면, 당신에겐 천 석을 보장해드리겠소."

"고마우신 말씀입네요."

심후택은 감격에 겨워 눈물을 흘렸다.

객사 주인 임가가 술상을 내왔다. 임가를 끼워 술잔의 응수를 시

---

* 대가를 주고 빌려 쓰는 땅.

작하며 최천중은 부안의 사정을 골고루 묻고, 작인의 자제들 가운데 출중한 재능을 가진 사람이 있으면, 신분의 반상을 막론하고 학문과 무예를 가르칠 비용을 부담하겠다는 의견을 털어놓기도 했다.

며칠 후, 심후택의 집에서 잔치가 벌어졌다.

후한 지주를 만나고 좋은 사음을 만났다는 기쁨을 자축하기 위해, 작인들이 산해의 진미를 어울러 마련하여 심후택에게 부탁을 한 것이다.

최천중이 거기에다 50석을 보태어 잔치를 돕고 심후택은 20석을 보태어, 장장 닷새 동안을 계속하는 큰 잔치가 되었다.

억눌려 기 한 번 펴보지 못하고 살아왔던 농민들이 마음을 트고 기분이 동하니, 상상도 못할 묘기들이 여흥으로 꽃피었다.

창 잘하는 사람도 많았고, 춤 잘 추는 사람도 많았다. 줄을 타는 광대 흉내를 내는 사람들도 있었고, 오층 무등을 서는 사람들도 있었고, 돌로 만든 절구통을 한 손으로 집어 올리는 역사도 있었고, 물구나무를 선 채 마당을 몇 바퀴나 도는 사람도 있었다. 그 밖에 피리 잘 부는 사람, 북 잘 치는 사람, 갖가지의 묘기가 속출하는 고복격양鼓腹擊壤**의 성세聖世를 방불케 하는 느낌이어서 최천중의 흐뭇한 감회는 이루 형언할 수 없는 정도였다.

그 가운데서 특히 최천중의 눈을 끄는 네 사람이 있었다. 하나는

** 태평한 세월을 즐김. 요 임금 때 한 노인이 배를 두드리고 땅을 치면서 요 임금의 덕을 찬양하고 태평성대를 즐겼다는 데서 유래함.

절구통을 한 손으로 들어올린 심재현이란 역사이고, 그다음은 어른 키로 세 길쯤 되는 장대를 짚고 장대 끝에 매달려선 공중을 다섯 바퀴 도는 십오륙 세의 소년 허병섭이었고, 또 하나는 올가미를 단 마승麻繩*을 정자나무 끝에 매어놓고 원숭이처럼 나무를 타고 올라가는 정회수란 청년, 다른 하나는 제자리뛰기로 자기 키 이상을 뛰어넘는 강직순이란 청년이었다.

최천중은 그 이름들을 기장한 후에 각각 상금을 주었다. 그들의 기술이 신기한 탓도 있겠지만, 앞날 그들을 이용할 기회가 있을지 모른다는 생각이 겹쳤기 때문이다.

최천중은 약간의 비용이 들더라도 작인들의 자제에게 문무를 겸해 가르치는 도장 같은 것을 만들었으면 하는 구상을 하게 되었다. 그래, 연치성에게 그런 뜻을 말했더니 연치성도 대찬성이었다.

"그렇게 수련을 시켜보면 출중한 놈이 나타날 것이 아닌가. 그리고 그 출중한 놈들만 한양으로 불러올려 우리의 뜻에 맞도록 가르친다면 일꾼을 얻은 셈이 될 것이 아닌가."

"뜻 깊은 말씀이옵니다."

"차차 연공에게도 부하가 있어야 할 것 아닌가. 혼자서 어디 장군이 될 수가 있는가."

"장군이 되고 안 되고는 개의할 바 아니오나, 선생님께서 상을 주신 그 네 사람만은 참으로 탐이 날 지경이옵니다. 불초 미숙하나마 그들과 함께 기거하며 서로 수련을 쌓으면, 장차 대단한 무술가

---

* 삼노끈.

가 되지 않을까 하옵니다."

"연공의 뜻이 꼭 그렇다면, 우리가 한양으로 돌아가거든 그들을 불러올리도록 하지. 그때쯤이면 마유산록 양근의 가역도 끝나 있을 테니까."

"양근의 가역은 대강 언제쯤 끝나겠습니까?"

"명년 춘삼월, 그새 처마에 강남에서 돌아온 제비를 맞이해야지."

그 말을 듣자, 연치성의 마음은 부풀어올랐다. 불원, 제자들을 갖고, 나아가 부하들을 거느릴 수 있으리란 기대에서였다.

한편, 최천중과 연치성의 생명을 노리는 자들이 있었다.

송시진의 아들 송덕규는 원래 우락부락한 성질인 데다가 아버지가 불의의 사고를 당하자 최천중에게 앙심을 품기에 이르렀다.

배 참봉의 아들 배성락은 연치성으로부터 당한 굴욕에, 옥선을 둘러싼 질투심이 겹쳐 가슴이 부글부글 끓고 있었다.

그런데다가 송덕규와 배성락은 유유상종으로 같은 난봉꾼들이었다.

심후택의 집에서 큰 잔치가 계속되고 있는 어느 날, 송덕규와 배성락은 항상 잘 어울리는 칠팔 명 건달들을 배성락의 사랑에 모았다.

실컷 술을 퍼 먹이고 난 뒤, 배성락이 울분을 토했다.

"계집인가 머슴앤가 분간 못 할 애송이 놈에게, 부안 기생들이 모두 혼을 빼인 모양이랑께. 아니꼬워 견딜 수가 있간디? 그 잡것 다리뼈를 분질러놔야 쓰갔는디…"

그러면서도 성락은 연치성에게 당했다는 말은 입 밖에 내지 않았다. 다행인지 요행인지 그 사실을 아는 사람은 자기와 연치성을 빼곤 아는 사람이 없는 것이다. 연치성이 객사 주인 임가에게도 사정을 말하지 않았으니 그럴밖에 없었다.

송덕규도 이를 빡빡 갈았다.

"고놈의 최간가 뭔가 하는 잡것, 나는 고놈의 골통을 뿌셔놓고 말끼어."

그러자, 이놈 저놈 말을 쏟아놓기 시작했다.

"그깐 잡것들이 뭐라고 자꾸 벼르고만 있당가? 당장에라도 해치우면 될 것 아니라고이."

"고 연간가 하는 놈에겐 벼룩 잡는 기술이 있다더라만, 벼룩 잡는 기술 갖고 우리 상대가 될 것이랑가?"

"그러나 현감이 꼼짝도 못하는 처진가 본디, 서툴게 해선 쓰지 않을 것이로구먼."

이 말을 한 놈을 송덕규가 흘겨봤다.

"그런께, 넌 꽁무니를 빼겠단 말인개벼? 술자리엔 앞이마에 신짝 붙이고 덤비는 놈이 친구 분 풀어줄 오기는 없단가?"

"아녀 아녀, 그런 말이 아니란께. 다만 근심을 해야 쓰갔다 이 말인기어."

이런 말들이 오가다가 보니, 터무니없는 장담도 튀어나오고 해서 최천중과 연치성을 습격할 계획 같은 것이 짜여져나갔다.

계획이랬자 별게 아니다. 네 사람씩 짝이 되어 그들의 동정을 계속 살피다가, 호젓한 길을 혼자 걷고 있는 기회를 포착해서 몽둥이로 박살을 내자는 그런 정도의 계획이었던 것이다.

"놈들은 예사로 혼자 걸어다닌께 기회는 얼마라도 있을 것인께 걱정할 필요가 있을라꼬."

하는 놈도 있었고,

"만일 우리 편이 부족하다 싶으면 힘깨나 쓰는 놈을 좀 더 모으면 좋을 것 아니라꼬."

하는 놈도 나왔다.

"누구든 최가란 놈 골통을 깨기만 하몬 내 쌀 열 섬 줄낀께."

송덕규가 솔깃한 제안을 했다. 배성락도 지지 않았다.

"난 고 연간가 하는 놈 골통을 깨거나 다리뼈를 분질러놓기만 하몬, 그 사람에게 쌀 스무 섬하고 돈 백 냥 내겠당께."

모두들 눈이 빛났다. 목전에 횡재수가 터진 것이다.

닷새 동안의 잔치를 끝내고 하루를 더 심후택의 사랑에서 쉬게 되었을 때, 최천중은 심재현, 허병섭, 정회수, 강직순을 불렀다.

먼저 심재현에게 물었다.

"자네 나이가 몇인고?"

"스물세 살입니다."

"돌 절구통을 한 손으로 집어 들 만큼 장사라면 참으로 역발산기개세할 장부라고 할 수 있는데, 그런 힘을 어디서 가꾸었는가?"

"어머니 배 속에서 타고났습니다요."

"그런 장사를 시골에서 썩혀두기가 아깝구려. 우리와 함께 한양으로 가볼 생각은 없는가?"

"고마우신 말씀이오나, 소인은 편모를 모시고 있는 처지라서 고향을 떠날 수가 없사옵니다요."

"효자로구나. 농사는 얼마나 짓느냐?"

"열 마지기 짓습니다요."

"어머니도 같이 모실 수 있다면 한양으로 오겠는가?"

"어머니와 의논해보겠습니다요."

"그럼 어머니와 의논을 잘 해보게. 요다음 기별이 있을 터인즉, 그때 사정을 알려주게."

하고 심재현을 돌려보내고 허병섭을 불렀다. 허병섭은 장대 끝에서 서너 바퀴를 돈 소년이다.

"나이가 몇인고?"

"열다섯 살입니다."

"네 그 기술은 어떻게 익혔나?"

"심심해서 놀이를 하고 있던 사이에 익혔습니다."

"무슨 목적이 있어서 익힌 것은 아닌가?"

"그저 익힌 겁니다. 목적은 없었습니다."

"또 다른 기술은 없느냐?"

"장대 하나만 있으면 아무리 높은 담이라도 뛰어넘을 수 있습니다."

"한양으로 가서 또 다른 기술을 익혀볼 생각은 없는가?"

"있습니다."

"그럼 부모님과 의논해서 모레까지 성내 남문에 있는 임가 성 가진 객사까지 나를 찾아오게. 우리 같이 가도록 하세."

정희수는 열여덟 살의 소년이었는데, 한양으로 같이 가자는 권고를 반가워하면서도 조모가 병중이어서 당장은 안 되겠다고 했다. 그리고 조모님의 병이 낫기만 하면 한양으로 찾아가겠노라고 힘을 주어 말했다.

다음은 강직순이었다.

"자네의 제자리뛰기는 참으로 신통하더구나. 나이가 몇인고?"

"열여덟 살입니다."

"어떻게 그런 기술을 익혔는가?"

"우리 집 뜰에 감나무가 있습니다요. 머리 위에 조랑조랑 열린 감을 제자리뛰기로 따먹기 시작한 것이, 차차 늘어 꽤 높게 뛸 수 있게 된 것입니다요."

"노력을 해서 따먹을 수 있는 건 감만이 아닐세. 노력만 하면 이 천하엔 따먹을 수 있는 영광도 있고, 보물도 있는 걸세. 우리와 함께 한양으로 갈 수 있겠나?"

"갈 수 있습니다."

"부모님의 허락이 있어야 하지 않겠나?"

"전 칠형제의 다섯째입니다. 저가 없어도 집안에 불편은 없습니다요. 그런께, 부모님도 쾌히 승낙할 것입니다요."

"그럼 자네도 모레 성내로 오게."

최천중은 기분이 한량없이 좋았다.

저녁이 되었을 때, 심후택이 최천중만을 안집에 잇달은 별채로 모셨다. 그리고 조용히 아뢰었다.

"나으리께서 내일 떠나시겠다고 하시니, 섭섭한 마음 한량이 없사옵니다. 그 넓은 은혜는 소인을 비롯해 작인들 전부에게 거룩한 복이 될 것입니다요. 그래, 우리 작인들이 의논해서 부안 제일이라고 할 만한 것을 선물로 드리려고 백방 의논한 끝에, 비로소 합의를 보았습니다요. 외람된 소행 과히 꾸짖지 마시옵고 가납해주옵소서."

최천중은 그 속셈을 당장 알아차렸지만 모르는 척 꾸미고,

"그 부안 제일이라고 할 만한 것이 무엇이오?"

하고 물었다.

"천하 제일이라고까진 할 수 없을지 모르나, 부안 제일이라고는 자부할 수 있사옵니다. 마음에 드시면 평생 곁에 두시어 수족으로 하시옵고, 불연이면 부안에 그냥 두시어 이곳에 오셨을 때의 객고를 푸시는 상대로 삼으셔도 좋습니다요."

"우선 그 사람의 근거나 알아봅시다."

"성씨는 박씨옵니다요. 한양에서 높은 벼슬을 하신 분의 따님인데, 그 아버지가 무슨 사화에 걸려 죽임을 당했다고 들었습니다요. 어머니와 함께 이곳 이모가姨母家에 기식하고 있었는데, 작년 그 어머니도 돌아가시고 고아가 된 것이옵죠."

'사화에 죽은 박씨가 누굴까?' 하고 최천중은 기억을 더듬었으나 짐작이 가질 않았다.

"언제쯤의 사화였을까요?"

"우리 소인들이 그런 걸 알 까닭이 있습니까요. 유복자인 따님이 방년 열여덟 살이니까, 십팔 년 전의 일이라고 짐작할 수 있을 뿐이죠."

십팔 년 전의 일이라면 챙겨보면 알 수 있는 일이라고 쳐두고, 최

천중이 다시 물었다.

"말하자면, 몸을 팔아야만 할 처지로 낙백*했다는 것 아닙니까?"

"몸을 팔다니, 천부당만부당한 말씀입니다. 그 이모가의 형편이 곤란한 처지이긴 하지만, 그 사람을 팔아야 할 정도는 아닙니다요. 다만 과년은 했는데 혼반이 나서질 않았습니다요. 상놈에게 시집을 보낼 순 없고 양반집에선 죄인의 딸이라고 해서 꺼리고, 그러다가 보니 보통의 혼사는 어렵게 된 것입니다요. 그래서 우리가 의논을 한 것입죠. 소인의 사돈이 되는 정씨라는 연장이 그 집을 찾아가서 종용했습니다요. 나으리의 이름을 들먹이고 간청을 했더니 생각해보겠노라는 대답이 있었습죠. 그리고 좋다는 대답이 온 것이 바로 어제입니다요. 나으리의 의견을 미리 듣지 않은 것은 황공하옵니다만, 이런 일이란 것은 그렇고 그런 것이 아닙니까요."

최천중은 일언지하에 거절해버려야겠다면서도 그렇게 할 수 없는 미련 같은 것을 느꼈다.

"마음에 드시지 않으시면 언제라도 거절할 수 있는 일이옵고, 부안 땅에 측실을 하나 두시는 것도 나쁠 것이 없다고 생각하였기에… 외람됨을 무릅쓰고…."

심후택의 정성이 그 말과 태도에 넘쳐 있었다. 최천중이 결단을 내렸다.

"한번 만나보기라도 합시다."

"그럼 잠깐 이대로 계십시오."

---

* 零落. 세력이나 살림이 줄어들어 보잘것없이 됨.

하고 심후택이 황망히 밖으로 나갔다.

심후택이 나간 뒤 최천중은 팔베개를 하고 누웠다.

곧 부안 제일의 미녀를 만날 수 있게 되었다는 것이 사나이로서의 호기심을 돋우는 일이기도 했지만, 그보다도 사화로 인해 비명에 죽은 아버지를 가진 그 처녀의 운명에 마음이 쏠렸다. 나라의 죄인으로서 생명을 잃은 사람의 유족들이 얼마나 처참한 꼴을 당하는가는 최천중이 몇몇 사례를 보아왔기 때문에 잘 아는 처지였다.

심한 경우, 어제까지 대감의 부인이었던 사람이 관노 노릇을 해야 했고, 그 딸은 관기로서의 굴욕을 참아야 했다.

그러니, 이모가에서 어머니와 더불어 연명할 수 있었다니, 그 처녀는 운이 좋은 편이라고 할 수가 있었다. 적당한 혼처가 나서지 않은 것은 당연한 일이니, 상민의 아내가 되거나 양반의 첩실로 들어갈 것이 고작이었다.

억울하게 죽은 사람들의 원한! 그리고 그 유족들의 원한! 삼천리 금수강산이라고 하지만, 이 산하는 자욱한 안개처럼 서린 그러한 원한 속에 싸여 있는 것이라고 해도 과언이 아닐 것이다. 최천중은 이제 나타날 처녀가 방불*하기만 하다면, 힘 자라는 대로 구해주리란 마음을 먹으며 생각에 잠겼다.

십팔 년 전이라면, 헌종憲宗의 치세 때이고 병오년丙午年이다. 병오년에 무슨 사화가 있었단 말인가. 그때, 최천중의 나이는 열두 살이었으니 당시의 세상일을 소상하게 알 까닭이 없지만, 세사世事의

---

* 자신이 생각한 무엇과 같다고 느끼다.

앞날을 굽어보기 위해서 기왕지사를 소상하게 챙기는 버릇이 있어 최천중은 비교적 그런 일에 밝았던 것이다.

'병오년이라' 하고 기억을 더듬고 있는데, 안산군安山郡에서 전비殿碑를 작변作變했다는 죄과로 주살誅殺된 사람 가운데 '박용수朴龍壽'란 사람이 있었다는 사실이 떠올랐다.

'그럼 그 박용수의 딸이란 말인가.'

하다가, 죄인의 딸이 공공연하게 그 성씨를 그대로 나타낼 리 없다는 생각에 부딪혔다. 박씨 성이 아닐지 모른다고 생각하게 되면 짐작할 도리가 없었다.

그러자 박흥수朴興秀가 요인妖人이란 죄목으로 붙들려 효수된 것이 그해의 오월이었다는 기억이 떠올랐다. 박흥수는 최천중 자신과 비슷한 경력을 가진 관상사이자 점술사란 사실로 해서 기억에 새겨진 이름이다.

산수도인은 언제나 박흥수를 예로 들어 최천중을 깨우쳤다.

"자기를 알고 남을 알기 위해 배우는 관상술이라야 하지, 그 관상술로써 횡재를 꿈꾸다간 혹세무민하는 요인으로 몰려 박흥수와 같은 꼴이 될 것이니, 그 전철을 밟지 않도록 조심해야 한다."

이런 기억을 더듬으며, 최천중은 부안 제일이라는 그 처녀가 만일 박흥수의 딸이라면 기막힌 인연이란 생각을 해보았다.

이런 생각 저런 생각을 해보는 가운데, 황해감사黃海監司 김정집이 천주학인天主學人 김대건金大建을 체포한 것이 병오년 오월이며, 그것을 계기로 적지 않는 천주교도가 교난으로 생명을 잃었다는 사실에 생각이 미쳤다.

'혹시 그 처녀는 그때 박해를 당한 천주교도의 딸일는지도 모른다.'

아무튼 최천중은 호기심과 기대에 잔뜩 부풀었다.

뜰에 발자국 소리가 몇 개 어울리는 듯하더니, 마루 끝에 사뿐대이는 소리가 있었다.

가마채를 마루에 놓은 것으로 짐작이 되었다.

최천중이 일어나 앉아, 도포의 자락을 다듬고 갓을 고쳐 썼다.

심후택이 들어와서,

"어둠이 짙어지길 기다리는 바람에 조금 늦었습니다요."

하고 문에서 비껴 섰다.

하얀 사포紗布를 얼굴에 드리운 날씬한 키의 여인이 뒤따랐다. 소매에 남색 끝동을 단 분홍 저고리에, 치마는 갈색으로 보이는 공단이었다.

여인은 방안에 들어서자, 시키는 대로 방 한구석을 차지하고 서창으로 얼굴을 돌린 자세로 앉았다. 그 정도의 동작만으로도 몸매의 유연함을 짐작할 수가 있었다.

이어 미리 만반의 준비를 해놓았던 모양으로, 요리상을 하인 둘이 받들고 들어와 방 한가운데에 놓았다.

심후택이 술을 따르는 하님을 불러놓고 나가려는 것을, 최천중은

"하님은 소용이 없소. 심 생원과 같이 술을 나눕시다."

하고 심후택을 앉혔다. 그리고 처녀를 정면으로 와서 앉게 했다.

"사포를 벗으시죠."

심후택이 말하는 것을,

"아직 사포를 벗을 필요가 없소."

하고 최천중이 말렸다.

심후택이 불안한 표정을 지었다.

"내 한마디 하리다."

최천중이 점잖게 입을 열었다.

"낭자께선 잘 들으시오. 나는 관직도 없는 사람이오. 양반이랄 수도 없는 신분이오. 그렇다고 해서 상민도 아니오. 이렇다 할 부자도 아니고, 그렇다고 궁하게 사는 사람도 아니오. 사포를 쓰고 계셔도 잘 보일 테니 내 얼굴과 몸을 잘 보시오. 나는 병자도 아니오, 불구자도 아니오. 그런데 나는 아직 정실로서의 아내를 가지고 있지 아니하오. 그러나 낭자를 정실로 모셔 들일 작정도 아니오. 설사 우리의 의사가 맞아 연분을 맺는다고 해도 그럴 사정이 생기지 않는 한, 낭자는 이곳 부안에서 살아야 할 것이오. 나는 한양에서 살아야 하니, 일 년에 한 번쯤 만날 수밖엔 없을 것이오. 그러나 설혹 내게 정실이 생긴다고 해도 그 정실을 부안에 데리고 오진 않겠소. 부안에선 낭자가 내 정실 행세를 할 수 있을 것이오. 이것이 내 사정이며 내 의견이오. 그러니 분명하게 이해하시기 바라오. 낭자께서 본의 아니게 이 자리에 오셨다면 그 사포를 벗을 필요가 없소이다. 살기가 궁해 몸을 팔 요량으로 오셨다면, 나는 낭자를 살 의사가 없소. 오늘 이렇게 알았다는 인연만으로, 내 심 생원을 시켜 낭자가 평생 살아갈 수 있을 만한 재산을 드리리다. 나 역시 불운하게 태어나 자라난 처지의 인간이라, 같은 처지의 사람에게 동정을 하겠다는 거요. 피차 불쌍한 팔자로 태어난 처지만으로도 불행한데, 마음에 없는 짓을 해서야 되겠소. 심 생원의 마음 쓰는 것으로 보아, 오늘 밤의 일은 비밀이 보장될 것 같으니 안심하고 행동을 하시오. 거듭 말하거니와, 본의가 아닌 짓은 안 하는 게 피차에게 좋을 겁니다. 잘 생각하셔서 행동하시되, 만일 하나의 인연을 맺고 싶거든 그 사포를 벗으시고, 그렇지 않으시거든 돌아가시도록 하시오."

묵묵히 처녀는 앉아 있었다.

"낭자께서 본의 아니게 이곳에 오신 것이 아닌가 하고 나는 두려워합니다. 만에 하나라도 뜻이 없는 일이거든 돌아가셔도 누구 한 사람 탓하지 않겠소이다. 하나, 내 마음으로 말하면 길이 인연이 맺어졌으면 합니다."

최천중은 다시 한 번 힘주어 말하고, 사포에 싸인 얼굴에 정중한 시선을 고정시킨 채 있었다.

긴장된 시간이었다.

처녀는 여전히 묵묵한 자세였으나, 그 자세엔 말 못 할 위엄과 품위가 고요한 빛처럼 발하고 있었다.

심후택은 숨소리를 죽였다.

그러한 시간이 얼마나 계속되었을까.

심후택이 견딜 수 없다는 듯 한마디 끼어들었다.

"사포를 벗으시옵네요. 사정은 아까 말씀드리지 않았습니까요."

그러자, 요동도 않고 앉아 있던 여인이 조용하게 일어섰다.

"왜 그러십니까요."

하고 심후택이 후닥닥 일어서서 방문을 막아섰다.

"심 생원, 길을 틔워드리시구려."

최천중이 침착하게 말했다.

덜컥 가슴이 내려앉는 듯한 상실감이 없지 않았지만, 장부의 위신이 시킨 말이었다.

그래도 심후택은 물러서지 않고,

"처자, 왜 이러십니까요."

하고 애원하듯 말했다.

처녀는 몇 발짝 떼어놓았다.

"심 생원, 길을 비켜드리시오."

최천중이 말에 힘을 주었다.

심후택이 여전히 방문을 막고 있자,

"비키시라요."

하는 처녀의 말이 있었다.

카랑하고 늠연한, 그러면서도 윤기가 흐르는 기막힌 음성이었다. 어떠한 역경 속에서도 굴함이 없이 자라난 기품이 그 음성으로서도 엿보였다.

최천중은 비로소 하나의 보물을 잃게 되었다는 실감을 얻었다.

심후택은 비켜줄 의향이 전연 없는 듯 버티어 서 있었다. 최천중은 그러한 심후택을 향해 길을 틔워주라는 말을 거듭할 용기를 잃었다.

"비키시라요."

다시 한 번 늠연한 소리가 있었다.

"안 됩니다요. 가셔선 안 됩니다요."

심후택의 말은 간절했다.

그러자 밀치고라도 나갈 기세를 보이며,

"손수 사포를 벗겨줄 의사가 없으신 분에게 어찌 제 일생을 맡길 수 있겠어요. 전 그처럼 비루할 순 없어요."

하고 단호하게 말했다.

비수로써 가슴을 찌르는 듯한 어감이 묻어 있는 말이었다. 찰나 최천중이 날쌔게 오른손을 뻗어 사포를 당겼다. 금속성 소리가 상 위에 울렸다.

그런데 거기 나타난 얼굴!

최천중의 뇌리를 스치는 게 있었다.

미인청묘유구주美人淸妙遺九州

독거운외지고루獨居雲外之高樓

춘래불학공방원春來不學空房怨

단절이화조모수但折梨花照暮愁

(청묘한 미인이 버림을 받아

아득히 구름 밖의 고루에 홀로 사노라.

봄이 와도 홀로 사는 원한을 말하지 않고,

다만 하얀 배꽃을 꺾어선 해 저물 무렵의 설움을 달랜다.)

최천중이 그 시구를 상기한 것은, 그 여인의 얼굴을 청묘하다는 말 이외로썬 표현할 수가 없었고, 그 모습에 배꽃의 정취를 느꼈기 때문이다.

황봉련의 아름다움이 요염하고, 왕씨 부인의 아름다움이 우아하고, 정씨녀의 아름다움이 단려端麗하다면, 이 박씨낭朴氏娘의 아름다움은 청묘하다고밖엔 달리 표현할 도리가 없었다. 청묘한 여인이 하얀 배꽃을 꺾어 황혼의 노을 속에서 우수를 달래고 있는 풍정.

최천중은 숨을 몰아쉬며 그 소리를 삼갔다. 그리고 가까스로 정신을 차리고 말했다.

"낭자께서도 앉으시오."

처녀는 다소곳이 고개를 숙이고 앉았다. 심후택이 한시름 놓았다는 듯 얼굴을 누그러히 펴고 자기 자리로 돌아갔다.

'어떻게 이런 풍정의 여인이, 그것도 열여덟 살밖에 안 되는 처녀가, 명색이 장부인 내 가슴을 써늘하게 하는 말을 일갈할 수 있는 용기를 가졌을까!'

정신을 차리고 다시 본 그 얼굴에도 청묘, 청초한 처녀의 앳된 수줍음이 깔려 있을 뿐, 아까 그 일갈이 있음직했다는 흔적은 찾아볼 수가 없었다.

최천중이 가까스로 다음과 같이 자기의 마음을 정돈했다.

'예의를 갖추어 이 여자를 맞이해야만 한다.'

최천중은 심후택이 따라준 술잔을 비우고 나서 입을 열었다.

"아까 나는 내 이름을 밝혔소. 이젠 낭자의 이름을 밝혀야 하지 않겠소이까?"

"성은 박이고, 이름은 숙녀라고 하옵니다. 맑을 숙淑, 계집녀女."

낮고 가냘픈 목소리가 또렷또렷 발음되었다.

좋은 이름, 좋은 음성이라고 생각했다.

최천중은 심후택을 돌아보았다.

"심 생원, 이러한 인연의 길을 틔워주어 반갑소그려. 나는 이 인연을 소중히 하고 싶소. 그러자면 갖춰야 할 예의는 골고루 다 갖줘야 하겠소."

"점잖으신 말씀 홍감하옵니다요."

심후택은 정말 홍감한 기분이었다.

"그러니 이 밤은 낭자를 댁으로 돌려보내시고, 길일을 택해 상견례를 올리도록 합시다."

최천중의 입에서 이런 말이 떨어지자, 심후택이 얼굴빛을 바꿨다.

"그건 안 됩니다요."

목소리마저 떨었다.

"왜 안 된다는 거요? 예의를 갖추기 위해선 그렇게 해야 할 것 아니오?"

"안 됩니다. 그 사정은 처자께서도 알고 계십니다."

심후택이 황급히 말했다.

"도시 알지 못하겠구려. 천하의 군자와 천하의 숙녀가 떳떳하게 상견례를 갖추려고 하는데 안 된다니… 까닭이, 아니 그런 사정이 어디에 있단 말이오?"

"그런 사정이 있습니다요. 차차 말씀드리겠습니다요."

"차차 들을 것이 아니라 지금 당장 알고 싶소."

"당장은…."

하고 심후택이 난색을 띠었다.

머리를 약간 숙인 채 움직이지 않고 앉아 있는 숙녀의 모습도 심후택의 뜻을 긍정하고 있는 것으로 보였다.

"여긴 외인이라곤 없는데, 지금 여기서 말 못 할 사정이란 걸 나는 이해할 수가 없소."

최천중은 분연히 말하고 대배大杯를 마셨다.

"말 못 할 사정이 달리 있는 것이 아니오라 저 처자를 탐하는 사람이 너무 많아, 시일을 두면 무슨 변고가 생길지 모른다는 그런 뜻입니다요."

하고, 황 모黃某라는 양반이자 부자가 박숙녀를 탐내 별의별 술책으로 덤비고 있는 것을 이 핑계 저 핑계를 대어 확답을 미루고 있는 처진데, 만일 이번 일이 사전에 탄로 나기만 하면 수습 못 할 사태가 될지 모른다는 사정을 심후택이 말했다.

"양반이며 부자인 그 황 모라는 자의 소청을 물리친 까닭이 뭣이오?"

"당자께서 싫다는 겁니다요."

"그것도 알 수 없는 일이군."

하고 최천중이 중얼거리듯 덧붙였다.

"근본을 알아볼 수도 없는 나 같은 자를 용납하려고 하면서, 근본이 확실한 사람의 소청엔 응할 수 없다는 게 이상하다는 거요."

"이상할 건 없습니다요. 그 황씨는 인심을 잃고 있는 사람이니 그런 사람한테 가고 싶지 않다는 것입니다요. 헌디 나으리께선 후하시고 덕망이 높으시니 어디 비교가 되겠습니까요?"

"그럼 알았소. 한데, 만일 우리의 일이 사전에 탄로가 나면 그들이 어떻게 하겠소?"

"이 근처엔 그 황씨 댁의 논을 부쳐 먹는 작인들이 많습니다. 또 그 댁 종들 가운덴 우락부락한 놈도 많습니다요. 그러니 야료를 부릴지 알 수 없는 일입니다요."

최천중은 대강의 짐작은 했다. 그러나 예의를 갖추어 박숙녀를 맞이하고 싶은 마음엔 변동이 없었다.

"그렇다면 이렇게 합시다. 낭자를 지금부터 이 댁에 머물러 계시도록 하시오. 앞으로도 심 생원께서 보살펴야 할 것인즉, 그게 무난하지 않겠소."

"그럴 바에야 오늘 밤에 예의를 갖추는 게 좋지 않겠습니까요. 예의는 사정 따라 바꿀 수도 있지 않겠습니까요."

최천중은 심후택의 이 말을, '빨리 당신 것으로 만들어버려라, 그래야만 뒤탈이 없다'는 뜻으로 알아들었다. 얘기를 다한 것은 아니니 소상하게 알 수는 없지만, 아까 말한 것 외에도 무슨 각박한 사정이 있는 것으로 짐작이 되었다.

"그럼 좋소."

최천중은 박숙녀를 돌아보고,

"이 밤 안으로 갖출 수 있는 대로 예의를 갖추어 상견례를 올립시다. 그래도 좋을까요?"

하고 물었다.

박숙녀는 보일 듯 말 듯 고개를 끄덕여 승낙의 뜻을 나타냈다.

"심 생원, 서둘러 상견례 준비를 해주시오. 장소는 이 방안이 적합하오. 동네의 연장 되시는 어른을 몇 분 모시고, 신부 시중을 들 하님을 둘쯤 불러보도록 하시오. 그리고 준비가 되거든 내게 알리시오."

하고 최천중은 사랑으로 나왔다.

연치성을 비롯해 구철룡, 유만석에게 이 경위와 사정을 설명하기 위해서였다. 최천중이 예의를 갖추어야 한다는 마음먹음 속엔, 평생을 동고동락할 그들에게 미리 양해를 구해둬야겠다는 배려가 끼여 있었다.

최천중은 대강의 사정을 설명하고,

"진실로 뜻을 같이할 수 있는 여인으로 보이면 장차 한양으로 모시고 올 것이고, 그렇지 않으면 부안에 그냥 둬둘 것이니 과히 염려 말라."

고 맺었다.

그들에게 이의가 있을 까닭이 없었다. 그런 가운데서도 구철룡의 표정이 흐려진 것은 황봉련을 생각하고 있는 까닭일 것이라고 짐작하고, 최천중은

"자넨 회현동 걱정을 하고 있는 모양이지만 그건 개의치 말게."

하며 구철룡에게 웃는 얼굴을 보였다.

황봉련이 최천중의 정실이 될 수 없다는 것을, 본인 입으로 말한 적이 있기도 했던 것이다.

"우린 언제 장가보내주시렵니까?"

불쑥 유만석이 한 말이었다.

"너, 장가가고 싶으냐?"

"장가가고 싶지 않은 총각 보셨시요?"

유만석이 씨익 웃었다.

"한양으로 돌아가 이사를 하고 나면 장가보내주지. 혹시 부안에서 색싯감을 보아두었다면, 이곳에서 성례시켜주어도 되구."

"그렇게 바쁜 건 아닙니다요."

이런 말 저런 말을 하고 있는데, 심후택이 들어왔다. 모두들을 딴 방으로 보내고, 최천중과 심후택 둘만이 되었다.

"나으리, 준비가 됐습네요."

"그런데 심 생원, 아까의 눈치로 보아 황 모의 얘기만은 아닌 것 같던데 숨김없이 얘기해보시구려."

"아깐 처자 앞이라서 살살이 얘기 못 했습네요."

를 서두로, 심후택의 얘기는 다음과 같았다.

황 부자 말고도 은근히 조르는 사람이 몇몇 되는데, 그 가운데 가장 극성스러운 자가 송시진의 아들 송덕규라고 했다.

"그놈은 겁탈을 하려고 월장까지 한 놈입니다요. 붙들지 못했을 뿐 확실히 그놈이었을 거라는 소문이 쫙 돌았습네요."

그런데 이런 것보다도 난처한 문제가 전주감영에서부터 비롯되었다는 것이다. 작년, 그러니까 임술년 오월에 도임한 정헌교鄭憲敎란 전라감사가, 부안에 박숙녀란 미인이 있다는 소리를 듣고 첩실로 삼으려고 압력을 가해왔다. 박숙녀는 양병佯病*을 하고 버티었는데, 다행히 이해 칠월 감사가 바뀌는 바람에 호구虎口에서 벗어났다. 그래서 한시름 놓은 것도 잠깐 동안, 그 후임으로 온 감사 정건조鄭建朝가 또 스르르 수작을 부리려는 기미를 보이기 시작했다.

"이 시기를 놓치면 무슨 일이 있을지 모릅니다요."

하고 심후택이 덧붙였다.

"전화위복이란 말이 있습죠? 만일 감사가 은근히 수작하지 않았

---

* 꾀병.

더라면, 이곳 사또 등쌀에 혼이 날 뻔했습네요. 부안에 성춘향 아닌 박춘향 날 뻔했습니다요."

"감사의 첩실이면 그 처지에 괜찮을 텐데, 양병까지 하고 거절했다니 범상한 여인이 아닌게로군."

"결코 범상하지 않습네요. 그런께 부안에서 춘향이 날 뻔했다는 것 아닙니까요. 그런디 희한한 건 나으리를 들먹여 권했더니 순순히 응했다는 사실입네요."

심후택은 최천중과 박숙녀를 결합시키는 일이 여간 흐뭇한 게 아니었다.

손발을 깨끗이 씻고, 빌려온 것이긴 했으나 사모관대로 예의를 갖추고 최천중이 식장으로 마련된 방으로 들어섰다.

대촉大燭이 쌍으로 켜진 예상禮床 위엔 영문도 모르게 묶여져 온 수탉과 암탉이 크기대로의 눈을 뜨고 잠잠히 있었다.

홀을 부른 것은 마을의 연장자 정 노인이었다. 금잠 옥관에 활옷으로 치장한 신부와 최천중은 북향재배北向再拜로부터 상견례로 옮겨 갔다.

최천중은 감개가 없지 않았다. 박숙녀를 정실로 하겠다는 각오는 아직 굳어 있지 않았지만, 자기 자신 사모관대를 갖추고 조촐하나마 혼례식을 올려보는 것은 처음 있는 일이었던 것이다.

'만일 박숙녀가 내 정실이 된다면.'

하고 최천중은 내심으로 생각했다.

'그날 밤이 내 인생에 있어서 세 번째 있는 거룩한 대사이다.'

세 번째라고 한 것은 첫 번째를 왕씨 부인과의 인연으로 치고, 두 번째를 황봉련과의 만남으로 치고 하는 계산이었다. 불과 얼마 전까지만 해도 상상조차 못했던 일이 이렇게 전개된다는 것, 이것이 바로 세사世事와 인사人事의 신비가 아니냐는 감동이 있었다. 그러니 일거수일투족에 신중해야 한다는 다짐과 결의가 생겨나기도 했다.

상견례가 끝나자, 최천중은 일단 사랑으로 내려왔다. 마을에서 모셔 온 어른들과 피로의 잔치를 나누기 위해서였다. 노인들은 한마디씩 축하의 뜻을 표했다.

정 노인은

"수십 번 상견례의 홀을 불렀지만, 오늘 밤처럼 흥감한 밤은 아마도 없을 것입네요."

했고, 동좌한 윤 노인은

"최천중이 덕망이 있었기에 초야에 득주得珠한 것입네요. 여의주가 따로 있겠습니까요. 천생 배필이 여의주입네요."

했고, 성씨 성을 가진 유생은

"해후제회邂逅際會하여 군郡의 후방後房이 되었은즉, 정호신교접情好新交接에 공율여탐탕恐慄如探湯*이라…."

는 장형張衡의 동성가同聲歌를 읊었고, 박씨 성을 가진 유생은

"부안 추야秋夜에 화원花園이 난만한 것은 재사와 가인의 호우

---

* '우연히 당신을 만나 알게 되었고, 당신을 모실 수 있게 되었네요. 정을 나눈 후에도 사랑이 남아, 끓는 물을 만지듯 떨리기만 해요.'

好遇이러라. 성두간星斗間을 나는 기러기의 소리마저 춘절호시春節好時의 원앙새가 환호하는 소리처럼 들린다."

고 창화唱和했다.

최천중이 이와 같은 축하에 답하지 않을 수 없다.

"유전인생流轉人生은 희비喜悲 엮어진 고빗길을 스치는 바람과도 같은 것인데, 이곳에서 비로소 태탕**한 춘풍으로 아름답구나. 많은 지우知友를 얻고 평생을 같이할 반려를 얻었으니, 부안이야말로 내 인생이 갱생한 곳. 오매불망할 땅이 되었구려."

좌중은 일순 숙연했다가, 다시 술잔과 더불어 웃음과 얘기의 응수가 시작되어 밤이 깊어가는 줄을 몰랐다.

심후택이 적당한 기회를 보아, 신랑을 불러내어 신부 방으로 보낼 양으로 마음을 쓰고 있었으나, 최천중은 그 우의友誼의 잔치에 황홀하게 취해 일어설 줄을 몰랐다.

"부안은 자랑할 만한 곳입네요."

윤씨尹氏 성 가진 노유생老儒生이 부안의 자랑을 늘어놓았다.

"첫째, 팔경八景으로 이루어진 변산의 경승은 고래로 문인 묵객***이 흠모하는 곳이었어요. 그 가운데서도 낙산洛山의 일출과 월명月明과 낙조는 해동 제일의 절경입니다요."

이어 윤 유생은 변산 사대사四大寺를 비롯하여 부안현 내의 명승과 고적을 들먹이는데, 그 가운덴 임진년 왜적을 몰살시켰다는

** 駘蕩: 봄 날씨가 화창함.

*** 墨客: 글씨를 쓰거나 그림을 그리는 사람.

왜몰치倭沒峙 이야기도 있었고, 상서면上西面엔 회시동回柹洞이란 곳이 있다고도 했다.

최천중이 회시동의 유래를 물었다. 답을 한 것은 박 유생이었다.

"원래는 감교동甘橋洞이라고 했습네요. 옛날 이 마을에 서원이 있었는데 글짓기 공부를 할 땐, 선생이 운자韻字를 내어주면 학동들은 마을 한가운데 있는 큰 감나무를 한 바퀴 돌아오는 동안에 글을 지어야 하게 돼 있었답디요. 그렇게 해서 많은 문사가 배출됐다고 하여, 감나무를 돌아온다는 뜻으로 그 동명을 회시동이라고 고쳤답니다요."

"조식曹植의 칠보시七步詩 생각이 납니다."

하고 최천중은 회시동에서 남은 시구가 없느냐고 물었다. 불행하게도 산일되어 흔적이 없노라는 대답이었다.

"최공은 아직 채석강彩石江 구경을 못 하셨습니까요?"

정 노인이 물었다.

"초행이라서 아직…."

하고 대답하자, 윤 유생의 설명이 있었다.

"변산과 격포格浦 사이에 있는 강입네요. 이태백이 술에 취하여 수중水中의 달을 잡으려고 물에 뛰어들어 죽었다는 채석강과 닮았다고 해서 붙여진 이름입네요. '이백기경비상천李白騎鯨飛上天하니 강남풍월한다년江南風月閒多年*'이란 바로 그 채석강은 아니지만

---

* '이백이 고래 타고 하늘로 올라갔으니, 강남의 달은 여러 해 동안 한가하네.' 북송(北宋) 시인 마존(馬存)의 '연사정(燕思亭)'이라는 시.

그렇게 이름 지을 만한 강입네요."

그 까닭은 강변엔 세모래가 깔려 있고, 수저水底엔 몇 만 년 바닷물에 갈리고 닦여진 오색찬란한 돌이 깔려 있기 때문이라고 한다.

박 유생은 부안이 낳은 인물을 소개했다. 고려 이래의 명신과 문사를 수없이 들먹였지만, 최천중의 지식과 기억 속엔 없는 인물들이었다. 그래서 넌지시 이런 말을 했다.

"명승과 명사가 그렇게 많은데 계월향, 황진이에 당할 만한 명기가 없다는 게 섭섭하구려."

"어찌 명기가 없다고 하십네요."

윤 유생이 펄쩍 뛰었다.

"현감과 김 좌수와 한자리 한 때에 물었더니 없다는 말이었으니까요."

"현감은 도임한 지 얼마 안 되니 알 까닭이 없지만, 김 좌수가 없다고 한 건 해괴한 일입네요."

윤 유생이 흥분하자, 박 유생이 점잖게 말했다.

"일세의 재녀이며 명기였던 매창梅窓 이계생李桂生이 이곳 출신입니다요. 그런데 어찌 부안에 명기가 없다고 할 수 있습니까요."

"한데, 왜 김 좌수는?"

최천중이 의아해하자, 정 노인이 껄껄 웃으며 말했다.

"매창을 들먹였다간 자기의 단문短文이 탄로 날까 겁이 나서 피한 것일 겁니다요."

"그 매창의 얘길 들어봅시다."

최천중이 흥미의 빛을 보이자, 윤 유생이 설명을 맡고 나섰다.

그 얘긴 다음과 같았다.

매창은 자호自號, 이름은 계생, 자는 천향千香이다. 선조 6년 부안의 현리縣吏 이양종李陽從의 서녀로 태어났다. 그 어머니가 기생 출신이었다.

기생을 어미로 한, 그리고 현리의 서녀인 신분이 평탄한 생을 마련할 수 있을 까닭이 없었다. 매창은 28세의 나이에 기적妓籍에 그 이름을 올리고 말았다. 그 나이에 가서 기적에 올랐다는 것은, 버틸 대로 버티다가 하는 수 없이 기생이 되었다는 사실을 말해준다.

매창은 어릴 때부터 비상한 재질을 발휘했다. 한시문漢詩文에 능했고 시조에서도 탁월했다. 묵화에도 출중한 솜씨를 보였고, 거문고는 명수였다.

"매창의 시조에 이런 것이 있습네요."

하고 얘기 도중에 윤 유생은 시조 한 수를 읊었다.

이화우梨花雨에 흩날릴 제
울며 잡고 이별한 님,
추풍낙엽에 저도 나를 생각하는지
천리에 외로운 꿈만
오락가락하노라.

하여튼 이만한 재질을 지닌 규수가 기생으로 등장했다는 소문이 퍼지자 풍류남아는 물론이요, 시인 묵객을 비롯해서 온갖 한량과 건달들이 물 묻은 손에 깨 엉기듯 했다.

그러나 본성 고매한 매창은 음일*에 흐르지 않았다. 인조반정仁祖反正을 획책한 연평부원군延平府院君 이묵제李默齊 같은 사람이 은근히 수작을 걸어도 거부했을 정도로 몸가짐이 단단했다.

그런데 촌은村隱 유희경柳希慶이 나타나자, 일시에 정열이 솟아 후세에까지 그 염문을 떨칠 만큼 교정이 날로 두터워갔다. 유희경이 조신操身**에 있어 이만저만하게 신중한 사람이 아니었다고 하니, 매창의 매력은 짐작할 수가 있다. 하나, 그 사랑은 결국 비련으로 끝났다. 유희경은 처자가 있는 한갓 개평꾼이었고, 매창은 사대부의 술자리에 불려나가는 기생인지라, 열매를 거둘 수가 없었던 것이다. 이른 봄철의 어느 날, 그들은 기약 없는 이별을 하고 말았다. 그날부터 매창은 두문불출하고 정절을 지켰다.

아까 읊은 시조 '이화우'는 매창이 유희경이 그리워 읊은 노래로서 알려져 있다. 매창의 한시는 54수, '매창집梅窓集'에 수록되어 있다.

매창은 광해군 2년(1610)에 38세를 일기로 그 한 많은 일생을 닫았다.

"매창의 시엔 이런 것이 있습네요."

하고 윤 유생이 읊었다.

취객집나삼醉客執羅衫

나삼수수열羅衫隨手裂

---

* 淫佚: 음탕하게 놂.

** 몸가짐을 조심히 함.

불석일나삼不惜一羅衫

단공은정절但恐恩情節

(술에 취한 손님 비단옷을 잡으니

그 손에 따라 찢어질까 두려워,

한 벌의 나삼을 아까워하는 것이 아니라

다만 은정이 끊어질까 두렵사외다.)

"매창의 무덤은 부안성 내 오리현 봉두산鳳頭山에 있습네요. 봄가을 우리들은 그 무덤을 찾아, 왕년의 명기를 추념하여 시회詩會를 엽니다요."

윤 유생은 얘길 끝내고 한숨을 쉬었다.

"밤도 깊고 하니…."

심후택이 하는 수 없이 파연罷宴을 선언하지 않을 수 없었다.

그때서야 손님들은 그 밤의 뜻을 깨닫고 일어섰다. 잔치가 하도 흥겨워 주책을 잃었노라고 각기 한마디씩 변명을 남기고, 모두들 집으로 돌아갔다.

최천중이 신방으로 들어가 좌정을 하자, 박숙녀가 하님의 시중을 받고 나타났다. 청묘하다는 아까의 인상에 보탤 것도 감할 것도 없었다.

"상제의 뜻으로 우리 이렇게 인연을 갖게 되었소."

이런 서두를 하고 최천중이

"성급한 노릇인지 모르나, 우리 잠자리에 들기 전에 피차의 내력이나 알아야 하지 않겠소?"

하고, 먼저 자기 자신의 출생을 간략하게 설명했다.

박숙녀가 조용히 입을 열었다.

"소녀의 관향은 판남이라고 들었사와요. 아버지는 일찍 돌아가시고 어머니는 작년에 돌아가셨어요. 지난 팔월에 탈상을 했어요. 소녀가 말씀드릴 것은 이것뿐이에요."

"아버지의 고향은 어디라고 합디까?"

"용인이라고 들었사옵니다."

"백부나 숙부는 안 계신가요?"

"듣지 못했사옵니다."

"형제는?"

"역시 듣지 못했사옵니다. 어머니께선 몸을 붙인 이모가 외의 친척이나 연류緣類에 대해선 일절 말씀이 없었사옵니다."

"아버지께선 고종명考終命을 못 하셨다고 들었는데, 그 사연을 아시옵니까?"

"…."

"백 년의 반려에게 못 하실 말씀이 있겠사옵니까?"

"…."

"차차 들어도 무방한 것입니다만, 모든 것을 미리 알고 합일하는 것이 좋을까 해서 말씀드리는 겁니다."

그러자 박숙녀는 얼굴을 들고 최천중을 응시하듯 하더니, 다시 얼굴을 떨구고 얘길 시작했다.

"아버지는 천주교인이었다고 들었사옵니다. 병오년 교난 때 순교

하셨다고 하옵니다."

최천중은 역시 자기의 추측이 비슷하게 맞았다고 생각하고,

"그럼 판남 박씨가 아닌지도 모르겠군요. 그 교난에 순교한 사람 가운데, 박씨 성을 가진 사람이 없었던 것 같아서 드리는 말씀이외다."

하며 눈치를 살폈다.

"소녀는 그렇게만 알고 있사와요."

하는 박숙녀의 태도는 침착한 그대로였다. 딸이기도 하고 앞으로의 보신을 위해서 어머니가 본성本姓을 가르치지 않았을지도 모른다고 최천중은 짐작했다.

"때가 나쁘고 나라가 나쁜 겁니다. 순교하신 아버지께선 하늘의 복을 받을 것이외다. 나도 하느님을 믿는 사람이오. 그들은 천주님이라고 하지만, 나는 상제님이라고 합니다. 그러니 나와 낭자의 아버지완 다를 게 없지요. 다만 나는 천주교인의 무리엔 섞이지 않았다는 게 다를 뿐이오. 한데, 낭자께선 천주님을 믿으시오?"

"어머님은 믿으셨지만 소녀는 믿지 않사와요."

최천중이 숨을 죽이고 답을 기다렸다.

박숙녀는 옷고름을 만지작거리고 있다가 결심한 듯 얼굴을 들었다. 청모清眸*가 밝은 촛불을 받아, 그 눈빛이 다시 없이 그윽했다.

"어머님의 분부로서 소녀는 입신入信하지 않았사와요."

최천중이 잠자코 다음의 말을 기다렸다.

---

* 맑은 눈동자.

"첫째, 여자는 남자의 뜻을 좇아야만 한다는 가르침이었고, 둘째는 천주님을 믿으면 그 가르침엔 원수를 사랑하라는 게 있는데, 어머님은 도무지 원수를 사랑할 순 없다고 하셨어요. 그래서 어머님은 너만이라도 이 세상에 생명을 보전해서 아버지를 죽인 원수를 미워할 줄 알아야겠다는 말씀이 계셨습니다."

최천중은 애절한 여심을 보는 것 같아서 눈시울이 뜨거워왔다. 박숙녀의 조용조용한 말이 이어졌다.

"어머님이 말씀하시길, 만일 네가 남자일 것 같으면 꼭 원수를 갚으라고 이를 것인데, 여자라서 그렇게 못 하는 게 한이라고 하셨어요. 그러나 훌륭한 낭군과 만나게 되어 뜻을 통할 수만 있으면, 기회를 잡아 원수 갚는 일을 잊지 말라고도 하셨습니다."

"그래, 원수라고 할 때 누구라고 가리켰소?"

"…."

"꺼릴 것 없소이다. 내겐 천주교도를 박해한 자들과의 인연이나 관계는 전혀 없소. 낭자의 원수이면 나의 원수가 되는 것이오. 말해보시오."

"제일의 원수가 권돈인權敦仁 일파라고 하셨사옵니다."

"아아, 권돈인?"

하고 최천중이 신음했다.

권돈인은 병오년 당시 헌종 때의 영의정이었다.

"그래, 낭자께선 아버지의 원수를 갚고 싶소?"

"그러하오이다."

말이 끝나자, 박숙녀는 입을 꼭 다물어 보였다. 굳은 결의를 나타낸 표정이었다. 최천중은 부드럽게 웃고 다음과 같이 말했다.

"언젠간 낭자의 원수를 갚아드리리다. 원수는 권돈인 일파만이 아니오. 그러나 서둘지 말아야 하오. 원수는 하늘이 갚고 시대가 갚는 것이지, 사람이 갚을 순 없소. 사람이 원수를 갚는다고 해보았자, 황소의 등을 치는 격을 면하지 못하오. 원수는 몽땅 갚아야 하는 겁니다. 때를 기다립시다."

박숙녀의 눈동자가 샛별처럼 빛나고 있었다.

"우리, 이처럼 뜻이 맞으니 기막힌 인연이 아니오?"

하고, 최천중이 박숙녀의 손을 잡았다. 얼굴과 몸매엔 어울리지 않게 손의 감촉이 까칠했다. 가난한 이모가에서 살려니 천업도 해야 했던 탓으로 보였다. 그러나 가느다란 손가락을 비롯해서 알맞은 양감量感 등으로 뛰어난 수상手相을 거기서 읽었다.

최천중은, 잡은 숙녀의 손등 위에 또 한 손을 포개며 다정하게 속삭였다.

"흔히들 원한이라고 하지만, 원怨 다르고 한恨 다른 거요. 원은 원수를 갚음으로써 풀 수가 있지만, 한까진 풀 수가 없는 겁니다. 원수를 갚았대서 비명에 죽은 아버지의 한이 풀어지리까. 그 한은 우리가 사이좋게 행복하게 삶으로써 풀 수밖에 없는 것이외다."

최천중은 숙녀의 손을 음미하듯 하다가 살며시 끌어당겼다. 그리고 가볍게 어깨를 안았다. 아련한 경련 같은 것이 그 어깨로 해서 최천중의 가슴으로 울려왔다. 청렴하게 다듬어진 하나의 우주가 그 신비를 간직한 채 바로 눈앞에, 팔 안에 안겨 있는 것이다.

최천중이 말이 떨릴 만큼 들뜬 감정이 된 것도 무리가 아닌 얘기다.

"나는 삼십 세, 낭자는 십팔 세, 도합 사십팔 년 동안을 헤매어 우여곡절타가 이렇게 우린 만났구려."

이 말에 묻어 있는 정감이 숙녀를 감동시켰다. 나직이 조용히 말했다.

"천애의 고아, 대죄인의 딸에게 베푸신 은혜 잊지 않겠사와요."

"은혜? 당치도 않은 말이오. 오직 섭리가 있을 뿐이지."

최천중도 유착이는* 감동의 파도 속에 있었다. 남자와 여자의 만남이란 감동의 파도가 거칠수록 무한한 신비의 빛깔을 띠게 된다.

"우린 사십팔 년 만에 만난 것이 아니라, 백천만겁百千萬劫한 후의 만남이오."

최천중은 드디어 박숙녀의 저고리 고름을 풀었다. 이어 조심스럽게 저고리를 벗겼다. 한 겹 속저고리가 가느다란 어깨의 윤곽을 감싸고 촛불을 받아 그윽한 흰빛으로 떠올랐다.

"상제가 내리신 보물함을 푸는 심사 같구려."

최천중은 치마의 말末을 풀었다.

큰 치마 밑에 또 한 겹의 하얀 속치마가 있었다. 그것마저 벗기고 속옷을 남기곤, 버선을 벗길 차례가 되었다. 버선을 벗기는 동작엔 약간 힘이 들었다. 숙녀 스스로가 도우려고 했다. 그러나 최천중은 그 손을 말렸다.

"전란위락轉難爲樂**은 장부가 바라는 바외다."

---

* 癒着~: 엉겨붙는.

** 어려움이 즐거움으로 바뀐다.

버선 속에서 나타난 숙녀의 두 발을 최천중은 두 손으로 안아 쥐고 응시했다. 좌우대칭을 이루어 정치한데, 그 갑甲은 불고부저不高不低, 그 너비는 불광불협不廣不狹, 그 바닥은 불연불경不軟不硬, 각각 다섯 개의 발가락은 고저장단高低長短의 균제均齊가 아름다워 상아를 깎아놓은 섬세한 세공물을 닮았다. 인명에 귀천이 있을 까닭이 없지만 인상에 귀천이 있다는 건, 산에 높고 낮음이 있고 강에 대소가 있음과 같은 이치다.

최천중은 인상의 정점에 족상이 있다고 배워온 터라, 숙녀의 발에 나타난 귀상貴相에 숨을 몰아쉬었다. 수려한 얼굴의 소유자도 대개 족상에선 파탄하는 것인데, 숙녀의 족상은 청묘한 몸 전체의 맵시에 화룡점정畵龍點睛의 뜻으로 완벽했던 것이다.

'왕비의 상이로다.'

최천중은 이렇게 결론을 내렸다. 한데, 그의 견식에 의하면 왕비의 상을 가진 여자는 영화의 극極에 이르거나, 사람으로선 감히 감내하기 어려운 비참을 극하거나 해야 할 운명의 길을 걸어야만 한다. 평범과 중간이란 있을 수 없다. 그런 만큼, 그 숙명은 형극의 길이라고도 할 수가 있다. 영화를 극하는 길이 평탄할 수 없지 않은가. 비참을 극하는 길이 예사로울 수 없지 않은가. 이편이건 저편이건 험준한 산악으로 통하고 있는 것이다.

최천중이 숙녀의 발을 안고 응시하며 숨을 몰아쉰 것은 청묘한 맵시에 화룡점정한 듯한 그 발의 아름다움에 감탄해서만이 아니다. 그 발에 암시된 운명의 엄숙함에 대한 놀람과 긴장 때문이기도 했다.

숙녀는 발을 최천중의 손아귀에 맡겨두고 있는 것이 쑥스러웠다. 살며시 발을 거두어들여 일어섰다.

잠자리의 채비를 하는 것은 여자의 역할인 것이다. 박숙녀의 동작은 소리 없이 민첩했다. 한편, 최천중은 의관을 벗고 버선을 벗었다.

준비가 끝났을 때 촛불을 껐다. 어둠과 더불어 농밀한 정감이 방안에 가득 찼다. 최천중은 팔을 뻗어 박숙녀의 허리를 안았다. 속옷 위로도 느껴지는 숙녀에 대한 감촉은 황홀한 것이 있었다.

그러나 최천중은 아까의 놀람과 긴장의 연장선상에 있었다. 박숙녀를 아내로 하는 이상, 그 험난한 운명을 함께 나누어 가져야 하기 때문이다.

'나는 왕의 아버지가 될 사람이다. 왕의 아버지면 왕이나 다를 바가 없다. 그러니 서로의 합성合性은 근사하다고 할 수 있지 않겠는가. 그러나….'

하고 최천중의 마음은 엇갈렸다.

'만일 내 의도가 뜻대로 안 될 경우엔 이 여자로 인해 처참한 운명의 길을 걸어야 한다…. 여자의 운세에 압도당할 걱정마저 없잖다…. 그러나….'

최천중은 장중掌中에 들어 있는 이 구슬을 놓칠 순 없었다.

어떤 험난이 닥칠지라도 초지初志를 굽히지 않으면 될 것이 아닌가. 최천중은 숙녀를 안은 팔에 힘을 주었다.

"상전이 벽해로 변하고, 해가 서산에서 뜨는 변이 생겨도 낭자는 나의 것이오."

"모든 것을 뜻대로 하옵소서."

가냘픈 속삭임과 함께, 숙녀는 최천중의 가슴에 얼굴을 묻었다.

최천중의 남성이 스르르 고개를 쳐들었다. 이를테면 육체에 의한 합일의 의사가 동하기 시작한 것이다.

그러나 오늘 밤은 안 된다고 최천중은 마음속으로 다짐했다. 이 고귀한 여인에 대해 최고의 예의를 갖출 작정이었다. 최고의 예의를 다하려면, 금수에게도 통용되는 욕정을 군자답게 누를 줄도 알아야 한다.

'충동만으로 된 교접은 색정의 외람일 뿐이니라.'

최천중은 참되고 고귀한 사랑을 숙녀에게 증명하고 싶었다.

겁탈을 해야만 증명되는 사랑이란 것이 있다. 첩첩한 인륜이 샘솟는 정열을 억제할 경우에 있는 일이다. 최천중은 왕씨 부인을 생각했다.

화합으로 이루어지는 사랑의 증명이란 것도 있다. 황봉련과의 경우다. 그러나 얼마나 오랜 기다림이 필요했던가. 박숙녀에 대한 사랑의 증명은 순치馴致*에 있다고 최천중은 생각했다.

열여덟 살 처녀에 대한 사랑은, 그 마음과 몸을 순치시키는 참을성과 그것으로 인한 성의로써만 증명할 수 있을 것이 아닌가. 그렇기 위해서라도 첫날밤에 덤벼선 안 되는 것이다.

"밤이 깊었소. 우리 자도록 합시다."

최천중이 가볍게 숙녀의 입술에 입 맞추고 포옹을 풀려고 했다.

그 찰나였다. 난데없이 횃불 같은 것이 창문에 반사하고, 사람들

---

* 길들임.

의 발자국 소리와 소곤거리는 소리가 뜰에서 들려왔다.

최천중은 벌떡 일어나 앉았다. 따라 일어서려는 숙녀를 다시 뉘어 이불을 머리까지 끌어올려 덮어주고는, 한 손으로 숙녀의 어깨 언저리를 누르는 자세로 앉아 신경을 곤두세웠다.

"박숙녀, 빨리 나와라."

"숙녀를 내보내지 않으면 이 집에 불을 지른다."

복면 틈으로 새어나오는 말소리들이었다. 최천중은 사태의 의미를 대강 짐작했다. 숙녀가 이불 속에서 꿈틀거렸다. 이불을 누르는 손에 최천중이 힘을 주었다.

"빨리 나와라!"

이 고함에 겹쳐 조금 먼 곳에서,

"밤중에 어떤 놈들이야?"

하는 늠연한 소리가 있었다.

연치성의 목소리였다.

"저놈이 누구냐?"

"저놈을 족쳐라."

하는 매성罵聲**이 요란했다. 그 매성을 뚫고 연치성의 외치는 소리가 울려왔다.

"선생님, 안심하고 푹 쉬십시오. 이놈들 걱정하실 건 조금도 없습니다."

이윽고 난투극이 벌어진 모양이었다.

** 욕하며 떠드는 소리.

치는 소리, 고함소리, 쿵 하고 넘어지는 소리, 아우성 소리, 비명 소리…. 횃불이 이곳저곳으로 움직여, 방안은 밝았다 어두워졌다 했다.

"만석이, 이 횃불을 들고 여기 서 있어!"

하는 연치성의 소리가 나더니, 사람이 넘어지는 소리가 거듭되고 신음 소리가 잇달았다. 그리고 곧 조용해졌다.

"도망간 놈 없지?"

하고 묻는 것은 연치성이었고,

"없습니다."

하고 대답한 것은 구철룡이었다.

"이거 면목이 없습네요. 덕택으로 살았네요."

심후택의 어름어름하는 소리도 들려왔다.

"광 비어 있죠?"

연치성의 음성.

"비어 있진 않습니다요."

심후택의 대답.

"비어 있진 않아도, 이놈들 비집어 넣을 틈은 있지 않겠수."

"그런디 이 사람들은 죽었습니까요?"

"죽진 않았소. 내일 점심때쯤이면 정신을 차릴 거요."

"도대체 이놈들은 누구들인가요?"

만석의 소리가 섞였다.

"누구이건 그건 내일 챙겨볼 일이야. 주인어른, 광문이나 열어주슈. 이놈들을 끌어다 넣어야 하겠소."

연치성이 철룡과 만석을 시켜, 침입한 괴한들을 광에 끌어다 넣는 소리가 잇달았다.

그리고 조금 뒤,

"선생님, 마음놓으시고 주무세요."

하는 연치성의 소리가 들리더니, 만상은 다시 정적에 싸였다.

첫닭이 울기 시작한 것은 그로부터 몇 순간 후의 일이었다.

최천중은 이불을 젖히고 말없이 숙녀의 속옷을 벗겨 알몸으로 만들었다. 예의를 차리고 있을 여유가 없다는 것을 느낀 때문이었다.

'빨리 내 것으로 만들어야지.'

그렇다고 해서 종용안서從容安徐를 잊을 최천중이 아니었다. 나상裸像으로 된 숙녀의 여신女身은 최천중의 능란한 솜씨에 차츰 순치되어, 화용花容은 어둠 속에서도 백련꽃처럼 피어오르고 화심花心은 환영구歡迎丘 위에서 촉촉이 젖었다.

환영구 위에 화심은 젖었어도 처녀는 하나의 성이다. 성벽이 있었다.

숙녀는 이미 마음의 문을 활짝 열었는데도, 그 육체의 문은 열리지 않았다.

보통의 사람보다 처녀의 성벽이 너무나 견고한가 보았다.

연달練達의 사士 최천중은 첫 번째의 시도에서 이런 사정을 알고 급격한 공격을 피하고 언저리를 돌았다. 그리고 이런 생각도 해보았다. '남달리 견고한 처녀성處女城은 성性을 초월해서 자기 완결적으로 살아가라는 상제의 뜻을 나타낸 것이나 아닐까?' 하고.

그러나 불과 수각數刻 전, 약탈당할 뻔했던 판국에 생각이 미치자,

'연치성이 없었더라면 영락없이 그러한 괴변이 일어났을 것이다.'

최천중은 한시바삐 숙녀를 소유해버려야겠다는 마음으로 초조해졌다.

"낭자, 참으시구려."

최천중은 나직이 속삭이며 알몸인 숙녀의 양어깨를 살큼 누르듯 안곤, 화심을 향해 양대를 발진시켰다. 곧 완강한 저항을 느꼈다. 첫 번째는 그로써 퇴각해버렸지만 다시 그럴 순 없었다.

혼신의 힘을 가했다. 성벽이 물러서는 것 같은 느낌이었지만, 숙녀는 '악' 하는 외마디 소리로써 입을 악물었다. 전신이 고통의 덩어리로 화했다는 것을 알 수 있는 것은, 어깨를 안은 손으로 전달되어 오는 격렬한 경련을 통해서였다. 그래도 그 고통을 회피하지 않으려고 하는 각오도 그 경련을 통해서 알 수가 있었다. 손을 뻗어 최천중의 가슴팍을 밀든지 몸을 꼬아 벗어날 수 있는데도, 숙녀는 본래의 자세를 그냥 지키려고 안간힘을 쓰고 있는 것이었다.

최천중은 계속 성벽을 밀고만 있다가 숙녀의 고통을 더할 뿐이란 것을 깨닫고, 일단 후퇴하는 척 해갖곤 둔부를 날려 맹렬한 일격을 가했다.

'으음' 하는 숙녀의 비명과 더불어 최천중은 드디어 공략에 성공했다는 확인을 얻고, 어깨를 안은 팔을 숙녀의 등 밑으로 돌려 상체를 안았다. 그리고 속삭였다.

"낭자, 수고했소이다."

숙녀는 신음 소리를 한숨과 더불어 길게 뺃곤, 눈을 열어 최천중을 쳐다봤다. 어둠 속에서도 그 눈의 광채는 판별할 수가 있었다.

'흑요석 같구려!'
하는 감회가 솟았다.

최천중은 너무나 서둔 나머지 제동력을 잃고 말았다. 몇 번인가의 동작으로 조용히 파정하고 깊은 곳으로 쏟아 넣었다.

박숙녀는 자기의 여체에 남은 고통의 여운을 수렴하면서 그 고통마저도 환희의 일환으로 느꼈다.

'나는 이 사람의 것이 되었다. 지금부터 길고 긴 인생이 시작된다. 그 길이 험준해도 나는 이 사람이 뜻하는 대로 열심히 살리라!'

숙녀의 마음이 이렇게 다져지고 있을 때, 최천중의 마음도 감격의 빛깔로 괴었다.

'상제의 섭리는 신통하구려! 이 부안 땅에서 숙녀와 같은 여인을 만나게 되다니!'

최천중은 새로운 감동으로 다시 숙녀를 안았다. 그리고 검수檢收라도 하려는 듯, 그 여체의 이곳저곳을 어루만지고 때론 입 맞추기도 했다.

어느덧, 그 긴 밤도 밝아오고 있었다.

최천중이 눈을 떴을 땐 오전도 한나절이 지났다. 언제 일어났는지 숙녀는, 단정하게 치장하고 반쯤 벽을 향한 자세로 다소곳이 앉아 있었다. 그 얼굴, 그 맵시는 대낮에 보아도 청묘하다는 느낌에 변함이 없었다.

최천중이 일어나 앉아 숙녀의 얼굴을 들여다보듯 하며,

"주무시질 못했을 텐데?"
하고 인사말을 겸했다.

숙녀는 수줍은 미소를 띠었다.

"편히 주무셨사와요?"

또박하고 카랑하고, 그러면서도 윤기가 흐르는 듯한 말소리가 듣기에도 좋았다.

태풍이 일과한 기분!

자기가 여자로 만들어놓았다는 기적 같은 사실!

최천중은 비로소 죄의식 없이, 불결감 없이 하나의 여자를 소유하게 되었다는 사실을 확인하는 마음이 되었다. 그 마음의 그늘에 나타난 몇 토막의 회상이 있었다.

십수 년 전의 일.

최천중은 소백산 근처에서 화전민의 딸을 범한 적이 있다. 처녀였다. 스승의 눈이 두려워, 그는 그 현장에서 부랴부랴 도망쳐버렸다. 찢어진 처녀가 시체처럼 풀밭에 뻗어 있는 광경이 선명히 망막에 남았다.

'그 여잔 어떻게 되었을까?'

최천중은 그 뒤로 소백산 근처에 가본 적이 없다.

스무 살에 접어들었을 때, 최천중은 또 하나의 처녀를 접했다.

경상도 청송의 어느 양반집 사랑에 식객으로 머물러 있을 때의 일이다. 달이 밝은 어느 날 밤, 그땐 봄철이었는데 최천중이 혼자 자고 있는 방문 틈으로 쪽지가 미끄러져 들어왔다. 그 쪽지엔 오늘 밤 으슥할 무렵 안집 뒤에 있는 별당으로 오라는 전갈이었다.

최천중은 아직 얼굴을 보진 않았으나, 그 집 규수의 전갈이라고 짐작하고 밤중에 별당을 찾았다. 달이 있었다고는 하나 앞집이 가려 방안이 어두웠다. 서로의 얼굴을 챙겨볼 겨를도, 말을 주고받을 겨를도 없이 그저 행동으로 미끄러 들었다. 역시 처녀였는데, 아픔을 참으면서도 최천중의 몸에 매달렸다. 그런데 행위 도중, 최천중은 그 규수의 얼굴이 빡빡 곰보라는 것을 확인했다. 돌아와서 챙겨보니 바지 안쪽이 온통 피칠이었다. 최천중은 며칠을 더 그 집에서 묵고 떠났다. 매일 밤처럼 쪽지가 날아오는 게 귀찮아서였다.

'그때 벌써 노처녀였는데, 그 빡빡 곰보는 지금 어떻게 되어 있을까?'

최천중은 이번 걸음에 청송 근처를 지나볼 요량을 했다.

이러한 죄스러움을 느끼지 않고, 처녀 하나를 여자로 만들었다는 것은 얼마나 떳떳한 일인가.

"낭자, 앞으로 어떻게 살았으면 좋겠는가 잘 생각해보시구려."

최천중이 만감을 새겨 말했다.

"뜻대로 하옵소서."

가냘프지만 힘이 있는 대답이었다.

"나는…"

하고 최천중은 대강의 복안을 말하려고 자세를 고쳐 앉았다.

그때, 바깥사랑에서 떠들썩한 소리가 들려왔다. 최천중은 어젯밤의 소동을 상기했다. 떠들썩한 소리는 그 후렴일지 몰랐다.

최천중이 일어섰다. 그리고 말을 남겼다.

"낭자는 여기서 기다리고 계세요."

바깥사랑의 앞뜰엔 이상한 광경이 전개되었다. 담 쪽으로 마을 사람들이 꽉 둘러 서 있는 가운데, 칠팔 명으로 보이는 장정들이 땅 바닥에 무릎을 꿇고 있었고, 연치성은 대청마루에 앉아 사문査問을 하고 있었다. 구철룡과 유만석이 사뭇 장중한 표정을 꾸미고 조금 떨어진 곳에 자리를 잡고 있었다. 연치성의 손엔 큰 구렁이 둘레만큼으로 새끼줄을 동인 밧줄이 쥐어져 있었다. 그 밧줄을 휘날려 마당에 꿇어앉은 장정들을 후려갈길 때마다, 비명을 섞은 소동이 터지는 것이었다.

최천중은 뒷문으로 해서 사랑방으로 들어갔다. 심후택이 얼떨떨한 표정으로 쉬 하며 입에 손가락을 대곤 앉아 귀를 기울였다. 연치성의 늠연한 목소리가 있었다.

"거 뒷줄에 앉은 놈 답하라. 어떤 놈이 그 따위 무엄한 짓을 하려고 했는고?"

"저는 아닙니다요."

'휭!' 하는 바람소리와 함께 세차게 부딪치는 소리가 있었다.

동시에 '아구구' 하는 비명이 일었다. 연치성이 쥐고 있는 밧줄로써 한 놈을 친 것이다.

"너희 놈들은 화적들이다. 화적들을 국법이 어떻게 다스리는질 알겠나?"

"아닙니다요. 저는 화적이 아닙니다요."

하고 애원하는 소리가 있었다.

그러나 아랑곳하지 않고 연치성이 말을 계속했다.

"화적은 목을 베어 효수하기로 돼 있어. 관가에 넘어가기만 하면 그 꼴이 되는 거여. 그러니 바른대로 말해."

"화적은 아닙니다요."

"화적 아닌 놈들이 야심에 남의 집을 침노하고 불을 지르려고 했어?"

"아닙니다요."

하는 소리가 또 있자, 연치성은 밧줄을 휘둘렀다. 맞은 놈은 소리 소리 비명을 질렀다.

"네 이놈 송덕규란 놈, 얼굴을 들어! 네가 이놈, 작당한 주모자가 아니냐?"

"나는 내 마누라 될 사람을 찾으러 왔당께? 그게 뭣이 나쁘다냐?"

"망측한 놈."

연치성은 고함과 함께 밧줄을 날려 송덕규의 어깨를 사정없이 쳤다. 그 농락을 몇 차례 계속하자, 송덕규는 '아유'하는 비명과 함께 앞으로 거꾸러졌다.

"다시 한 번 그 따위 외람된 말을 해봐라. 당장 생명을 끊어놓을 테다."

이렇게 사문은 오전 내내 계속되었다.

그런데 이상한 것은 묶어놓지도 않았고, 뜰과 마루와의 거리가 있어 매질을 피해 도망함직도 했는데도 어느 한 사람 못에 박힌 듯 그 자리에서 벗어나지 못하고 꼼짝없이 당하고 있다는 사실이었다. 신통력의 소치라고밖엔 말할 수 없는 일이었다.

준열한 사문이 끝난 뒤, 연치성이 약간 언성을 돋우어 마을의 어른들에게 물었다.

"이놈들을 관가에 넘길까요? 그 대신 다리뼈를 한 개씩 분질러 놓을까요? 아무튼 이 화적놈들을 그냥 둘 순 없소."

마을 사람들은 반응이 없었다.

"살려줍쇼, 살려줍쇼."

하는 겁먹은 소리가 놈들의 입에서 터져 나왔다.

"연공, 놈들을 방면해주게."

최천중이 방에서 말을 보냈다.

연치성이 밧줄을 휘둘러, 차례로 한 대씩 갈기고 난 후에 선언했다.

"선생님의 분부로 네놈들을 방면한다."

장정 여덟 명이 고양이 앞의 쥐처럼 꼼짝달싹도 못 했다는 소식은, 순식간에 부안현 내를 돌아 현계를 넘어 정읍, 김제 지방에까지 퍼졌다.

그다지 크지도 않은 체구, 아름다운 여자를 무색하게 할 정도의 미모, 그러한 사람이 어떻게 그와 같은 신기神技를 지녔단 말인가. 소문의 부피는 눈덩어리처럼 커나가고, 게다가 날개가 돋쳤다.

"몇 백 명이건 술법을 걸어 꿈쩍도 못 하게 한다."

"축지법을 한다."

"홍길동처럼 둔갑을 한다."

가까이서 멀리서 도시락을 싸들고 연치성을 구경하려고 모여드는 사람마저 있었다. 부안의 젊은 여성들은 그를 사모하는 마음으로 가슴을 태웠고, 딸 가진 부모들은 저런 사위를 보았으면 하고 마음을 죄었다.

그런 만큼 최천중도 돋보이게 되었다. 연치성 같은 제자를 가진 사람이 보통 인물일 까닭이 없는 것이기 때문이다. 그런 관계도 있어 부안에서 최천중이 하는 일은 모두가 순조롭게 마무리지을 수가 있었다.

그러나 최천중은 한편 불안했다. 연치성의 그 신기에 가까운 무술이 전주감영에나 알려지면 반드시 일을 꾸밀 자가 나올 것이고, 부안에서 이에 호응해서 있지도 않은 사실을 고자질하는 경우도 없지 않을 것이다. 아니, 이미 그런 고자질을 하고 있을지도 몰랐다.

최천중은 당장이라도 부안을 떠나고 싶었지만, 박숙녀의 처리 문제가 남아 있었다. 최천중은 한양의 일이 자리가 잡힐 때까진 박숙녀를 부안에 둬둘 생각을 했으나, 모든 정세가 그렇게 할 수 없게 되어 있다고 판단했다. 심후택도 같은 불안의 표정을 지었다.

최천중은 부안에서 충청도로 들어가 음성의 토지 문제를 처리한 뒤, 청풍으로 가서 황봉련과 합류할 계획이기 때문에 박숙녀와 동행할 처지가 못 되었다. 생각 끝에 뱃길로 박숙녀를 한양 최팔룡에게 보내놓기로 했는데, 그러는 데도 적잖은 곤란이 있었다. 누구를 수행케 하느냐가 우선 문제였다. 연치성은 어떤 일이 있어도 자기 곁에 둬두고 싶었고, 구철룡, 유만석 같은 우락부락한 뱃놈들 사이에 박숙녀를 끼워 한양으로 보낸다는 건 도시 마음이 놓이질 않았다.

최천중은 박숙녀 이모 댁의 사정을 알아봤다. 딸 둘, 아들 하나를 둔 중년 부부의 단출한 살림살이였다. 게다가 부안은 선조 이래의 고장도 아니라고 했다.

"옳지, 그럼 그 이모가를 솔선해서 한양으로 데리고 가면 될 것이 아닌가."

최천중이 무릎을 치고 말했다.

이모가도 그 제안을 쌍수 환영했다.

누구보다도 기뻐한 건 박숙녀였다.

뒤에 남은 재산은 심후택이 맡아 정리할 작정을 하고, 일가는 한양으로 갈 준비를 서둘렀다. 최천중은 위세委細*를 적은 최팔룡에게의 서신을 구철룡에게 맡길 작정을 하고 다음과 같이 말했다.

"넌 사모님의 이모 댁이 이사할 준비가 끝나는 대로 같이 한양으로 모시고 올라가도록 하라. 삼개의 최 주사가 집을 마련할 터이니 넌 우리가 환경할 때까지 거기서 머물도록 하라. 동시에 회현동 마님에게 안부 전하는 걸 잊지 말아라. 부안 사모님 일은 당분간 입 밖에 내지 말라…."

숙녀와 그 이모가의 한양 출항 날을 며칠 앞두고 남문 객사로 돌아온 최천중은, 마침 따뜻한 소춘小春의 날씨인지라 모두를 거느리고 소풍 갈 차비를 명했다.

그런데 유만석이 보이질 않았다.

연치성이 혀를 끌끌 차며,

"만석은 도대체 어딜 쏘다니는 건지 모르겠군. 어른을 모시는 태도가 되어먹지 않았다."

고 투덜거렸다.

"연공, 그렇게 말할 건 없네. 그놈은 어디를 쏘다니는 게 장기라네. 이렇다 할 일도 없으니 마음대로 하도록 두게. 그놈이 없으면 도리가 없지. 우리끼리만이라도 가세."

하고 최천중이 앞장서서 찾아간 곳이, 기생 시인 매창의 무덤이었

---

* 상세함.

다. 연치성이

"기생의 무덤을 찾으시는 연유는 뭣이옵니까?"

하고 물었다.

"기생이지만 일세에 탁월한 시인이었다네. 송경松京의 황진이와 쌍벽을 이룰 만했다니 대단하지 않는가?"

최천중은 매창에 관해 들은 대로의 얘기를 연치성에게 해주었다.

황량한 풍경 가운데 조그마한 언덕이 있었고, 그 언덕 위에 마른 잔디를 쓰고 매창의 무덤이 있었다. 아득히 이백 수십 년 전에 묻힌 매창의 시신은 이미 썩어 백골만 남아 있을 것이지만, 그 무덤 앞의 비석은 선명하게 글자를 새겨놓고 있었다.

'명원이매창지묘名媛李梅窓之墓'라고.

매창의 비석을 세운 연유를 말하는 칠언시 이절二絶이 있다. 그 가운데의 일절에 읊었으되.

절창강남석일시絶唱江南昔日詩

도금회자세인지到今膾炙世人知

이재이백여년후異哉二百餘年後

갱축봉분갱수비更築封墳更竪碑

(절창이었다, 그 옛날 읊은 강남의 시는,

지금까지도 세인의 입에 회자되어 있고녀,

이백여 년 후인 지금 뜻 새로운 일이로다.

다시 그 봉분을 만들고 다시 비를 세우는도다.)

비면碑面은 새로웠다. 정사년丁巳年에 세운 것이니 6년 전의 일이다.

"이백 수십 년 전에 죽은 기생 시인의 봉분을 개축하고 비를 세울 만하니, 부안의 인심도 과히 나쁜 것은 아니다."

최천중이 감회를 섞어 말했으나, 연치성의 느낌은 달랐던 모양이다.

"살아생전 대접해주지 못하고 죽고 난 뒤 비를 세운들, 그게 그 사람에게 무슨 보람이 있겠습니까?"

"그러니까 각박한 세상이라고 하지 않는가. 그러나 사후에라도 예절을 다할 줄 아는 인심이란 그래도 갸륵하지 않는가."

연치성은 최천중의 그 말엔 공감한 모양으로, 고개를 떨구고 그 무덤 앞에 한참 동안을 서 있었다. 타고난 신분의 주박呪縛에서 풀려나지 못하고 평생을 음지에서만 살아야 했던, 그리고 지금은 그 생사조차 모르는 어머니에 대한 모정이 치솟고 있었던 것인지 모른다. 그런 생각이 떠오르자, 최천중은 연치성의 어깨를 가볍게 쳤다.

"돌이켜보면 인생은 한恨의 바다에 떠 있는 한 조각의 배에 불과한 거여. 그 한에 휘몰려 죽든지, 그 한을 이겨 인생의 보람을 다하든지, 여하간 남의 한으로 내 마음을 어지럽게 할 까닭은 없지."

최천중 일행이 그 무덤에서 돌아서려는 무렵이었다. 십 수 명 되어 보이는 젊은 여자들이 손에 뭣인가를 들고 그 무덤을 향해 언덕바지를 기어오르고 있었다. 먼빛으로도 그들이 기생들이란 것을 곧 알 수가 있었다.

"이상한 일이로군. 오늘은 매창과 무슨 관련이 있는 날인가?"

하고 중얼거리며 최천중이 앞장서서 언덕길을 내려오는데, 기생들이 우르르 몰려와 최천중 일행을 둘러쌌다.

"나으리, 같이 좀 놀다 가세요."

최천중의 소매를 끄는 여자가 있었다. 그 기생엔 면식이 있었다. 연심이었다.

"나으리께서 매창의 무덤으로 가셨다는 소릴 듣잡고, 우리들 이처럼 부랴부랴 달려왔습네요."

옥선인 연치성의 얼굴을 부신 듯 바라보며 교태를 부렸다.

"주효도 준비하고, 북 장구도 가지고 왔습니다요. 신 한번 내보려고 마음먹고 왔습니다."

조금 나이가 든 성실은 기생의 말이었다.

"우린 막 돌아가려는 참인데…."

최천중이 난색을 보이자, 옥선이 뾰로통해지며 익살을 이었다.

"죽은 기생 무덤을 성묘하실 줄 아는 풍류를 가지셨으면서 산 기생 원은 못 풀어주시겠어요?"

"그 말이 신통하구나. 연공, 어때, 우리 잠깐 놀다가 가지."

하고 최천중이 연치성과 구철룡을 돌아보았다.

매창 무덤의 둘레에 순식간에 자리가 깔렸다. 기생들은 무덤을 향해 각기 배례하고 나서 안주와 술병을 꺼냈다.

안주라야 건어포였고, 술이라야 막걸리였지만 그곳까지 쫓아와 준 호의를 저버릴 순 없었다. 최천중은 잔을 받고 연치성, 구철룡에게도 사양 말라고 일렀다.

"선비께선 정말 중추의 명월 같고, 아침의 부용 같으셔요."

기생들은 연치성에 대한 찬탄을 숨기려 하지 않았다.

"이승에 못 이룬 뜻, 저승에 가서라도 이룰까요. 다시 전생하여 그 뜻을 받고파요."

하는 기생이 있는가 하면,

"오늘 밤에라도 월포에 가서 물에 빠져 죽어야겠다. 그래서 한시 바삐 양귀비처럼 환생이나 해야지, 이 목침같이 생긴 년 엄두라도 내겠냐."

고 익살을 부리는 기생도 있었다.

권주가랍시고 노래를 부르는 기생, 한 번이라도 가까이 모실 수 있었으니 여한이 없다면서 춤추는 기생…. 이윽고 연심이 북채를 들자, 옥선이 단가短歌를 뽑았다.

"가자 가자 어서 가, 위수를 급히 건너 백로횡강白鷺橫江 같이 가. 소지노화월일선笑指蘆花月一船*, 초어부楚漁夫 빈 배, 고래 등에 저 달 싣고, 우리 고향으로 어서 가자. 환산롱명월還山弄明月**, 원해근산遠海近山 실로 아름답고 영산홍록映山紅綠 춘풍에 나부끼며 황접백접黃蝶白蝶 희롱하고 옥파창랑玉波滄浪 흘러 뜸은 도화桃花로다…. 천다만다 두견화 고국산천 그리워, 연치성 선비님 그리워 그 님과 같이 가면 북풍도 동풍 되고 가시길도 대로 되고…. 가자 가려무나 연치성 그 님과 같이 가려무나…."

예기치 않았던 환대를 받고 한나절을 흥겹게 논 셈이 되었다. 오는 정이 있으면 가는 정이 있어야 하는 법이다.

---

* '웃으며 갈꽃에 달 비친 곳의 배 한 척을 가리킨다.'

** '산으로 돌아가 밝은 달과 노니려네.'

최천중은 그날 밤, 부안에서 제일가는 요릿집에서 잔치를 베풀 약속을 기생들에게 하고 일단 객사로 돌아왔다.

객사에서 초조하게 기다렸던 모양으로, 최천중이 들어오는 것을 보자 만석은,

"드릴 말씀이 있시유, 빨리 방에 듭시유."

하고 수선을 피웠다.

최천중이 방으로 들어가 도포를 벗자, 그것을 받아 걸기가 바쁘게 만석이 이런 소릴 했다.

"나으리, 오늘 서문 밖 주막집에 갔었는디유. 거기서 괴상한 소릴 들었시유. 저하구 그동안 사귄 노인이 있었는뎁슈. 그 노인이 하는 말이, 우리 일행이 빨리 부안을 뜨는 게 좋을 거라고 했시유."

"무슨 소린지 소상하게 말해봐라."

하고 최천중이 정색을 했다.

"연치성 형님 말입니다. 그 노인의 얘기론 형님의 무술이 너무나 희한해서요, 요술을 부리는 사람이란 소문이 돌고 있다는 거예유. 그래 그 사실을 전주감영에 고자질해서, 연치성 형님을 붙들어 가도록 할 꾀를 꾸미고 있는 놈이 있다고 하는 게 아니겠어유."

최천중은 가슴이 뜨끔했다. 아닌 게 아니라, 그로서도 그런 사태를 예기하지 않은 바가 아니었던 것이다. 그러나 태도를 침착하게 꾸미고 다음 말을 재촉했다.

"현감헌테 말해갖곤 소용이 없으니, 전주감영까지 사람을 보낼 거라고 했어유."

"그런 꾀를 꾸미는 놈이 누구라고 하더냐?"

"그 말은 하지 않았어요."

최천중은 행랑에서 돈 서른 냥을 꺼내 만석에게 주며,

"이걸 갖고 그 영감과 술을 한잔하구, 스무 냥쯤은 영감에게 주어서 그런 꾀를 꾸미는 놈이 누구인지 알아봐라. 그리고 전주감영으로 사람을 보냈는지 어쩐지도 알아봐라."

하고 일렀다.

만석을 내보내고 최천중은 객사의 주인을 불러 다음과 같이 부탁했다.

"한양으로 가는 배가 언제쯤 있는가를 알아보고, 심 생원에게 연락해서 빨리 이리로 오시도록 하시오."

최천중의 거동이 이렇게 되자, 연치성이 방으로 들어와 물었다.

"무슨 일이 생겼습니까?"

"아냐, 별일은 없어."

"만석이란 놈, 또 어디로 나가는 모양이던데, 정신을 차리도록 일러야 하지 않겠습니까?"

그러한 연치성을 보고 최천중이 웃었다.

"연공, 내 말 들어봐. 사람은 각기 장기가 있는 걸세. 만돌이란 놈은 그저 쏘다니게 내버려둬야 하네. 그놈은 이곳저곳 돌아다니며 별의별 냄새를 맡아 오는 놈이니까, 우리들에겐 그런 놈이 필요해. 연공의 눈엔 차지 않겠지만 만돌이 녀석은 그대로 보아두게."

그리고 이어 최천중은, 이제 막 만석이 전한 풍문을 연치성에게 얘기를 하고 장탄식을 했다.

"출중한 인재라고 보면 먼저 해칠 생각부터 하는 게 우리 사람들의 병폐라네. 그러니 도리가 없지. 독수리를 닮아 발톱을 숨겨야지."

약속을 어길 순 없었다.

그날 밤, 최천중은 김 좌수를 비롯한 성내의 유지들을 청해 부안 제일의 술집에서 요란스럽게 놀았다. 그러나 마음은 건성이었다.

술자리를 일찌감치 끝내고 객사로 돌아온 최천중은 만석으로부터 다음과 같은 보고를 받았다. 요약하면,

감영에 고자질하자는 꾀를 낸 놈은 배성락, 고발장을 쓴 놈은 한모韓某, 그것을 전주감영으로 가지고 갈 놈은 전에 역졸이었던 공모孔某, 그리고 바로 내일 새벽 출발하기로 감쪽같이 꾸며져 있다는 것이다.

최천중은 사태의 의미를 생각해보았다. 그런 고발장을 받고 감영에서 가만있을 까닭이 없었다. 또한 감영이 가만있지 못하게끔 고발장을 썼을 것이다. 관속들처럼 일 꾸미길 좋아하는 부류는 또한 없다. 없는 일을 꾸미기도 하는 판인데, 연치성 같은 인물이면 모략과 훼방의 기막힌 재료인 것이다.

최천중은 연치성, 구철룡, 유만석을 둘러앉히고 객사 주인을 불렀다.

"주인장, 여기서 전주까진 얼마인고?"

"백 리 남짓합니다요."

"장골의 하룻길이군."

"걸음이 빠른 사람이면 새벽에 길을 떠나 늦은 점심때엔 갈 수 있습네요."

최천중은, 놈들이 내일 새벽 떠난다면 모레쯤엔 감영에서 포졸

들이 들이닥치겠구나, 하는 가늠을 했다.

"주인장은 전에 역졸이었던 공가란 놈을 아슈?"

"알고말고입네요. 원행 심부름은 도맡아 하는 놈입네요."

최천중이 만석의 보고를 토대로 대강의 설명을 하고 덧붙여 물었다.

"그래 봤자, 별일이야 있을까만 하여간 귀찮은 일이오. 그 공가란 놈을 구워삶을 수가 없겠수?"

임가는 암연한 얼굴이 되었다. 연치성이 입을 열었다.

"공가 놈의 얼굴과 전주로 가는 길순만 가르쳐주면, 제가 좇아가서 고발장을 뺏어버리면 될 게 아닙니까?"

"고발장은 얼마든지 다시 쓸 수가 있고, 심부름 보낼 놈도 공가만은 아닐 테니까."

최천중이 신중하게 말했다. 답답한 침묵이 흘렀다.

그러자 유만석이 불쑥 나섰다.

"전주를 갈려면 꼭 이 앞을 지나야 하죠이?"

"그렇소. 그러나 돌아갈 수도 있습네요."

"감쪽같이 할 요량인 사람이 뭣 때문에 돌아가겠습니까요. 반드시 내일 새벽 요 앞을 지날 겁니다요. 그러니 뒤좇아갈 건 뭐 있어요. 목을 받치고 있다가, 이 앞을 지날 때 놈을 여기로 끌어들여 고발장을 빼앗고 광에나 가둬두었다가, 우리가 이곳을 떠난 뒤에 풀어주면 될 게 아닙니까요. 떠나고 난 뒤에 고발장을 보내든지 말든지."

객사 주인의 얼굴에 난색이 돌았다. 그걸 눈치챈 만석이 말했다.

"주인장 걱정할 것 없시유. 공가 놈이 전주엘 갔다 온 거로 꾸며 주면 될 게 아닙니까요. 고발장을 갖다줬다, 그랬더니 그 어른들을 두고 왈가왈부하면 큰일이 난다더라, 이렇게 대답을 하도록 약을 먹이란 말입니다요. 돈 먹고 전주까지 안 가도 되구. 좀 좋겠어요? 말 안 들으면, 공가 놈이 제 발로 우리에게 걸어 들어온 거라고 뒤집어씌울 수도 있구요."

최천중이 빙그레 웃으며 유만석을 바라봤다. 무식한 놈이 꾀가 대단하다는 감탄과 동시에, 역시 나는 사람 볼 줄을 안다는 자부가 섞인 웃음이었다.

임가와 연치성과 만석이 봉창 문을 뚫어놓고 새벽길을 지키기로 하고, 만일 날이 샐 때까지 공가가 통과하지 않으면 임가가 공가 집으로 달려가 그 유무를 확인하곤, 공가가 다른 길로 해서 전주로 떠났다는 사실을 알면 연치성이 말을 타고 그 뒤를 쫓기로 방침을 세웠다.

임가의 말에 의하면 사흘 후에 한양 가는 배가 떠난다고 하니, 아무래도 그때까진 부안에 머물러 있어야 하는 것이어서 최천중이 초조하지 않은 바는 아니었으나, 그렇다고 해서 당황하는 기분은 아니었다. 구철룡을 시켜 침구를 펴게 하고 눕자 곧 잠이 들었다.

한편 임가, 연치성, 유만석은 교대로 창구멍 사이로 바깥을 지켜보기로 했다. 드디어 첫닭이 울고 얼마 안 되어, 부연한 달빛 아래 사람의 그림자가 저편 모퉁이로부터 나타났다.

"공가가 옵니다요."

객사 주인이 속삭였다.

연치성이 대문을 열어놓고 올가미 줄을 들었다. 걸어오는 사람이 공가라는 확인이 임가로부터 다시 있자, 대문 정면에 그 사람이 나타났을 무렵 연치성은 올가미 줄을 던졌다.

'앗' 하는 외마디 소리와 함께 사나이는 올가미에 동였다. 간발을 넣지 않고 연치성이 만석의 합세를 얻어 줄을 잡아당겼다. 영문을 알 까닭이 없는 공가는 저항할 겨를도 없이 대문 안으로 끌려 들어갔다.

공가가 고함을 지르려는 찰나, 연치성의 주먹이 그의 가슴을 쳤다. '으악' 하며 공가가 쓰러졌다. 연치성은 쓰러진 공가의 입에 재갈을 물리고, 뒷방으로 끌어들인 뒤 양손과 양발을 결박했다.

그리고 품 안을 뒤졌다. 두툼한 서장이 나왔다. 연치성은 구철룡까지 불러 만석과 같이 공가를 지키도록 하고 최천중의 방으로 건너왔다. 잠을 깬 최천중이 일어나 앉아 그 서장을 폈다. 내용은 실로 어마어마했다. 요약하면 다음과 같았다.

양순전兩旬前,* 최천중이란 자가 종자 삼인을 거느리고 부안 땅에 왔다. 한양에서 왔다는 최는 이천 석 남짓한 토지를 소유한 자로서, 현감과 짜고 사음 송시진을 하옥케 하는 등 행패를 부리고, 부안에 사는 박숙녀라는 처녀를 비롯해서 부녀자들을 농락하여 순풍 양속을 깨뜨리는 한편, 혹세무민하는 언설을 함부로 하는 방자한 놈이고, 그 종자 연치성은 머리칼로써 올가미를 만들어 벼룩을 잡고 요술을 부려 양민의 신체에 위해를 가하는 등 행패를 일

---

* 20일 전.

삼는 자로서 부안 땅은 이자들로 인해 무법천지가 되었다.

그래도 현감이 이들을 다스리지 않는 것은, 최란 자가 한양 장동에 있는 김씨 권문의 처객이란 그 진부가 알 수 없는 풍설에 현혹당한 때문이 아닌가 한다. 그들의 행위가 심히 요괴하고 그 언설 역시 해괴한 것으로 보아, 필시 역모를 꾀하는 놈들의 일당들이 아닐까 하여 자玆에 구진具陳**하는 바이니, 신속히 관을 파派하여 이들의 포박 치죄가 있어야 할 것이다. 특히 연치성은 신출귀몰하는 놈이고, 최천중 역시 요술을 행하는 자 같으므로 그들을 포박하기 위해선 만전의 준비가 있어야 할 줄 안다….

그 고발장에서 무럭무럭 피어오르고 있는 것 같은 악의에 최천중은 분노를 느꼈다. 분노는 배성락이란 놈을 가만두지 않으리라는 앙심으로 변했다.

"그놈 있는 데로 가보자."

연치성을 앞세우고 뒷방으로 들어선 최천중은, 손발이 묶여 뒹굴고 있는 놈의 면상을 밟아버리고 싶은 충동을 느꼈으나 가까스로 참고 말을 점잖이 꾸몄다.

"이놈, 듣거라. 네가 하려는 짓이 어떤 건지 알겠느냐. 무고한 사람을 죽이려는 괘씸한 소위로다. 이 나라에 평안이 없고, 백성이 도탄에 빠져 있는 것은 오로지 너 같은 놈들이 있기 때문이니라. 서로 인화하지 못하고, 상부상조 못 하는 각박한 세상이 된 것도 모두 네놈들 소행 때문이니라. 내가 언제 혹세무민하는 짓을 했느냐?

** 상세히 진술함.

연치성이 언제 요술을 부렸느냐? 우리가 언제 역모를 하더냐? 가난한 농민들에게 수를 돌려주고, 부안 현민을 위해 비황곡備荒穀 삼백 석을 희사한 우리를 뭣이 못마땅해서 모함하려고 했느냐? 당장 죽여 없앨 테니 그렇게 알아라."

공가는 묶인 채 뒹굴면서 눈을 크게도 떠보고 가늘게도 떠보고, 고개를 이리저리로 돌리며 딴으론 살려달라는 혼신의 몸짓이었다.

"네 이놈, 네 이름이 공가렷다! 이 고발장을 쓴 놈은 한가렷다! 시킨 놈은 배성락이지? 나는 이놈아, 다 안다. 네놈들에게 호락호락 당할 사람이 아니란 말이다. 나는 좌이시천리坐而視千里, 입이시만리立而視萬里*하는 사람이다. 네놈들 하는 수작은 장상掌上의 손금을 보듯 다 알고 있다. 네놈들 고발장에도 내가 도술을 하는 사람으로서 적어놓았더구나. 한데, 그런 줄을 알면서도 함부로 그 수작이야. 이놈을 밖에 끌어내어 곤장을 쳐서 관가로 넘겨라!"

공가는 필사의 노력으로 살려달라는 시늉을 했다. 만석과 구철룡이 그놈을 끌어내려는 것을 최천중이 만류했다.

"네놈은 전주감영에 갔더라도 죽을 놈이다. 우리를 모함하는 문서를 가지고 간 놈을, 전라감사 정헌교가 가만둘 줄 알았더냐. 전라감사 정헌교는 내가 어떤 사람인가를 잘 알고 있어. 국법은 모함하는 놈을 참수하게 돼 있다는 것쯤은 알아야지. 네놈이 부안에서 죽게 된 것만은 다행이다. 네 식구가 네 시체를 찾을 수 있을 테니 말이다. 죽는 놈도 마지막 할 말이 있겠지. 우선 저놈의 재갈을 빼

---

* 앉아서는 천리를 보고, 일어서면 만리를 본다.

어주라."

만석이 공가의 입에 물린 재갈을 뽑았다. 거의 동시에,

"나으리, 용서해주십네요. 살려주십네요. 소인 아무것도 모르고, 그저 심부름만 하려던 참입네요. 나으리, 용서해주십네요. 다신 이런 짓 안 할 것입네요. 나으리…."

"아무것도 모르고 한 짓이라구? 무엄하고 뻔뻔스러운 놈, 감히 누굴 속이려고 그래."

"속이지 않습네요. 소인은 심부름이나 해먹고 입에 풀칠하는 가련한 인생입네요. 참말로 몰랐습네요. 나으리, 살려주십네요. 소인에겐 노부모가 계시고 어린자식들이 주렁주렁 있습네요."

"듣기 싫다. 저놈 입에 재갈을 다시 물려라."

해놓고, 최천중은 그 방에서 나와버렸다.

호되게 초를 쳐놓고 드디어는 회유할 작정이었던 최천중은, 임가를 불러 객사에 손님을 받지 않도록 일렀다. 그 무렵엔 손님이 뜸하기도 했다.

재갈을 물린 채 반나절을 굴리어놓은 후, 최천중이 다시 그 방으로 들어갔다.

"네놈 죄상을 생각하면 마땅히 죽여야 할 일이지만, 나는 원래 살생을 좋아하지 않을 뿐 아니라 단 한 사람이라도 더 살리려는 게 내 소원이다."

하고, 만석을 시켜 공가의 결박을 풀었다. 공가는 방바닥에 이마를 대고 죄를 빌었다. 최천중이 말을 이었다.

"너를 살려주마. 그 대신 내 말을 똑똑히 들어야 한다."

"…."

"배성락이 네게 돈 얼마를 주더냐?"

"열 냥 받았습네요."

"불쌍한 놈! 그럼 너 당장 배성락에게로 돌아가서 전주감영으로 못 가겠다고 하겠는가?"

"예, 그렇게 하겠습네요."

"고발장은 우리에게 갖다 바쳤다고 하겠는가?"

"…."

"왜 대답이 없느냐?"

"양반의 비위를 상하게 하면 살아남지 못합네요."

"모함을 당하려던 내가 용서해주는데, 그놈이 어찌 너를 용서하지 않는단 말이냐?"

"성미가 괴팍한 어른입네요."

"그럼 어떻게 할 텐가?"

"소인 돌아가서 나으리에게 그 서장을 뺏겼다고 하면 되지 않을까 합네요."

최천중이 껄껄 웃었다.

"소견머리 없는 놈이로군. 그런 모사를 한 것을 아는 놈은 그 배가란 놈, 한가란 놈, 네놈, 그리고 배가의 극친한 친구 몇 놈 아니겠느냐? 그런데 그놈들과 나완 전연 상종이 없느니라. 그런데도 나는 그 일을 잘 알고 있다. 네가 우리에게 붙들렸다고 말하면, 배성락이 그 말을 믿어주겠느냐? 네가 말하지 않으면 내가 그 일을 알 까닭이 없을 거라고 배가 놈이 생각할 것은 뻔한 일이 아니냐? 내가 어떤 사람인 줄 모르는 그놈은 네가 내게 고자질했다고만 생각할 게 틀림없지 않겠는가?"

공가는 기가 막힌 듯 고개를 떨구었다. 참으로 귀신이 곡할 일인 것이다. 최천중의 말 그대로일 것 같았다. 이렇게 하나 저렇게 하나 공가 자신이 최천중에게 고자질했다고 엄책을 당할 형편인 것이다.

"잘 생각해서 마음대로 하거라."

최천중이 밖으로 나와 만석에게 일렀다.

"저 병신 녀석 네가 좀 가르쳐줘라."

만석은 공가를 위한 멋진 꾀를 내주었다. 오늘 밤 성내를 빠져나가 시골 친척집에서 한 열흘을 숨어 있다가 돌아와서, 배성락에겐 다음과 같이 말하라는 거였다.

"전주에 갔다 왔습네요. 그런디 수문장에게 그 서장을 내놓았더니 잠시 기다리라고 했습네요. 그래 기다리고 있은께, 포졸들이 달려와 절 묶었습네요. 최천중, 연치성 이 두 사람은 나라님이 아는 인재이신디, 그런 사람을 모함하는 놈을 가만둘 수 없다는 거였습네요. 그래, 옥에 갇힌 채 매일처럼 국문을 받았습네요. 서장을 누가 썼는가, 누가 보냈는가를 말하라는 거였습네요. 하는 수 없이 나으리들 이름을 불었습네요. 나으리들도 몸을 피해야 할 것이로구만요."

공가를 어디론가 따돌려 보내고 난 뒤, 만석이는 이곳저곳 술집에 돌아다니며 허튼 소문을 퍼뜨렸다.

"부안 사람이 며칠 전 전주감영에 붙들려 갇혔다는데 무슨 일인진 몰라. 나라님도 아는 인재를 모함하려는 서장을 가지고 있었던 것이 큰 죄가 되었는가 본데, 누구를 누가 모함했다는 건지 알 수가 있어야지. 조금 있으면 그 서장을 쓴 놈, 서장을 보낸 놈을 붙들려고 포졸들이 부안으로 올 꺼구먼. 그때 되면 무슨 일인진 알 수 있겠지."

이 소문은 순식간에 부안 성내에 퍼졌다. 전주감영에서 붙들린 부안 사람이 누굴까 하는 추측은, 드디어 공가가 아닐까 하는 의견으로 낙찰이 되었다. 그러고 보니, 어느새 공가의 모습이 부안 성내에서 사라지고 없었던 것이다.

하루쯤 지나 만석은 앞서 자기에게 제보를 한 노인으로부터, 배성락과 그 일당이 야반도주를 해서 어디론지 자취를 감추어버렸다는 사실을 알았다.

그동안 박숙녀가 한양으로 출항할 준비와 최천중이 부안을 뜰 준비는 착착 진행되어갔다.

이월 이십오일, 박숙녀와 그 이모가의 가족은 구철룡과 함께 한양을 향하는 뱃길에 올랐다. 그들을 전송한 뒤 최천중은 심재현, 허병섭, 정회수, 강직순을 불러, 심재현과 정회수는 후일을 기하기로 하고 허병섭, 강직순에겐 길을 떠날 준비를 시켰다.

최천중이 부안을 떠나 충청도로 향한 것은 시월 그믐날이었다.

최천중은 말을 타고 연치성, 유만석, 허병섭, 강직순은 도보로 수행했다. 그들을 전송하는 사람들이 인산인해를 이루었는데, 부안현감이 있었고 김 좌수의 얼굴도 있었다.

현감과는

"후일 한양에서 상봉할 날이 있을 것이외다."

하는 인사가 있었고, 김 좌수에겐

"어느 해이건 춘삼월 호시절에 다시 부안을 찾아와, 변산을 비롯한 명승을 찾겠습니다."

하는 말을 남겼다.

비록 얼마 되지 않은 동안이었지만, 최천중의 덕을 입은 사람도 많아 갖가지의 선물이 있었기 때문에 세 마리의 노새 등엔 짐이 가득했다.

옥선을 비롯한 몇몇 기생들은, 성내 동산 위에 서서 나름대로의 석별의 정을 아쉬워했다.

최천중은 부안 성내가 아슴푸레 시야에 깔릴 정도로 멀어졌을 때, 부안 성내를 돌아보며 한 수의 시를 읊었다.

아성본전봉我性本轉逢

표표수장풍飄飄隨長風

하의지부안何意至扶安

취아환희경醉我歡喜境

양소결가연良宵結佳緣

호일현인재好日見人材

고향불외처故鄕不外處

정심시고향情深是故鄕

금조이차지今朝離此地

만감여총운萬感如叢雲

거지막부도去之莫復道

천로안가궁天路安可窮

(나는 원래 전전하는 쑥과 같은 신세려니

표표하게 바람 따라 움직이는데,

어떻게 부안에 이르러

이런 기쁨에 취할 줄이야.

좋은 밤 아름다운 인연을 맺었고,

좋은 날 인재를 얻기도 했다.

고향이 따로 있을까,

정들면 고향이지.

오늘 아침 이 땅을 떠나려고 하니

만감이 뭉게구름 같구나.

그러나 다시 말하지 않을 것은

하늘의 섭리를 알 까닭이 없기 때문이다.)

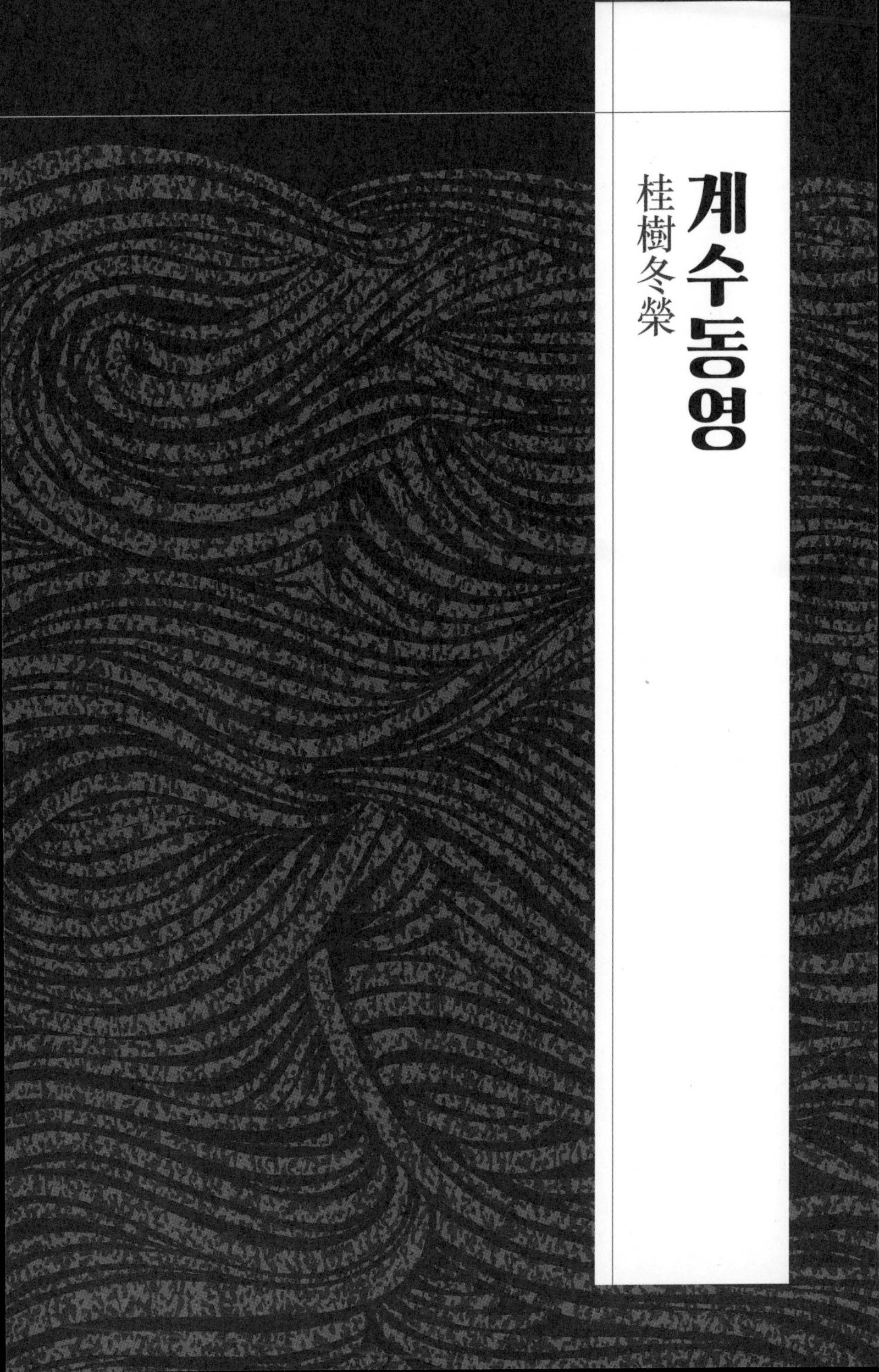
계수동영
桂樹冬榮

최천중 일행은 임파, 익산, 공주, 연기, 청주, 진천을 거쳐 음성에 이르는 노순을 잡았다.

날씨가 차면 머물고 날씨가 좋으면 걷는 한가한 여행이었다. 깊은 산중에선 절에 들고, 대읍大邑을 피하고 소읍에선 주막에서 잤다.

황량한 겨울 풍경 탓도 있었지만, 산악지대로 들어갈수록 민생은 처량하기만 했다. '항기치자색처량恒飢稚子色凄凉*'이란 두보의 시구가 최천중의 뇌리에 새겨지는 듯했다.

연기에서 청주로 가는 도중에 어느 산촌에서 갑자기 날씨가 나빠져 부득이 하루를 묵게 되었는데, 돈을 주어도 일행 다섯을 먹여 줄 식량이 없는 상태여서, 고개를 넘어 다른 마을로 쌀을 구하러 가는 사정을 보았다.

최천중은 초라한 토벽의 방에 관솔불을 켜놓고, 일행들 앞에서

---

* '항시 굶는 아이 살색이 처량하구나.'

조식의 '태산량보행泰山梁甫行'이란 시를 읊었다.

팔방각이기八方各異氣
천리수풍우千里殊風雨
극재변해민劇哉邊海民
기신어초야寄身於草野
처자상금수妻子象禽獸
행지의림저行止依林阻
시문하소조柴門何蕭條
호토상아우狐兎翔我宇

그리고 다음과 같이 풀이하고 말했다.

"팔방의 땅은 각각 기후가 다르고, 천리나 상거가 있으면 비바람의 성질도 다르다. 변두리에서 사는 백성의 생활이란 가혹하기 짝이 없다. 산천초목에 의지하고 사는데, 처자는 짐승의 형용을 닮았고, 행동을 하는 데라야 험한 수풀뿐이다. 나뭇가지를 엮어 만든 문은 소조하기* 이를 데 없고, 여우나 토끼가 제 집처럼 드나든다. 이 시는 조조의 아들 조식이, 한말 황건난黃巾亂 때문에 백성들의 삶이 도탄에 빠졌을 때 지은 노래라고 하는데, 어쩌면 지금 우리가 묵고 있는 이 마을의 꼴을 그냥 읊은 것 같지 않으냐. 이래 가지곤 나라의 꼴이랄 수가 없어."

---

* 고요하고 쓸쓸하다.

이어 최천중은 이런 말을 했다.

"이 나라는 비록 강불천리江不千里, 야불백리野不百里한 좁은 나라이긴 하나, 정사만 잘 되면 고복격양鼓腹擊壤**할 수 있는 곳이여. 그런데도 상上은 호사를 탐해 하정下情***을 모르고, 관은 가렴주구를 일삼으니, 백성의 살길이 막연하구나. 사나이 이 세상에 나서 의로운 선비는 못 될망정, 이런 꼴을 그냥 보고 지나칠 수야 있겠나. 여기 모인 우리만이라도 힘을 합쳐, 이 세상을 좋은 세상으로 만들어보자꾸나. 의사義士가 될 수 없으면 의적이라도 되어야 하는 거여. 나쁜 양반 놈들의 재물을 털어 가난한 사람들에게 나눠주는 것은 의로운 일이니라. 알겠나?"

연치성은 미우에 결의를 나타내고 있었고, 만석은 취한 듯 최천중을 바라보았다. 영리한 허병섭은 최천중의 말뜻을 짐작했고, 강직순도 이미 최천중의 뜻을 받들기로 작정한 바 있었다.

최천중은 속셈까지 드러내진 않고 포부만을 얘기했다.

그 뒤를 연치성이 받아 말했다.

"그러니, 우리는 스승이 시키는 대로 행하되, 신명을 아끼지 말아야 한다."

연기서 청주까지 사십 리 길. 최천중 일행은 청주를 피하여 동쪽으로 칠 리허에 있는 낙가산洛迦山 영천사靈泉寺에서 묵게 되었는

** 태평한 세월을 즐김. 요 임금 때 어떤 노인이 배를 두드리고 땅을 치면서 요 임금의 덕을 찬양하고 태평성대를 즐겼다는 데서 유래함.

*** 아랫사람들의 사정.

데, 그날 밤의 일이다.

삼경이 지났을 무렵, 칠성각에서 치성을 드리던 부인이 어떤 괴한에게 겁탈을 당한 사건이 발생했다.

겁탈당한 여인은, 근처에선 호족豪族으로 알려져 있는 경씨慶氏 문중의 부인이었다. 30세가 넘었는데도 아들이 없어 백일기도를 올리고 있는 참에 당한 봉변이었다.

산중이 시끄럽게 된 까닭은, 마침 자리를 비웠던 시종이 칠성각 안에서 기절해 있는 부인을 발견하고 비명을 지르는 등 소동을 벌였기 때문이다.

잠에서 깨어 사건의 내용을 들은 최천중은, 겁탈한 괴한이 만석일 것이라고 대강 짐작했다. 초저녁에 주지로부터 들은 말로, 절엔 주지 이외엔 노전*을 보는 늙은 스님과 잡일을 보는 상좌가 하나, 중이란 셋밖에 없다는 것을 알고 있었고, 그 밖에 유류하고 있는 사람들이란 자기들 일행뿐이었던 것이다.

최천중은 그 사건을 확인해두어야겠다는 생각에서 칠성각으로 갔다. 그땐 부인이 겨우 정신을 차린 모양으로, 흐트러진 치마폭을 여미며 시종의 부축을 받고 비틀비틀 나오고 있는 중이었다.

최천중은 상좌가 쳐들고 있는 등롱의 빛으로 그 여인의 얼굴을 보았다. 평범한 상인데 색에 굶주린 흔적이 있었다. 그래 최천중은, 그 여인이 겁탈 때문에 기절한 것이 아니고, 너무나 강렬한 성감의 후렴에 잠깐 정신을 잃고 있었을 것이라고 짐작했다.

---

* 爐殿: 대웅전과 그 밖의 법당을 맡아보는 사람의 숙소.

부인과 시종이 숙소로 물러난 뒤, 주지인 노승이 떨리는 목소리로,

"선비께선 이 일을 보지 않은 것으로 해주옵시오. 이런 일이 탄로 나면 이 절을 부지할 수가 없습니다."

하고 간청했다.

그 말엔 대답도 않고 돌아와, 최천중은 생각에 잠겼다.

만일 겁탈한 사나이가 정녕 만석이라면, 놈은 꽤나 쓰임새 있는 물건을 가지고 있는가 보다고 어둠 속에서 웃어보기도 했다.

이튿날 아침, 최천중은 만석을 외딴 곳으로 불렀다.

"어젯밤 칠성각에 간 놈은 너지?"

만석이 잠자코 뒤통수를 긁었다.

"무엄한 놈이로구나. 도대체 어쩔 참으로 그런 짓을 했나?"

"상좌 말하길, 아들 낳기 위해 치성을 드리는 여자라고 하기에, 아들 하나 만들어줄 생각을 했습죠."

"그래, 어떻게 했노?"

"종이 밖으로 나오기만 기다리고 있었습죠. 종이 밖으로 나와 무얼 가지러 가는 것 같앴어유. 그래, 그 틈에 가서…."

"소릴 지르지 않더냐?"

"연방 소릴 질렀습죠. 그러나 멀리까지는 들리지 않을 소리였는뎁쇼."

최천중은 어이가 없어 만석을 흘겨보고 불쑥 말했다.

"네 이놈, 물건을 한번 내놔봐라."

만석이 우물우물했다.

"빨리 내놔라!"

만석이 푸시시 물건을 꺼냈다. 아닌 게 아니라, 장대한 품격을 가진, 쓰임새 있어 보이는 물건이었다.

"됐어!"

하고 최천중은 돌아섰다. 하나의 계략이 심중에 짜여져갔다.

아침밥을 먹고 최천중은 주지승을 찾았다. 돈 스무 냥을 꺼내놓고 사례의 말을 했더니, 주지는 안절부절못하며,

"오늘 떠나실 거유?"

하고 물었다.

그런데 그 물음엔, 아무쪼록 떠나주었으면 하는 간절한 기분이 깃들여 있었다.

"일행 가운데 노독을 일으킨 자가 있어서…."

하다가, 최천중은 말을 바꿨다.

"화상, 죄송하다고 생각하오. 지난 새벽에 일을 저지른 자는 내 일행 가운데 있는 놈이었소."

화상의 눈이 겁을 먹은 듯, 색이 변했다.

"그래서 드리는 말이오만, 죄 지은 자는 응당 업보를 받아야만 하지 않겠소? 화상께서 마음이 풀릴 때까지 그놈에게 벌을 내리시길 바라오."

"아니올시다."

주지는 당황했다.

"아니올시다. 그렇게 할 필요 없어요. 빨리 떠나주시기만 하면 됩니다. 이 일이 사람들의 귀에 들어가면, 우리 절로서 큰일이고, 임자들에게도 만만찮은 화가 닥칠 것이올시다."

"그런 각오는 돼 있소. 죄 지은 자가 벌을 받는 건 당연한 일. 그런 놈을 데리고 다니는 내겐들 어찌 누가 미치지 않겠소. 만일 화상께서 벌을 내리시지 않는다면, 내가 그놈을 그 경씨인가 하는 집으로 끌고 가서 같이 벌을 받겠소."

"아니 될 말이오. 왜 평지에 풍파를 일으키려 하시오? 우리만 잠자코 있으면 감쪽같이 잊혀질 일을…!"

"불법을 다스리는 대사 같지 않으신 말씀이구려. 불법에 인과응보라고 했으니, 나는 그 응보를 빨리 받고자 하는 것이오. 있는 죄는 없게 할 수가 없소. 사람의 눈은 가릴 수가 있으나, 신명神明은 가릴 수가 없소이다."

주지는 멍청히 바라볼 뿐, 할 말을 잊은 듯했다.

최천중은 어조를 낮췄다.

"어떻소, 화상. 이 일을 전화위복으로 할 생각은 없소?"

"전화위복이라뇨?"

"그 부인은 아들을 얻기 위해 치성 드리러 온 사람이 아니오? 이왕이면 아들 하나 마련해주자, 이 말이오. 그렇게 되면, 지난 새벽의 그놈은 불측한 짓을 한 것이 아니라, 부처님의 뜻을 대행한 놈으로 되지 않겠소? 죄를 저지른 것이 아니라, 공을 베푼 셈이 되는 거죠. 어떻소?"

"…"

"그렇게 하기 위해선 오늘 밤 그들을 화합시켜주어야 하오. 아까 세숫길에서 부인의 상을 보았더니, 오늘 밤 꼭 잉태할 예조를 보이고 있었소."

"…."

"만일 화상께서 그렇게 주선해주시지 않으면, 그놈은 필경 벌을 받아 그 죄를 사해야 할 터이니, 그놈을 데리고 내가 경씨 집을 찾아갈 참이오."

"…."

"아들을 잉태하면 절의 영험이 높아지게 될 것이고, 그놈의 죄도 사라지게 될 것이니, 일석에 이조 아니오? 오늘 밤을 지내고 우린 내일 꼭 발정發程*할 것이니, 주저 말고 내가 한 말 이룩되도록 하시오."

최천중은 대답을 듣지 않고 주지 방에서 물러나왔다. 그의 얼굴엔 뜻밖의 횡재를 한 것 같은 흡족한 웃음이 있었다.

밤이 깊어지길 기다렸다.

문밖에서 주지의 기침소리가 있었다.

최천중은 만석을 깨워 데리고 밖으로 나갔다.

그리고 달빛을 받고 사라져가는 주지의 등을 가리키며, 따라가라고 일렀다.

주지는 어느 불 꺼진 방 앞에서 멈춰 서더니,

---

* 길을 떠남.

"부인, 데리고 왔소이다."
하는 소릴 남기고 사라져버렸다.

만석은 성큼 마루로 올라가서 문고리를 당겼다. 문이 소리 없이 열렸다.

등명이 없었지만 달빛을 창에 받아, 방안은 부옇게 밝았다. 만석은 이윽고, 자리 위에 누워 있는 여체를 만질 수 있었다.

"나는 유만석이란 한양에 사는 사람이오. 도사 최천중 선생의 제자로서 지금 팔도강산을 유람하는 중이오. 그런데 여기서 당신을 만난 것은, 아들을 낳고자 하는 치성이 보람을 얻은 것이오. 나는 부처님의 뜻을 행하러 온 사람이오."

이런 말과 더불어 어루만지다가, 경씨 부인의 몸이 후끈 달아 있는 것이 손끝에 느껴질 무렵에야 작동을 시작했다. 최천중의 세밀한 지시가 있었던 터라, 실수할 까닭이 없었다. 경씨 부인은 이미 하늘을 나는 기분으로, 땅에 꺼져드는 기분으로 천지간을 왕래했다.

환희의 파도에 휩싸여 미친 소리를 내지르려고 할 때, 만석은 재빨리 그 입에 재갈을 물릴 줄도 알았다. 그것도 최천중의 지시에 따른 것이었다.

일합, 이합, 삼합으로 이어져 칠합에 이르렀을 때, 이미 경씨 부인은 정신을 잃고 있었다. 만석이 묻는 대로 신음을 섞어 답했다.

"당신 남편 이름이 뭐요?"

"경문호라고 해유."

"어디서 사시오?"

"동촌에서 살아유."

"아들을 낳거든 족보엔 경씨 아들로 달되, 한양 유만석의 아들이란 걸 잊어선 안 되우."

"잊지 않겠어유."

만석이 일어나려고 하자, 경씨 부인은 만석의 어깨를 꽉 붙들었다.

"우리 또 언제 만나유?"

"아마 쉽게는 만날 수 없을 거요."

"그럼 나는 어떻게 헌대유?"

하고 경씨 부인은 몸을 꿈틀거렸다.

만석이 또 불붙은 여체를 향해 거동을 일으켜, 다시 일합에서 삼합에까지 이르렀다.

"여자가 이처럼 죄 많은 것인지 처음으로 알았어유."

경씨 부인은 긴 한숨을 쉬고 축 늘어졌다. 그 말뜻을 만석이 알 까닭이 없었다.

만석이 옷을 챙겨 입고 방에서 나와 집 모퉁이를 돌려고 하는데, 사람의 그림자가 있었다. 보니 주지였다. 주지는 말없이 만석의 손을 붙들어 끌었다. 주지 뒤를 따랐다. 주지가 불이 환히 켜져 있는 칠성각을 가리키며 속삭였다.

"저 안에 경씨 부인의 시종이 부인 대신 치성을 드리고 있다. 이 일을 탄로내지 않고 무사히 살아 돌아가려면 저 시종을 달래두어야 한다."

만석은 이미 포식한 상태였으나 도리가 없었다. 성큼 칠성각의 문을 열었다. 경씨 부인과 엇비슷한 나이의 시종이, 기다리고 있었다는 듯이 빙긋 웃으며 돌아앉았다. 만석은 곧 작동을 벌였다.

그런데 그 시종은 이합을 넘기자 넋을 잃고 말았다.

여자에 따라 색정의 강약이 이렇게 현저할 줄을 만석은 미처 몰랐다.

최천중은 이른 아침밥을 먹고 주지 화상에게,

"많은 폐를 끼쳤소. 잘 있으오."
라는 인사말 외엔 다른 말 없이 일행을 거느리고 영천사를 떠났다.

"오늘은 좋은 날씨가 되겠다."

고갯마루에서 이제 막 오르는 아침해를 보며 최천중은 이렇게 중얼거리고, 만석을 보고는,

"넌 허병섭과 강직순을 데리고 이 길로 해서 청풍으로 떠나라."
하며 동남으로 뻗어 있는 길을 가리켰다. 청풍에 가서 어떻게 하라는 지시는 이미 해둔 바 있었다.

"그럼 선생님께선 언제쯤 청풍으로 오실 겁니까요?"

만석이 약간 서운한 표정을 지었다.

"늦어도 보름을 넘기진 않을 거다. 허병섭, 강직순을 잘 돌보고, 실수 없도록 매사에 신중하라."

짐 실은 노새를 그들에게 보내고 나니 홀가분하게 되었다. 최천중은 대마를 타고, 연치성은 당나귀를 타고 천천히 진천으로 향했다.

"선생님, 유만석이 실수를 하지 않을까 두렵습니다."

연치성이 말하자, 최천중의 응답은

"그놈은 영리하기 짝이 없는 놈이다. 창피한 짓을 예사로 하는 놈이지만, 우리에게 손해될 짓은 하지 않을 거다. 그런데 연공, 연공

같이 염직廉直*한 사람은 보아 넘기지 못할 구석이 있을 것이다만, 세상에 처하려면 잡스러운 일을 맡아서 할 놈도 있어야 하느니라."

"알겠사옵니다."

연치성이 나직이 말했다.

"알기만 해선 안 돼. 마음으로 납득을 해야지. 연공, 그렇지 않나? 백화百花가 있는데 다 다르지 않은가. 모란꽃이 재상감 꽃이라면, 호박꽃은 서민의 꽃이 아닌가. 또 하나의 집을 꾸려나가는 데도, 위에서 두령 하는 사람도 있어야 하지만, 칙간을 치우는 천업하는 사람도 있어야 안 되겠나. 앞으로 우리 권속이 자꾸 불어나갈 것이지만, 각인各人에 각기各技가 있어야 어울리는 법. 연공 같은 염직의 사士도 있어야 하고, 구철룡 같은 과묵한 사람도 있어야 하고, 유만석 같은 거짓말쟁이도 있어야 하느니."

하고 맹상군의 고사를 들먹였다.

맹상군은 나면서부터 거짓말로써 죽음을 모면하고, 평생에 몇 번인가 죽을 고비를 넘겼는데, 그 고비마다에 거짓말 잘하는 심복의 덕을 입었다.

"나면서부터 죽을 뻔했다는 것은 무슨 일입니까?"

연치성이 물었다.

"맹상군의 아버지는 정곽군靖郭君 전영田嬰이었다. 왕족이었으니, 후궁 삼천은 못 되어도, 첩이 백 명 가까이 되었던 모양이다. 그러니 맹상군이 세상에 나왔을 땐, 이미 사십여 명의 아들이 있었

---

* 청렴 강직.

다. 그런데 맹상군의 생일은 5월 5일이다. 이날에 난 아이는 불상지자不祥之子**로서, 부모에게 해가 되니 버려야 한다는 미신이 있었다. 5월은 악월이고 5일은 흉일이란 거다. 맹상군의 어머니는 관寬이라고 했는데 그에게 명령이 떨어졌다. 이제 막 낳은 아이를 죽여 없애라는 것이었다. 맹상군은 아버지에겐 사십여 명 아들 가운데의 하나이었지만, 그 어머니로 봐선 단 하나의 아들인데 어떻게 죽일 수가 있으랴. 전영은 남편이기도 하고 주군이기도 했으니, 그 명령을 어기면 참수의 형을 당할 줄을 번연히 알면서도 맹상군을 숨겼다. 죽였다고 거짓말을 하고 말야."

"천한 소생은 나면서부터 박해를 받는 것인가 보군요."

연치성은 자기의 신세에 생각이 미친 모양으로 우울하게 중얼거렸다.

"그러나 맹상군은 귀한 소생이 미치지 못할 큰 인물이 되지 않았나? 연공, 사람은 스스로 되어야 하는 것이지, 출생이니 뭐니에 의지할 건 없어."

최천중은 이렇게 연치성을 위무하고 말을 이었다.

"연공, 난세를 사는 방법은 갖가지가 있느니라. 자네와 같이 무술로써 사는 사람도 있고, 이백李白처럼 문술로써 사는 사람도 있고, 나처럼 구술口術로써 사는 사람도 있고, 홍길동처럼 사술詐術로써 사는 사람도 있다. 심지어는 도술盜術로써 사는 사람도 있다. 사람이 제각기 살려고 노력하는 방편을 이편의 척도만으로 알 수는 없

** 상서롭지 않은 자식.

느니라. 그러니 연공, 앞으로 내가 어떤 짓을 하건 그런 안목으로 보아주어야 하겠다. 한데, 어젯밤 영천사에서 생각한 일인데, 색술色術도 처세의 방편이 되겠다는 것이다. 만석이란 놈은 내가 색술의 대가로 만들 참이다. 그로써, 그놈에겐 또 다른 쓸모가 생겼어."

"색술의 대가가 뭡니까?"

연치성이 묻는 말에 최천중은 '하하하' 하고 크게 웃었다.

"여자를 색술, 즉 방사로써 사로잡는단 말이여."

하고, 어색한 표정이 연치성의 얼굴에 돋아 있는 것을 보자, 최천중은 말을 이었다.

"생각해보게나, 연공. 만석이 같은 놈이 앞으로 세상을 살아가려면 어떻게 해야 하겠나. 남의 종놈으로 개돼지 취급을 받고 살아야 할 팔자가 아닌가. 글을 배워 벼슬을 하겠나, 돈을 모아 부자가 되겠나, 무술을 닦아 무인이 되겠나? 아무리 버텨봐야 밑바닥 인생인 거여. 그러니 그놈의 형편이 되어 생각하면, 거짓말하는 것도 하나의 방편이 되는 거여. 아무도 그를 사람대접을 안 하는데, 자기를 사람대접 안 하는 놈들을 속인다고 해서 어떻게 그놈을 탓할 수 있단 말인가. 재간대로 살라고 할밖에…. 그런데 그놈에겐 또 한 가지 쟁기가 있었어. 드물게 보는 정력이 있고, 드물게 보는 물건을 가졌어. 그 물건으로 놈도 호사하구, 그걸 또 이용도 하잔 얘기여."

연치성이 빙그레 웃었다.

"아까도 말했지만, 난세를 살려면 자기 능력을 다해야 하는 거여. 인륜이니 도덕이니 하는 것은 양반들이 자기들 편하려고 만들어놓은 방편인 거여. 그 방편을 부수고 우리는 일어나야 하는 거여."

어느새 최천중의 말엔 힘이 들어 있었다.

"그러니 연공도 생각을 고쳐먹게. 거세개탁擧世皆濁인데 아독청我獨淸*도 좋지만, 그랬다간 멱라수에 빠져 죽은 굴원屈原처럼 패배하고 마는 거여. 대장부 세상에 태어나서 천하를 잡을 포부쯤은 가져야 하지 않겠나. 그러자면 청탁淸濁을 아울러 마실 배짱이 있어야 한다. 일신一身을 수도하며 그칠 양이면 불도에 귀의하는 것이 상책이지만, 우린 그럴 수가 없지 않은가. 우리 가슴속에 있는 한을 풀어야 하지 않겠는가."

어느덧, 두 사람은 고갯마루에 섰다.

파도치는 산악이 이어져 있었고, 그 사이사이에 좁은 들이 벼를 베어낸 뒤의 황량한 모습을 드러내고 있었다.

내리막에선 말에서 내렸다.

최천중과 연치성은 한동안 말없이 걸었다.

진천에 도착한 것은 해가 서산에 기울 무렵이었다. 그러나 거기서 묵지 않고, 동쪽으로 십 리가량을 가서 진천의 영제원永濟院이란 역촌에 들었다.

최천중은 주막에 들어 봉놋방에서 나그네들과 같이 밤을 지내며 목적지인 음성의 소식을 들으려고 했다. 다행하게도 음성에서 왔다는 미장이 영감이 있었다.

"음성에서 소출되는 토산물이 뭐요?"

하고 최천중이 묻자, 영감의 대답은

---

* '온 세상이 흐려 있는데 나 홀로 맑다.' 굴원의 '어부사(漁父辭)'에 나오는 말.

"기껏 대추가 날 뿐이유."
하는 싱거운 것이었다.
"채 좌수라고 있다는데, 어떤 사람이오?"
백낙신의 토지를 관리하고 있다는 사람인데, 최천중은 그를 찾아가는 참이었다.
"채 좌수요? 응암의 채 좌수를 말하는 것인가 본데유, 그 사람을 왜 물으시우?"
최천중이 까닭을 설명하자, 영감이 대답했다.
"뭐라고 말할 수 없지만유, 가보시면 알겠지유."
진천 영제원에서 음성 성내까진 사십 리 길. 겨울의 산길은 밟히는 낙엽 소리가 곁들여 황량하긴 했지만, 다행히 햇살에 따스함이 있고 바람이 없어, 소풍하는 기분으로 말을 걸릴 수 있었다.
이곳저곳에서 말발굽소리에 놀란 꿩들이 푸드덕거렸다.
"선생님, 꿩을 몇 마리 잡아볼까요?"
연치성이 양해를 구했다.
"꿩고긴 맛이 있지. 잡히는 대로 잡아보게."
그러나 최천중은 꿩고기보다 연치성의 솜씨를 보고 싶은 마음이 앞서 있었다.
연치성은 안장 앞 왼쪽에 걸어 둔 혁낭革囊에서 한 줌의 철추를 꺼내 쥐었다. 그것은 새끼손가락만 한, 첨단이 뾰족한 철편이었다.
연치성은 나무 사이로 말을 달리면서, 푸드덕거리는 방향으로 그 철추를 날렸다. 그렇게 하기를 수십 번 했는데, 그 동작마다에 꿩이 쓰러졌다. 과연 신기라고 할 수 있었다. 숲 사이를 달리는 동작도 민첩했거니와, 백발백중하는 솜씨의 교묘함은 보는 사람으로 하여금 넋을 잃게 했다.

"연공, 그만하게. 그러다가 이 산 꿩의 씨를 말리겠네."

"꿩은 보리갈이한 씨를 파먹으니 해조가 아닙니까? 해조를 없애는 건 살생이 아니지 않습니까?"

엷게 땀이 밴 홍조 띤 얼굴로 연치성이 건너편 숲 사이에서 말했다.

"그렇지만 너무 많이 잡아도 처치가 곤란하지 않겠는가."

"그렇겠습니다."

하고, 연치성은 나뭇가지 하나를 꺾어 그 끝에 올가미를 달더니, 이제 막 꿩을 쓰러뜨린 곳을 찾아 돌아 꿩을 올가미에 걸어 올렸다. 그 동작이 또한 신기했다. 올가미를 던지면 고기가 낚이듯 꿩이 낚여 올라오는데, 그것을 풀어선 언제 준비해두었던지 가느다랗게 꼰 삼줄로써 다리를 묶어 안장에 두르고 보니, 연치성이 꿩으로 만든 안장 위에 앉은 것처럼 보였다.

불과 반나절 동안에 서른두 마리의 꿩을 잡은 것이다.

"어지간히도 많이 잡았군."

최천중이 탄복했다.

"꿩이 많으니까 많이 잡힌 거죠. 헌데, 이곳은 이상한 곳입니다. 이렇게 많은 꿩이 있는 산은 처음 봤어요. 무슨 유서라도 있는지 모르겠습니다."

"글쎄…. 연공은 사냥꾼으로서도 이름을 날릴 수 있겠구나."

"아닌 게 아니라, 사냥꾼이 될까도 했습니다. 심심산곡을 헤매며 사냥을 하고, 산삼도 캐 먹구, 완전히 세상을 등지고 살까도 했습니다만….”

흐려버린 연치성의 말꼬리를 되살리면 거기 ‘어머니를 찾기 위해서’란 소원이 묻어 있을 것이라고 최천중은 짐작하고 화제를 돌렸다.

“언제이건 호랑이를 몇 마리 잡아보고 싶은데요. 만날 수가 있어야지.”

연치성이 활달하게 웃었다. 고개를 넘어 비탈길을 내린 곳에서 개울을 만났다. 연치성은 개울에서 땀이 밴 얼굴을 씻고, 꿩에 꽂혀 있는 철추를 뽑아내어 정성들여 물에 씻고 헝겊으로 닦았다.

천중이 옆에서 그 철추 하나를 집어 들어보았다. 첨단이 쪼빗하게 거기만 반짝거리는 한 돈쭝가량의 무게를 가해보며, 연치성의 손에 걸리면 사람의 생명도 한 돈쭝의 무게일 뿐이라고 생각했다.

최천중과 연치성이 ‘장신원長信院’이란 역촌에 이른 것은, 해가 서산마루에 걸렸을 무렵이었다.

성내까지의 거리가 시오 리라고 듣고, 그들은 그날 밤을 거기서 묵기로 했다.

대마와 당나귀는 삯을 끼워 어느 역졸에게 보름 동안을 기한으로 맡겼다. 주막에 모인 사람들은 그 많은 꿩이 어디서 났느냐고 물었다. 최천중은,

“오늘 밤 동네 사람들을 모아 잔치를 할 요량으로 사냥꾼으로부터 샀다.”

고 말하고, 많은 사람들을 모으라고 주막 주인에게 일렀다. 꿩고기가 있는 김에 사람들을 모아 음성의 인심을 알아볼 작정이었던 것

이다.

그날 밤, 동네 사람들은 음성의 대성大姓은 송宋, 윤尹, 경慶, 정鄭, 채蔡 등이며 가장 큰 부자는 옥천의 정씨이고, 그다음이 응암 채 좌수, 향교 마을의 윤씨로 되는데 그 가운데 윤씨가 덕망가라고 했다.

"채 좌수 집은 어때요?"

최천중은 찾아갈 사람이 채 좌수였기 때문에 특히 이렇게 물었다.

아무도 대답하는 사람이 없었다.

"실컷 꿩고기에다 술까지 대접해놓으니 이러기요?"

최천중이 빈정대보았다.

"그럴 까닭이 있는 거라유."

그 가운데 노인 하나가 말했다.

"그 까닭이란 뭐요?"

최천중이 따져들었다.

"낮말은 새가 듣고, 밤말은 쥐가 듣는다고 하잖아유. 우리가 뭐라고 한 말이 채 좌수 귀에 들어가보슈. 큰일이 납니다유."

"그렇게 지독하단 말요?"

"무슨 일로 찾으시는가는 몰라도, 그 집엔 안 가는 게 좋을 거만유. 과객은 받지를 안 하는 집에유."

"근방에서 손꼽히는 부자가 과객을 괄시해요?"

"그러니까 하는 소리 아뉴."

그 다음 정씨 집은 어떠냐고 물었다. 부자이긴 해도, 아들 두 형제가 두 해를 사이에 두고 요절하는 바람에 집안이 낭패 지경이라고 했다. 큰아들은 22세에 죽고, 작은아들은 18세에 죽었다는 것이며, 딸 삼형제가 있는데 모두 과년했는데도 아직 미혼이라고 했다.

"손주는 있을 것 아뇨?"

라고 물었더니, 작은아들이 낳은 손자가 있다는 것이고 큰아들에겐 딸 하나가 있을 뿐이란 얘기였다.

향교 마을의 윤씨 집은 과객을 잘 대접한다고 해서 소문이 나 있는 집이지만, 아들 삼형제가 매년 과거를 보는데도 낙방만을 거듭하는 것이 걱정거리라는 것이다.

'과객을 잘 대접하는 까닭을 알 만하군.'

최천중은 속으로 짐작했다.

그러나 뭐니 뭐니 해도 궁금한 건 채 좌수였다. 만나보면 알 일이었지만 얼마간의 사전지식이 필요했던 것인데, 모두들 채 좌수 얘기만 나오면 입을 다물어버리는 것은 어떻게 할 수가 없었다. 그래, 다음과 같이 물었다.

"채 좌수가 그런 부자라면 사음 노릇을 왜 할까?"

그러자 아까의 노인의 말이 있었다.

"사음이라뉴? 채 좌수가, 사음 노릇을 할 까닭이 없어유."

그런데 최천중이 넘겨받은 백낙신의 토지문서엔, 사음으로서 채 좌수 이름이 첨서添書되어 있었다.

사음 노릇을 할 까닭이 없는 사람이 사음으로 되어 있다는 사실은 생각할수록 이상한 일이었다.

주막에서 하룻밤을 샌 최천중은, 연치성을 데리고 응암이란 곳을 찾았다.

백 호 남짓 될까. 산기슭을 메운 초가집 사이에 몇 채의 기와집이 눈에 띄었는데, 그것이 채 좌수의 집이었다.

최천중은 연치성과 나란히 채 좌수 집 대문간에 섰다. 하인이 나타나더니 과객 차림을 한 두 사람을 시큰둥한 표정으로 아래위를 훑어봤다. 하인의 태도는 주인을 닮는 법이다. 최천중이 위엄을 갖추고,

"주인어른 계시나?"

하고 물었다.

"과객은 받질 않아유."

퉁명스러운 하인의 말이었다.

"우린 과객이 아니다. 일이 있어 왔다. 주인에게 가서 일러라!"

"누구신데유?"

"한양에서 온 최천중이라고 일러라."

잠깐 안으로 들어갔던 하인이 나타났다.

"좌수 어른께선 그런 사람 모른다고 합디유."

"고얀 놈이군. 네 이놈, 똑똑히 아뢰지 않았구나."

하고 최천중이 성큼 하인을 밀다시피 하며 대문 안으로 들어섰다.

연치성이 뒤를 따랐다.

최천중은 사랑마루에 걸터앉아 하인에게 호통 쳤다.

"너 빨리 주인한테 가서 손님이 왔다고 전하지 못할까?"

하인은 그 위압에 못 이겨 다람쥐처럼 안집 쪽으로 사라졌다.

조금 있으니, 탕건을 쓰고 회색 마고자를 입은 중로中老의 사나이가 나타났다.

육덕이 좋은 뚱뚱한 체구였다.

눈꼬리가 약간 처져 있고 관골이 툭 튀어나온 상으로 봐서, 이만저만한 구두쇠가 아닌 데다가 심술마저 있어 보이는 그 사나이가 채 좌수였다.

"내가 채문호유. 어떻게 왔슈?"

채 좌수의 말투는 처음부터 불손했다.

"나는 최천중이오. 이곳에 가진 토지가 있어 그걸 살피러 왔소."

"당신 토지 살피는 데 내가 무슨 상관일까유?"

"내 토지의 사음이 당신이라고 되어 있어서 그래 찾아왔소."

"내가 사음이라고? 괜한 얘기 다 듣겠다. 나는 미친 사람 상대하지 않겠슈. 빨리 나가도록 하슈."

채 좌수는 돌아서려고 했다.

"이보슈."

하고 최천중이 언성을 높였다.

"당신은 백낙신이 가진 토지의 사음이 아니었소?"

"백낙신? 그자의 이름은 듣기도 싫소."

"듣기 싫건 말건, 그 사람의 토지를 당신이 관리하고 있는 것만은 사실이 아뇨?"

"나는 내 토지를 관리했으면 했지, 그자의 토지를 관리한 적은 없소. 더욱이 그잔 천하의 죄인 아뉴? 죄인의 토지를 내가 뭣 때문에 관리헌단 말유. 쓸개 빠진 소릴랑 말구 썩 물러가도록 허시유."

채문호가 뒤돌아서서 걸어가는 것을 연치성이 재빠른 동작으로 붙들어 세웠다.

"우리 선생님 말은 아직 끝나지 않았소."

채문호는 연치성의 손을 뿌리치며,

"얘, 거 용문이 없느냐?"

하고 고함을 질렀다.

"예."

하고 곰이 으르렁대는 소리를 내며, 집 모퉁이에서 육 척 장신으로 몸집이 짚동 같은 사나이가 나타났다. 검은빛의 험상궂게 생긴 얼굴이었다. 눈이 짐승을 닮아 있었다.

"이 사람들을 대문 밖으로 몰아내여."

채문호의 호령이었다.

용문이라고 불린 사나이가 덥석 최천중의 옷소매를 잡으려는 찰나, 연치성의 비호같은 몸짓이 있었다. 용문이 쿵 하는 소릴 내며 마당 가운데 뒹굴었다.

"외람되게 누구한테 함부로 손을 대려는 거냐."

하고, 채문호더런

"사람대접을 이렇게 하기요?"

하고 노려봤다. 그사이의 사정을 아직 이해 못 한 채문호는 호통을 쳤다.

"저놈이 뭣 하고 있어? 빨랑 일어나서 이자들을 끌어내고 대문을 잠구어."

용문이 육중한 몸을 일으키더니, 이번엔 연치성에게 덤비려고 했다. 그러나 날쌘 연치성의 발길을 앞가슴에 맞고 용문이 다시 뒹굴었다.

그때서야 채문호는 사태의 의미를 알았는지, 새파랗게 질린 얼굴이 되었다.

"채 좌수, 이리로 와 앉으시오."

최천중이 점잖게 말하고, 들고 있던 보따리를 풀었다. 연치성이 채문호를 끌고 오다시피 해서 최천중 앞에 앉혔다.

"이 서류를 보슈. 백낙신이 소유한 토지의 목록하고 내게 넘긴 증서들이오. 백낙신이 소유하던 토지가 내 거로 되었단 말이오. 그런데 이때까지 이 토지를 관리한 자가 채 좌수 당신이라고 되어 있었단 말요. 이 사실을 인정하겠소?"

"난 인정 안 해유."

"그건 무슨 소리지?"

최천중의 언성이 높아졌다.

"백낙신이 내 토지를 뺏으려고 했단 말유. 그러나 난 뺏기지 않았어유."

"백낙신이 당신 토지를 뺏으려고 했다. 그런데 이 토지문서가 전부 백낙신의 것으로 되어 있는 것은 뭐요?"

"나는 그런 건 모르겠쇠다. 백낙신의 토지가 있다면 그걸 찾아보시유."

"백낙신의 사음이란 건 또 뭐요?"

"난 그 사람의 사음 노릇을 한 일이 없수."

"그럼 여기 있는 토지 목록에 적힌 토지를 찾아야 하겠는데, 어떻게 하면 되겠소?"

"찾을 수 있으면 찾아보시구랴. 나는 내 토지밖엔 몰라유."

"백낙신이 당신 토지를 뺏으려 했다는 건 무슨 일이었소?"

"그런 건 지나가버린 얘기유. 지금 들먹일 필요 없쇠다. 그놈이 죄인이 되는 이 마당에선 아무 소용없쇠다."

채문호는 그 이상의 말을 하지 않았다. 최천중은 요령부득한 채로 물러서지 않을 수 없었다. 채문호를 국문할 처지도 못 되었기 때문이다.

"좋소. 아무래도 무슨 까닭이 있는 모양인데, 나, 관가에 가서 연유를 알아보겠소. 그리고 다시 올 테니 그리 아시오."

하고 최천중은 연치성을 재촉해서 채문호의 집에서 나왔다.

두 번이나 땅바닥에 뒹군 용문이란 자가, 저만큼 비켜서서 입을 멍청하게 벌리고 두 사람을 바라보고 있었다.

최천중은 동리를 벗어난 지점에서 향교촌의 방향을 물었다. 덕망이 있다는 윤씨가를 찾아갈 참이었다.

성내에서 점심을 먹고 향교촌 윤씨 집을 찾아 나섰다. 윤씨 집은 정확하게 말하면, 향교촌 건너 마을에 있었다.

서너 채로 보이는 기와집이 남향으로 대문을 활짝 열어놓고 있었다. 잇달아 하인 집으로 보이는 초가지붕에 널어놓은 고추가 석양에 새빨갛게 타오르고 있었다. 채 좌수가 사는 응암과는 달리 동네 전체에 훈훈한 느낌이 감돌고 있는 것은 겨울답지 않은 따스한 날씨의 탓도 있으려니와, 윤씨의 덕망을 듣고 있었기 때문이 아닐까.

바깥사랑은 대청과 넓은 방 세 개로 되어 있었는데, 십 수 명의 과객이 꽉 차 있었다. 사랑지기로 보이는 마흔 살 근처의 사나이가, 최천중과 연치성을 반갑게 맞이하곤 가운데 방으로 안내했다.

그 방엔 네 사람의 선객先客이 있었는데, 두 사람은 장기를 두고 있고 두 사람은 그것을 구경하고 있었다. 모두들 최천중 나이 또래로 보였다. 같은 나이 또래를 한 방에 모으기 때문에, 가운데 방이 된 것으로 짐작했다.

서로들 인사가 있었다.

경상도에서 왔다는 정재호鄭在虎, 하태진河泰辰, 제천 사람이란 홍직표洪直杓, 청주 사람 유근진柳近鎭 등이었다. 최천중은 실례가 되지 않을 정도로, 그들의 상을 차근차근 보아두었다. 경상도에서 왔다는 정재호와 하태진은 쫓기고 있는 사람이란 인상을 가졌고, 홍직표는 서화 등을 잘할 재사로 보였고, 유근진은 마음속에 포부가 있는 사람이란 짐작을 갖게 했다.

모두의 호칭은 생원이었다. 하태진이 연치성을 향해 물었다.

"연 생원은 과객으로선 너무나 젊고 특히 용모가 준수한데, 무슨 일로 음성에 오셨소?"

"선생님을 모시고 팔도를 유람하는 차에 이곳에 왔습니다."

연치성이 말하는 '선생님'이 최천중일 것은 당연한 일이니, 하태진은 이번엔 최천중을 향해 말했다.

"최 선생께선 무슨 선생님이십니까?"

최천중은 하태진의 말이 약간 비위에 거슬렸지만 점잖게 답했다.

"먼저 이 세상에 났다고 해서 선생이라고 하는가 봅니다."

"보매 행색이 보통이 아닌데, 기필 무슨 재능이 있는가 하는데요."

하태진이 추근추근했다. 최천중은 무엇엔가 쫓기고 있는 하태진이 이편의 정체를 알아야만 안심이 되겠다는 그 마음을 짐작할 수 있을 것 같아서,

"우리는 관도 아니고, 어떤 사람을 꼭 찾아내야 하겠다는 그런

사람도 아니올시다. 아까 연공이 말했듯이, 행운유수行雲流水를 따라 그저 천하를 주유周遊하는 사람일 뿐이오."

하태진의 얼굴에 당황하는 빛이 돌았다. 정재호는 쏘는 듯한 눈으로 최천중과 연치성을 번갈아 보고 있었다.

"갓 오신 손님에게 추근대는 법이 아닐 텐데…."

유근진이 점잖게 한마디 했다.

"혹시 최 생원, 장기는 어떠시오?"

홍직표가 물었다.

"그저 겨우 행마할 줄 압니다."

하는 최천중의 대답이 있자,

"그럼 장기 한판 합시다. 이 집 주인어른이 장기를 무척 좋아하는데, 오늘 밤은 이 방에서 그 상대가 나오게 되어 있습니다."

하고 장기판을 최천중 앞에 돌려놓았다.

이제 막 왔을 뿐인 사람 앞에 장기판을 들이미는 행동은 너무나 당돌하지 않은가, 하는 생각으로 홍직표를 보았다. 그러나 그런 행동과는 딴판으로 홍직표의 얼굴은 근엄하고 순진해 보이기까지 했다. 그러니 사양하는 말도 자연히 공손하게 될밖에 없었다.

"아까 말씀드린 대로 난 겨우 행마를 알 뿐이니, 홍 생원의 적수는 못 될 것 같습니다."

"너무 조급하게 서두르는 것 같아서 미안합니다만."

하고 홍직표는 이런 말을 했다.

오늘 밤 주인의 장기 상대를 할 사람을 이 방에서 뽑아야 하는데, 이때까지의 승부로선 홍직표 자신이 이겼지만 그 뒤 새 손님이 들어왔으니 승부를 겨루어봐야 한다는 것이다.

"내가 사양하면 겨루어보나 마나한 일이 아닙니까?"

그래도 홍직표는

"길고 짧고는 겨루어봐야 압니다. 주인에 대한 성의로서도 그런 것 아닙니까. 최 선생이 나보다 나은 기량을 가지고 있을 때 내가 나간다는 것은 경우에 어긋난 짓이 아니겠소."

하고 간원을 했다.

그러자 주위에서도 말들이 있었다.

"시원스럽게 한판 두어보시라요."

사정이 그렇게 되고 보니 어쩔 수가 없었다.

"만일 비긴다면 결과가 어떻게 되겠소?"

하고 물었다.

"비기면 다른 사람하고 또 해야 하지만, 시간이 없으니 홍 생원이 나갈 수밖에 없겠죠."

유근진이 대신 대답했다.

최천중의 장기에 대한 소견으로선, 비기는 것이 상책으로 되어 있었다. 그가 배운 장기대통將棋大通은 부불여승負不如勝이고 승불여화勝不如和라고 되어 있었다. '화'란 즉 비기는 것을 뜻한다. 역공역방力攻力防타가 난형난제難兄難弟이매 이붕우례以朋友禮로써 화친선종和親善終함이 왕도의 극이라는 것이다.

4, 5수를 넘어서자, 최천중은 자기가 홍직표의 적수가 아님을 깨달았다. 그 기세棋勢는 웅혼했고, 세교細巧 또한 치밀했다. 이理의 당연當然을 말하면 깨끗이 옥쇄玉碎해야 할 것이지만, 그것은 최천

중의 자존심이 허락지 않는 바였다.

그는 비길 수 몇 개를 정해놓고 선방善防에만 애썼다. 아무리 상대방 기력이 탁월해도, 선수先手를 한 사람이 비길 수를 챙기기만 하면 승부는 나지 않는다.

"비겼소."

하고 홍직표가 말을 던졌다.

"명수를 배견하니 반갑소이다."

최천중이 정중하게 치하했다.

"비긴 판에 무슨 명수가 있었겠소."

홍직표가 겸손해했다.

"아닙니다. 비긴다고 해서 같은 것은 아닙니다. 똑같은 병력이면 농성군을 당해낼 수 없는 것 아닙니까. 홍 생원의 기력은 소생의 몇 배가 된다는 것을 알아 모셨습니다. 반면盤面의 승부는 없사오나 장기의 승부는 있었사옵니다."

최천중은 자기의 진실을 말했다. 그리고 다시 한 번 절을 하고, 장기판 앞으로부터 물러나 앉았다.

이러한 최천중의 태도가 방중의 호감을 샀던 모양으로, 그를 상좌에 모셨다. 저녁 밥상이 나올 때까지 화기애애하게 이야기들이 오갔다.

저녁 식사를 끝내고 한참이 지났을 때, 홍직표가 안사랑으로 불려갔다. 주인의 장기 상대를 하기 위해서였다.

그랬는데 곧 최천중이 불렸다. 홍직표가 주인 윤씨에게 최천중의 얘기를 한 때문이었다. 주인이 과객을 접견하는 것은 하룻밤을 재운 뒤에나 있는 일인데, 바로 그날 만나자고 하는 것은 이례異例에 속한 일이라고 방중의 누군가가 말했다.

환갑을 수년 전에 지냈다는 윤치휴는 백발동안白髮童顔의 호호야好好爺였다. 수인사가 있자마자 하는 소리가 이러했다.

"홍 생원 얘기를 들으니, 최 생원의 장기가 나완 맞수라고 하는구려. 차포마상을 한 개씩 다 떼고 두는데도, 홍 생원에겐 당적을 할 수가 없으니 하는 말씀이겠죠."

"저도 아까 한 번 겨루어보았습니다만, 홍 생원의 장기는 가히 국수라고 함직하지 않을까 합니다."

하고, 최천중은 장기판을 대했다.

윤치휴의 기력은 자기 말대로 형편이 없었다. 그러나 최천중은 비겨놓고 말았다. 한 판 더 두자고 해서 다시 응하긴 했는데, 역시 비기는 수로써 끝냈다.

"보아 하니 최 생원의 기력도 보통이 아닌데, 왜 빅수를 쓰시오?"

윤치휴는 약간 불쾌한 모양이었다. 그런 심사를 눈치채고 최천중이 말했다.

"부불여승이고 승불여화라고 합니다. 장기의 달도達道는 행마지간行馬之間에 있는 것이지, 승부에 있는 것은 아니라고 봅니다. 천하를 건 싸움이면 또 모르지요. 교정交情의 놀이에 승부를 결決해야 할 만큼 전 무락無樂한 놈이 아닙니다."

홍직표가 고개를 끄덕끄덕했다.

"국수는 최 생원을 두고 하는 말인가 하오."

윤치휴는 최천중을 한동안 말끄러미 바라보고 있더니 물었다.

"최 생원이라고 했던가요? 아무래도 범상한 인물은 아니가 본데, 음성엔 어떻게 오셨소?"

"사실은 응암의 채 좌수를 만나러 왔었사옵니다."

"채 좌수?"

하더니 윤치휴는 긴장된 얼굴이 되었다.

"채 좌수와 무슨 상관이 있습니까?"

"내가 누구한테서 물려받은 토지가 있었는데, 그 문서에 채문호가 사음으로 되어 있어서 그 토지를 챙겨보려고 왔습니다."

"그래, 채 좌수를 만났수?"

"예, 오늘 아침에 만났습니다."

"일은 끝났수?"

"아닙니다. 말상대도 않으려고 하고, 문전축객을 당하다시피 했습니다."

윤치휴는 입맛을 다시더니 그 내용을 물으려고도 하지 않고,

"응암 채 좌수와 상관되는 일이면 모두 물에 떠내려 보내슈. 그리고 그런 일은 잊고, 음성에 오신 김에 푹 쉬다가 가슈. 가끔 내 장기 상대나 하시구."

하며 다시 장기판을 차렸다. 이때 최천중이 말했다.

"승부를 염두에 두시지 말고, 행마의 재미만을 생각하시며 두어 보십시오."

최천중은 장기판 위의 홍초청한紅楚靑漢을 가리켰다.

"어른씨, 보옵시오. 망망 이천 년 전의 초나라와 한나라가 여기에 이름을 남겼습니다. 문자만 남고 나라는 영영 사라졌습니다. 삼국

지의 사설詞說 따라 시비와 성패는 전두공轉頭空*이고 작희作戱와 소담笑談거리가 되었습니다. 첫째, 장기가 좋은 것은 이렇게 앉아 초나라의 항우와 한나라의 고조의 옛일을 일깨워볼 수 있다는 데 있사옵니다."

하고, 최천중은 일졸일병一卒一兵을 움직이면서도 항우와 고조의 심사를 닮아보자고 했다.

그리고 좌변의 졸을 당겨 차로車路를 틔우며 한마디 했다.

"남전정嵐前靜**에 일병一兵의 수하誰何가 있었다로 되는 거죠."

"피졸彼卒이 수하이면 아병我兵은 응변應變인가."

하고, 윤 노인도 좌변의 졸을 움직였다.

"심행천리心行千里이나 병졸의 걸음은 지보遲步 여차라는 겁니다."

이렇게 한마디 하곤, 이어

"정창鄭昌과 소공각蕭公角***이 서로 쟁공爭功을 하려는데 어느 편을 먼저 내보낼까."

하더니 우마右馬를 움직였다.

정창과 소공각은 항우의 부하이다. 윤 노인이 이에 응수하려면 한고조의 부하를 들먹여야 했다.

"그럼 나는 장량張良을 낼 수밖에."

---

* '옳고 그름, 이기고 짐이 돌이켜보면 모두 부질없다.'

** 태풍 불기 전의 고요.

*** 항우는 유방을 견제하고자 정창을 한왕(韓王)으로 삼아 한왕(漢王)의 동진을 막도록 하고 다시 소공각 등에게는 양나라에서 반기를 든 팽월(彭越)을 공격하도록 하지만, 결국은 무위로 돌아간다

하고 윤 노인도 우마를 움직였다.

"범증范增이 출진이오."

최천중이 좌상左象을 내니, 윤 노인은

"나는 한신韓信을 등용하지."

하며 중포中包를 놓았다.

최천중이 상으로 상대방의 졸과 맞바꾸면서 한마디 했다.

"범증의 희생이 항우의 화근이로다."

"화근인 줄 알면서 왜 그러시유. 이편은 팽월이 출진이오."

윤 노인은 우상右象을 전면에 놓았다.

이렇게 국면의 진전에 따라 초한전이 엮어져나갔다.

윤 노인은 차츰 장기 자체의 재미보다, 운마運馬와 동시에 연상되는 초한전 가운데의 인물을 찾아내어 한마디씩 붙이는 데 흥을 느꼈다. 말하자면 그 국면에 어울리는 한고조의 부하인 장군 이름이 떠오르지 않으면 운마를 못 할 심정으로 되었다. 무식하게 장기에 이기느니보다 유식하게 지는 편이 되레 낫겠다는 심정으로 기울어든 것이다.

중반을 넘어서서 피아간에 죽는 말이 많아졌다. 말이 죽을 때마다 최천중은 만사輓詞****를 붙였다. 종반에 가서 다음과 같이 탄식했다.

"만골萬骨을 말리고 일장一將이 공성功成*****한들, 충직한 부하 없이 정사는 누가 하오리까."

**** 죽은 사람을 위하여 지은 상여글.

***** 一將功成萬骨枯. '한 장군의 공훈의 그늘에는 수많은 병졸의 비참한 죽음이 있다.'

"무면도강無面渡江*이라 했던 항우의 심정을 가히 알 것 같소."

이렇게 윤 노인의 응수도 빨랐다.

"어른께서도 고성낙월孤城落月이오니, 이쯤에서 화의를 합시다."

최천중의 이 말이 떨어졌을 때, 장기는 요지부동한 빅수로 끝나고 있었다.

"비긴 장기가 이처럼 즐거울 줄이야."

윤 노인은 하인을 부르더니,

"새 손님도 오시고 했으니 닭 마리나 잡고 술 말이나 걸러라."

하고 호기를 부렸다.

인정만으로 무조건 과객을 후대할 순 없다. 윤치휴는 나름대로의 포부가 있었다. 다행히 넉넉한 재산이 있고 하니, 천하의 인걸을 알아보자는 뜻이었다. 인걸을 알아서 무엇을 하겠다는 것보다 인걸을 안다는 그 사실 자체가 그에겐 중요했던 것이다.

적선지가積善之家 필유여경必有餘慶**이란 원대한 타산도 있었을 것이지만, 그의 취미가 그런 것이었다. 그런 만큼 윤치휴는 사람을 볼 줄도 알았다. 최천중이 범상한 인물이 아니란 짐작을 한 것인데, 그를 선생님으로 받들고 있는 연치성을 보자, 그 짐작이 확실하다고 단정했다. 그런 때문에 윤치휴는 안사랑의 한 방을 비워 최천중과 연치성을 묵게 하는 등 각별한 정성을 다했다.

그 집의 식객이 된 지 이틀째, 윤치휴는 최천중을 조용히 불러

---

* 실패하고 고향에 돌아갈 면목이 없다.

** 선을 쌓은 집안에는 반드시 경사가 생긴다.

채 좌수와의 상관관계를 상세히 물었다. 최천중은 사실 그대로 말했다. 얘기를 들은 윤치휴는 한참 동안을 눈을 감고 생각하더니, 뚜벅 이렇게 물었다.

"최 생원, 혹시 조정의 대관들과 무슨 연분이라도 없수?"

"있다고 하면 있고 없다고 하면 없구, 그런 사정입니다."

"조정의 대관이나 세도가와 연줄이 없으면, 모든 것을 포기하는 것이 후환이 없을 거요."

"그건 왜 그렇습니까?"

"채문호라는 자가 사람이면 나는 사람이 아니오. 내가 사람이면 그자는 사람이 아니오. 무서운 사람이오."

"어떻게 무섭단 말입니까?"

"현감을 떡 주무르듯 할 뿐 아니라, 관찰사와도 내통이 있어 그 사람 비위를 거스르면 살아남지 못하오."

"어디서 그런 세도를 얻어 왔습니까?"

"작인의 등을 치고, 장리長利를 놓고 해서 만든 돈을 관에다 바치는데, 남의 재물 먹고 꿈쩍 안 할 관속이 있겠수?"

"인색하다고 들었는데, 보신책을 위해선 돈 쓸 줄을 아는 자입니다그려."

윤치휴는 어이가 없다는 듯 웃고,

"그게 그런 게 아니니 더욱 탈이 아니겠소."

하고 다음과 같이 말했다.

채 좌수는 현감이나 관찰사가 거둬들인 재물을 맡아가지고, 엄청난 고리高利로 백성들에게 빌려주어 가차 없이 고리대 노릇을 하는데, 돈이 필요 없다는 사람에게까지도 논마지기나 있는 사람이면 억지로 빚을 안긴다는 것이다.

"천 석쯤 이곡을 받아들이면 반쯤 갖다 바치는 거죠. 이렇게 해서 현감이나 관찰사의 약점을 틀어 거머쥐고 있는 거유. 그자의 미움을 산 사람이면 영락없이 하옥이구, 곤장 백 대를 맞아야 하오. 채 좌수 말만 나오면 쉬쉬 하는 것은 그 때문이오. 당신이 백낙신으로부터 물려받은 토지도 그자가 무슨 줫값으로 백낙신에게 주었다가, 상대방의 약점을 틀어잡곤 도로 뺏은 것이거나, 문서가 어디에 있건 다신 챙기지 못하도록 어떤 술책을 써놓은 그런 것일 거유."

최천중은 윤치휴의 말을 듣고서야 비로소 채 좌수의 태도를 납득할 수가 있었다. 백낙신에게 속았다는 것도 분했으나 그것은 이미 지난 일이었고, 채 좌수를 어떻게 응징하나 하는 마음으로 꽉 찼다. 어떻게 해서라도 채 좌수를 가만둘 순 없는 것이었다.

화풀이만 하겠다면 간단한 일이었다. 그러나 천 석의 재산을 찾아야만 했다. 그 재산이 가진 의미는 최천중에겐 중요하기 짝이 없었다. 천하를 잡을 자본이다. 그러고 보니 채 좌수는 역적이 되는 것이다.

최천중은 일단 음성에서 물러난 뒤 제반 준비를 하는 것이 좋을까, 이왕 여기 온 김에 결말을 짓는 게 좋을까 하고 궁리했다. 될 수만 있다면 후자를 택하자는 마음을 굳혔다.

최천중은, 우선 윤씨 집의 식객들 가운데 이용할 만한 사람이 없을까 하고 물색해보기로 했다. 십사 명이 있는 가운데 아홉 명은 전연 이용가치가 없었다. 문약한 풍류한들이기 때문이다.

나머지 다섯 명 가운데도, 경상도에서 왔다는 정재호와 하태진은 일단 제외해야만 했다. 쫓기는 듯한 약점을 가진 사람은 항심恒心*이 없는 법이었다. 그러나 어떠한 국면쯤엔 이용가치가 있을지 모르니 그만한 요량으로 보류해둘 필요는 있었다.

최천중이 기대해볼 수 있는 세 사람은 황해도 출신인 이건성李建成, 강원도인인 지갑성池甲成, 전라도에서 왔다는 심명택沈明澤이었다.

최천중의 관상 결과에 의하면 지갑성은 과묵하지만 협기俠氣가 있는 사람이고, 이건성은 한번 성이 나기만 하면 물불을 가리지 않을 기질이고, 심명택은 지모가 탁월한 사람으로 보였다.

최천중이 윤씨가에 머문 지 닷새가 되던 날, 날씨가 풀어진 틈을 타서 이건성, 지갑성, 심명택 등을 청해 고산성古山城에 올랐다. 고산성은 수정산 상上에 성축으로 일천이백칠십일 척의 둘레로 높이 일장一丈으로 쌓은 성이다.

성에 오르니 기송寄松과 황초荒草로서 폐성廢城의 쓸쓸함이 한 줄기 정회를 솟게 했다. 서거정徐居正이 '음성시고현陰城是古縣'이라고 읊은 마음을 알 것 같았다.

최천중은 양지바른 곳을 찾아 일동을 앉게 하고, 채 좌수로 인한 자기의 고충을 털어놓았다. 그리고 의견을 물었다.

"상대해서 싸울 것인가, 깨끗이 포기할 것인가?"

이건성이 최천중이 꺼내놓은 문서를 들여다보고 있더니 뚜벅 한

---

* 늘 지니고 있는 떳떳한 마음.

마디 했다.

“천 석을 벌자면 사람의 일대一代로선 어려운 일이오.”

심명택의 말은

“천하를 차지하지 못할망정, 자기 몫을 지키지 못한대서야 어디 장부라고 할 수 있겠느냐.”

는 것이고, 지갑성은

“사람의 도리에 어긋난 놈을 그냥 둘 수 없다.”

고 묵직하게 말했다.

“그렇다면 도와주겠소?”

최천중이 물었다.

“방법만 가르쳐주오. 내 있는 힘을 다하리다.”

이건성의 반응이었다.

“방법은 생각하면 되겠지.”

심명택은 책사답게 이렇게 말하고, 생각에 잠기는 얼굴이 되었다. 지갑성의 말이 있었다.

“그러나 윤 노인 댁에서 머물고 있는 동안은 거사하지 맙시다. 듣건대, 그 채가 놈은 여간 독종이 아니라는데, 우리들의 은인에게 누가 미칠 일을 해서야 쓰겠소.”

모두들 이 의견을 옳다고 했다.

최천중은 일단 청풍으로 가서 일을 꾸미기로 했다. 그리고 한꺼번에 거동하면 사람들의 의혹을 살 것이니, 며칠 간격을 두고 청풍 인지산因地山 아래에 있는 황봉련의 집에 모이기로 했다.

최천중은 노수路需*를 하라고 각각 백 냥씩을 그들에게 주었다.

내일 떠날 채비를 하고 최천중이 윤 노인을 찾았다.

"소인, 내일 청풍으로 떠날까 합니다. 그런데 오랫동안 진 신세를 갚아드려야겠습니다."

"신세란 또 무슨 신세요. 정이 들락 말락 한데 떠나시려니까 섭섭하오."

윤 진사는 진정으로 섭섭하다는 표정을 지었다.

"그런데 어른씨께 삼형제의 아드님들이 있다고 들었습니다. 지금 어디에 계십니까?"

"뒷산에 서당을 차려놓고 글공부를 하고 있소. 과거를 겨냥하고 글공부를 하고 있는데, 그게 잘되지 않아 걱정이오."

"그 아드님들을 한번 뵈올 수가 없겠습니까?"

"어려운 일은 아니오만 무슨 까닭으로…."

"소인 변변치 못하오나 관상의 재를 다소 가지고 있습니다."

이 말을 듣자, 윤 노인은 하인을 아들에게 보냈다.

그동안 과거 이야기가 화제에 올랐다. 문재보다 금력이 좌우하는 과거에 대한 비판과 불만이 주된 얘기가 되었다. 그러나 윤 노인은 절대로 돈으로 아들들의 등과를 살 의향은 없다고 했다.

"그렇다면 과거에 왜 응시하려 합니까?"

"출중하면 아무리 돈에 먼 눈이라도 뜨일 날이 있을까 해서요."

"어른께선 세상을 너무나 좋게 보고 계십니다. 출중한 인재를 알

---

* 노자.

아볼 만한 견식과 양심이 지금 당상堂上*에 있다면 아직 희망이 있습니다. 그러나 불행하게도 그렇게 되어 있지 않습니다. 병은 뼛속까지 들어 있습니다."

"그런데 최 생원은 뭣 때문에 내 아들을 보려고 하오?"

"나름대로 볼 것이 있지 않겠습니까?"

화제가 채 좌수 얘기로 옮겨갔다.

"채문호는 고려조의 인물 채정蔡靖의 후손이오. 그런 명문의 후손에 어떻게 채 좌수 같은 인간이 있는지 알고도 모를 일이여. 내가 자식들에게 공부를 시키는 것은, 우리 후손 가운데 그러한 자를 없게 하는 데 있소. 공부는 무슨 목표가 있어야 하겠기에 과거를 내세우는 거요. 되면 다행이고 안 되더라도 그만큼 호학好學하는 버릇을 가꾸게 되는 거니까."

"어른씨의 말씀이오나 악을 행한 자는 거개 등과한 사람들입니다. 학문이 덕망을 만들지 못하는 까닭이 아니겠습니까."

"하나, 학문 없이 어떻게 덕망을 만들겠소?"

이런저런 말이 오가고 있을 무렵, 문밖에 사람의 동정이 있었다. 윤 노인의 아들들이 나타난 것이다.

윤 노인은 아들들을 방으로 들어오라고 하고, 차례대로 삼형제를 앉혔다.

"너희들, 이 어른께 인사해라. 한양에서 오신 최천중 선생이다."

최천중은 인사를 받으며, 그들의 뒤통수부터 관찰하기 시작했다.

---

* 정삼품 상(上) 이상의 높은 벼슬을 통칭함.

윤 노인의 얼굴이 약간 상기된 듯했다.

장남 윤원선尹元善은 이미 삼십 고개를 넘은 듯했다. 삼십 고개를 넘었으면 이미 아들딸을 가졌을 것이었다. 그런데 당에 칩거하여 공부를 해야 한다면 윤 노인의 과거에 대한 집착은 이만저만한 것이 아니란 이야기다.

그런데 원선의 상엔 관운이 나타나 있지 않았다. 없는 운을 붙들려는 노릇처럼 허망한 건 없다. 최천중은 덕망 있는 윤 노인을 위해서도 그 무거운 짐을 내려주어야겠다고 마음을 먹었다.

"간혹 정강이 살이 뭉쳐 놀랄 만큼 아픈 적이 없소?"

최천중이 원선에게 물었다.

"그런 일이 있습니다."

답하는 원선의 얼굴에 놀라는 빛이 있었다. 윤 노인의 얼굴에도 놀람이 있었다.

"간혹 배탈이 나죠?"

"그렇습니다."

"신외무물身外無物**이라고 합니다."

하고 최천중은 윤 노인을 향해,

"큰아드님은 수복강녕하실 운세를 지니고 있습니다. 관운관 상극입니다. 극을 피해야 장수합니다. 한일월閑日月을 즐기며 치산治産***에 힘쓰면 이보다 세 배 네 배 되는 부자가 될 것이오니, 큰아드

** 몸 외에 다른 것이 없다, 즉 몸이 가장 귀하다.

*** 재산 관리.

님은 초당에서 내려오도록 해야 합니다."

하는 결연한 말을 했다.

"그럼, 과거 공부를 그만두라는 얘긴가요?"

윤 노인이 물었다.

"그렇습니다. 과거를 보지 않아도 부귀할 운세인데, 뭣 때문에 사서고생을 할 필요가 있겠습니까?"

최천중은 단호하게 말했다.

다음은 둘째 아들 형선亨善의 차례였다.

"총명하시군요. 경서의 이치 가운데 가끔 뜻과 어긋난다 싶은 게 있으시죠?"

"…."

"대답하지 않아도 좋습니다. 한데, 그 재질이면, 이미 등과하고도 남음이 있습니다. 그러나 당신의 재질은 이백, 두보와 같은 문재이긴 해도 과시科時의 틀에 박힌 문장은 쓰질 못합니다. 방편으로 돈으로 벼슬을 사도 그 호방한 기질이 관에 머물러 있지 못하게 합니다. 초당에서 계속 글을 읽으시되, 과거는 염두에 두지 말고 호연지기를 기르도록 하시오."

형선은 무표정이었으나, 윤 노인의 얼굴엔 불쾌하다는 표정이 돋았다. 그것을 눈치챈 최천중은, 막내아들 정선貞善에게도 관운의 상이 없었음에도 불구하고 무릎을 탁 쳤다. 윤 노인의 눈이 번쩍했다. 최천중은 정중하게 자리를 고쳐 앉았다.

"일인지하, 만인지상을 뵈왔습니다."

"등과하겠소?"

윤 노인이 물었다.

"을축년 팔월에 틀림이 없습니다."

하고, 최천중이 정선에게 물었다.

"계묘생癸卯生이죠?"

"그렇습니다."

하는 대답이 있자, 최천중은 지필을 빌려 한양의 주소를 써서 정선에게 넘겼다.

"을축년이면 후명년이오. 후명년 오월에 이리로 나를 찾으시오."

그리고 자기의 통찰력을 과시하기 위해 삼 년 전에 관액官厄을 입을 뻔했을 것이라고 덧붙이고, 바로 그 액이 전화위복으로 정선을 등과케 하는 것이란 말을 보탰다.

윤 노인의 눈이 이상하게 빛났다.

막내아들 정선이 관액을 입을 뻔한 사실을 알고 있는 것은 윤 노인 자신과 그 삼형제에, 삼 년 전의 현감, 그리고 채 좌수 이외에 있을 까닭이 없었다. 그런데 현감이나 채 좌수가 자기들 험이 될지 모르는 일을 발설할 까닭이 없었으니, 최천중이 그것을 안다는 사실이 해괴할 수밖에 없었다.

"그러나 그 관액은 아버지 덕택으로 미연에 방지할 수 있었으니 다행이었소. 하여간 후명년 등과는 확실하니, 그 무렵 한양으로 나를 찾아오시오."

최천중이 단정적으로 이렇게 말하고 자리를 뜨려고 하자, 윤노인은

"최 생원, 잠깐만."

하고 아들들을 물러나게 하고 낮은 목소리로 물었다.

"그 애에게 관액이 있었다는 것을 어떻게 아셨수?"

최천중은 이마에서 인중으로 흐른 선에 그것이 새겨져 있다고 했다.

"그럼 내용까지도 아시겠수?"

"내용까지야 어떻게 알 수가 있습니까."

그러나 윤 노인은 털어놓았다.

삼 년 전, 정선에게 혼담이 있었다. 상대방 규수는 전에 대사헌大司憲을 지낸 바 있는 은진恩津 송씨의 손녀였는데, 벌써부터 자기 아들의 배필로서 구미를 돋우어오던 채 좌수가 그 혼담을 방해할 요량으로 정선을 모함한 것이다. 모함의 재료로써 정선이 서당에서 학우들에게, 공자는 숙량흘叔梁訖과 안씨녀顏氏女가 야합野合해서 낳은 사람이니, 양반 축에 못 든다는 말을 퍼뜨렸다는 사실을 꾸며댔다.

채 좌수가 자기의 논을 부치는 소작인의 아들 몇을 꾀어 관가에 투서를 시키는 한편, 현감더러는 성인을 모독하는 자를 그냥 두면 좋지 않은 일이 생길 거라고 은근한 협박을 가했다.

현감을 통해 사전에 이 일을 안 윤 노인은, 아들에게 지병이 있다는 핑계로 송씨와의 혼담을 파기하는 한편, 거의 만 냥 가까운 돈을 써서 대사에 이르지 않도록 일을 무마한 것이었다.

"그런데 그런 따위의 놈을 어떻게 가만둘 수가 있습니까?"

하고 최천중이 흥분했다.

"만사는 참는 것이 제일이오. 상대방을 해치려다간 이편도 손해를 보게 마련이오."

"그럼 채 좌수의 아들과 송씨와의 혼사는 성사가 되었습니까?"

"송씨 집안이 안목이 있는 집안인데, 어떻게 성사가 되었겠소."

최천중은 그만한 사정이 있으면 방해는 안 할 것이라고 짐작하고, 채 좌수에 대한 자기의 계획을 말해보았다.

"재산을 찾으려는 일에 용훼는 않겠소만, 만사를 조심해서 하시오. 그런데 그자의 비행이 한두 가지가 아니니, 관의 힘을 빌리는 것이 상책일 것이오. 관도 지방관은 안 되오. 경도에 있는 관이라야 하오."

그리고 윤 노인은 그 까닭을 누누이 설명했다.

"두고 보십시오. 채 좌수는 제가 어떻게 하건 때려잡고 말 테니까요."

윤 노인은 무언가를 생각하는 듯하더니, 관상료라면서 돈 삼백 냥을 꺼내놓곤 말했다.

"관상료를 내어야만 실효가 있다고 들었으니 사양 말고 받으시고, 박절한 말같이 돼서 미안하오만 좌수와의 일이 끝날 때까진 우리 집을 찾지 않는 것이 좋으리다."

음성에서 청풍까지 백 리 길.

동짓달이 보름이 되었는데도 햇살은 여전히 따스하니, 나그네에겐 다시없는 행운이었다.

장신원 역마을에 맡겨두었던 말을 타고 최천중과 연치성이 길을 떠난 것은 점심때가 조금 지나서였다. 그렇게 출발이 늦은 까닭은 장신원까지 따라 나온 지갑성에게 최천중이 문득 생각난 일이 있어, 그것을 소상하게 설명하느라고 약간의 시간이 걸린 때문이었다.

채 좌수와의 일을 마무리짓지 못한 것이 꺼림칙하긴 했지만, 황봉련이 와 있을 청풍으로 향해 간다는 덴 가벼운 흥분이 있었다.

이왕 충주에서 묵을 생각을 하고 있었으니, 짧은 겨울 해를 걱정할 필요도 없었다.

산속으로 향하는 가파른 길이지만, 느릿느릿 말을 걸리고 있는 기분이 나쁠 것은 없었다.

군데군데 마른풀 사이에 이름 모를 꽃이 피어 있는 것이 눈에 띄었다.

"겨울에 꽃이 피어 있습니다."

연치성이 신기한 듯 중얼거렸다.

"저건 도사리꽃이라고 하는 거여. 날씨가 계속 따스하니까 허양虛陽이 동한 거지."

햇살은 따스했으나, 간혹 바람이 일면 차가웠다.

"선선한 게 어쩌면 겨울 날씨 같구나."

하고 최천중이 연치성을 웃겼다.

그리고 한동안 말없이 걸었다.

가도 가도 산, 산이었다. 두 사람이 간 길이 때론 숲 사이에 묻히기도 하고 때론 산허리의 초원을 돌기도 하며, 아득히 구름 속으로 사라지는 것을 바라보며 최천중이

"연공."

하고 불렀다.

"예?"

"내 옛이야기 하나 할까?"

"하시지요."

연치성이 반갑게 말했다.

"이런 심심산속에서 호랑이 얘기 들어도 겁나지 않겠나?"

"전 호랑일 만나는 게 소원입니다."

"참, 그렇다고 했지."

"호랑이 얘깁니까?"

"그렇지. 그러나 아무 데나 굴러다니는 그런 호랑이 얘긴 아냐."

하고 최천중은 얘기의 순서를 생각하는 듯 잠시 잠잠하더니 입을 열었다.

"호젓한 산길을 걸을 때마다 생각나는 얘기야. 나는 이 얘길 내 선생님으로부터 들었어. 뜻이 있는 얘기 같기도 하고, 뜻이 없는 얘기 같기도 한 건데…. 하여간 산길을 걸으면 이 얘기 생각이 나고, 이 얘길 생각하면 선생님 생각이 나."

"선생님의 선생님은 참 좋으신 분이었나 보죠?"

"좋고 나쁘고 말할 수 있는 그런 어른이 아니었어. 바로 곧 신선이었지. 상으론 천문에 통하고 하론 지리에 달한 그야말로 도인이셔."

"돌아가신 지가 오래되었습니까?"

"어디론가 숨으신 거지, 돌아가신 건 아냐. 신선이 어찌 돌아갈 수가 있나. 생과 사를 초월해야만 비로소 신선이 되는 건데. 선생님은 내게 그 신선도를 가르치려고 하셨지만, 내가 워낙 세속에 집착하는 바람에 굳이 나무라시지도 않고 내 곁에서 떠나버리신 거야.

그럼 얘길 하지. 옛날 대국에 있었던 얘기다….”

다음은 최천중이 음성에서 충주로 넘어가는 산길에서 연치성에게 들려준 얘기다.

산서山西의 사람으로 ‘이영李營’이란 사람이 있었다. 원평元平의 말년이니까 한소제漢昭帝 때일 것이다. 그때, 이영은 등과해서 강남위江南尉란 벼슬을 받았다. 그러나 성정이 거만하고 자존심이 강한 탓으로, 그런 미관말직을 탐탁히 여기지 않았다. 얼마 후, 그는 관직을 그만두고 고향으로 돌아가 사람들과의 교제를 끊고 시작詩作에 전념했다.

“하리下吏로서 부패한 대관大官 앞에 무릎을 꿇느니보다, 시가詩家로서 이름을 백세 후에 빛내는 것이 옳은 일 아니겠습니까.”

그는 아끼는 부형에게 이렇게 선언했던 것이다.

그러나 문명은 오르지 않고, 생활은 날로 핍박을 더했다.

이영은 차츰 초조감을 감출 수 없게 되었다. 그 용모는 초췌하고 안광만 빛나고, 그 옛날 진사 시험에 급제하던 무렵의 미소년의 모습은 찾아볼 길이 없었다.

빈궁을 이기지 못한 그는 수년 후 드디어 절節을 굽혀 동방으로 가서 지방관 채용 시험을 치렀다. 그런데 옛날 동배同輩는 이미 높은 자리를 차지하고 있었다. 그러니 옛날 멸시하던 동배들의 지시에 유유낙낙 복종해야만 했다. 그의 자존심은 내공內攻*하여 성격

---

* 심리적 타격이 겉이 아니라 속으로 퍼지다.

이 거칠어졌다. 그 울분을 참을 수가 없었던 것이다.

일 년쯤 뒤, 그가 공용公用으로 출장을 가서 멱수汨水 근처의 여관에 들었을 때, 드디어 발광하고 말았다. 밤중에 일어나 얼굴빛이 새파랗게 되며 맥락도 없는 무슨 소릴 지껄여대더니, 여관에서 뛰쳐나가 그대로 어둠 속으로 달아나버렸다. 그러고는 다시 돌아오지 않았다.

근처의 산과 들을 샅샅이 뒤졌지만 아무런 단서도 없었다. 그 후, 어느 누구도 이영이 어떻게 되었는질 아는 사람이 없었다.

이듬해 감찰어사監察御使 정군鄭君이란 자가 칙명을 받들고 영남으로 가는 도중, 상어商於라는 땅에서 하룻밤을 묵었다. 이튿날 새벽 정군이 출발하려고 하자 역리驛吏가 말했다.

"여기서부터 앞길엔 사람을 잡아먹는 호랑이가 나옵니다. 그래서 사람들은 대낮이 아니면 지나가질 않습니다. 지금은 아직 어두우니, 조금 기다리셨다가 날이 훤히 밝은 후에 떠나시는 게 좋을 겁니다."

"무슨 해괴망측한 소릴 하느냐? 나 하나이면 몰라. 이렇게 많은 부하를 거느리고 가는데 무슨 탈이 있을라구."

하고 정군은 떠났다.

정군의 일행이 잔월殘月의 빛을 밟으며 숲 사이를 지나가려고 할 때, 과연 한 마리의 맹호가 으르렁 소리를 내며 뛰어나왔다. 정군은 혼비백산할 지경이었지만, 어떻게 할 수가 없었다. 역리의 만류를 듣지 않은 것이 후회가 되었지만 이미 때는 늦었다. 와들와들 떨며 그 자리에 서 있을 수밖에 없었다. 한데 이상한 일이었다. 금방이라도 덤벼들 듯이 했던 호랑이가 몸을 반대쪽으로 날려 숲속으로 숨어버린 것이다.

어리둥절해하고 있는데, 중얼거리는 소리가 정군의 귓전을 스쳤다.

"하마터면 큰일날 뻔했다. 하마터면 큰일날 뻔했다…."

몇 번이고 되풀이되는 그 중얼거림은 틀림없이 사람의 소리였다. 그리고 그 음성엔 귀 익은 데가 있었다. 정군은 돌연 그것이 이영의 목소리를 닮았다는 것을 깨달았다. 소릴 질렀다.

"그 목소리는 내 친구 이영의 소리가 아닌가?"

정군과 이영은 같은 해에 진사 시험에 합격한 친구였다. 성격이 괴팍해서 친구가 적었던 이영에게, 정군은 거의 유일한 친구라고 할 수가 있었다.

온순한 정군의 성격이 모난 이영의 성격과 충돌한 일이 거의 없었기 때문이다.

숲속에선 잠시 답이 없었다. 흐느껴 우는 듯한 소리가 들리는 듯했을 뿐이다. 조금 있더니 나지막한 소리가 있었다.

"아무렴, 나는 산서의 이영이다."

그 말을 듣자, 정군은 두려움도 잊고 숲 가까이에 가서,

"참으로 오래간만이로구나. 옛날의 친구를 만났는데 왜 그러고 있어. 이리로 나오게."

하고 다정하게 말을 건넸다.

"나는 지금 이류異類의 몸으로 되어 있다. 이런 꼴로 어떻게 옛날 친구 앞에 나설 수가 있겠나. 내가 나타나면 네게 혐오감만 일으킬 뿐일 것인데. 그러나 자네를 만나보니 한없이 반갑구나. 내 추

악한 지금의 꼴을 너그러운 마음으로 보아주고, 잠깐 동안이나마 내 얘기나 들어주게."

이영의 말은 애절했다.

뒤에 생각하니 기이한 일이었지만, 그때, 정군은 그 초자연적인 괴이를 조금도 의심하지 않고 받아들였다. 그는 부하들에게 명령을 내려 행렬의 진행을 정지시키곤, 보이지 않는 이영의 말소리와 대화를 나누었다.

장안長安의 소식, 옛 친구들의 동태, 정군이 차지하고 있는 현재의 지위, 그것에 대한 이영의 치하…. 청년 시절의 우정을 되살려 서로 격의 없는 말을 주고받은 뒤 정군은

"어떻게 지금과 같은 형상이 되었느냐?"

고 이영에게 물었다.

이에 대한 숲속의 대답은 다음과 같았다.

"일 년 전 나는 출장을 나와 멱수의 여관에서 하룻밤을 잤다. 밤중에 잠을 깨었는데, 누군가가 내 이름을 부르고 있었다. 소리를 쫓아 나가보니, 소리는 어둠 속에서 나를 자꾸만 오라고 하지 않는가. 그래, 그 소리를 따라 달려가고 있는데, 어느덧 길은 산속으로 통하고 있었고, 나는 양손을 땅에 짚고 달리고 있었다. 무언가 몸 전체에 힘이 넘치는 것 같아 언덕이건 바위건 날렵하게 넘어설 수가 있었다. 보니 팔에 털이 나 있지 않은가! 주위가 밝았을 무렵 개울에 내 얼굴을 비춰봤더니, 그땐 이미 나는 호랑이가 되어 있었다. 처음엔 내 눈을 의심했다. 다음엔 꿈일 것이라고 생각했다. 꿈속에서 이건 꿈이라는 것을 알고 있는 꿈을 꾼 적이 있었으니까. 그런

데 이건 절대로 꿈일 수 없다고 깨달았을 때 나는 망연할밖에 없었다. 한편 두렵기도 했다. 까닭도 모를 엉뚱한 일이 돌연 생겨날 수 있다는 것을 깨달으니 더욱더욱 두려웠다…."

까닭을 알 수도 없는 일도 운수소관으로 받아들이고 살아야 한다는 인간, 아니 생물이란 서러운 존재로 느끼게 되자 이영은 죽음을 생각했다. 그런데 그때, 눈앞으로 토끼 한 마리가 지나가는 것이 보였다. 돌연 이영은 인간으로서의 자각을 잃었다. 다시 인간의 마음이 되돌아왔을 땐….

"내 입은 토끼의 피로 흥건해 있었고, 근처엔 토끼털이 흐트러져 있었다. 이것이 호랑이로서의 첫 경험이었다."

그로부터 어떤 짓을 해왔는진 도무지 말할 용기가 나지 않는다고 했다.

"그런데 하루에 몇 시간씩은 사람의 마음이 돌아온다. 그럴 땐 옛날처럼 사람의 말을 할 수도 있고, 복잡한 사고를 할 수도 있고, 경서經書의 장구章句도 암송할 수가 있다. 그러한 인간의 마음으로서, 호랑이로서의 잔악한 행동을 되돌아보고 스스로의 운명을 돌이켜볼 때, 그 처참한 심정이란! 그러나 인간의 마음으로 돌아가는 시간도 요즈음 와선 차츰 짧아지기만 한다. 이때까진 내가 어째서 호랑이가 되었느냐고 상심했는데, 지금의 나는 어떻게 옛날 내가 인간일 수 있었던가를 이상하게 여기게 되었다."

이건 정말 두려운 일이라고 덧붙이고, 이영은 한숨을 지었다.

그러나 그건 벌써 호랑이의 으르렁대는 소리였다.

"조금 지나면 내 속의 인간의 마음은 송두리째 호랑이로서의 습

관 속에 묻혀버리고 말 것이다. 낡은 궁전의 터전이 점차로 풍상에 스쳐 토사 속에 매몰되듯이 말이다. 그렇게 되면 나는 완전히 과거를 잊고, 한 마리의 호랑이로서 더욱 광폭하게 되어, 오늘처럼 자네를 만나도 옛 친구라는 것도 모르고 자네를 잡아먹을 것이다."

다음의 이영의 말은 더욱 애절했다. 그는 대체로 사람이나 짐승은 원래는 다른 무엇이 아니었던가 싶다고 했다. 처음엔 그 무엇을 자각하고 있지만, 차츰 자기의 본체를 잊어버리고 지금의 형상이 자기 원래의 것이라고 착각하게 된 것이 아닐까 하는 내용의 말도 했다.

"그러나 그런 건 어떻게 되어도 좋다. 내 속의 인간의 마음이 죄다 사라져버리는 편이 내겐 나을는지 모른다. 하지만 나는 겁이 난다. 내 속에 있는 인간의 마음이 영영 사라져버릴까 해서. 내가 기왕 인간이었다는 사실을 잊어버릴까 해서. 이 슬픔과 고통은 나와 같은 처지가 되어보지 않고선 알 까닭이 없을 거다. 그렇다, 그래서 자네에게 소원이 있다. 내 속의 인간이 없어지기 전에 자네에게 해둘 말이 있다."

정군과 그 일행은 숨을 죽이고, 숲속에서 울려 나오는 이영의 말에 귀를 기울였다. 그 말은 다시금 계속되었다.

"그것은 다른 게 아니다. 나는 원래 시인으로서 이름을 남기려고 했다. 그런데 그 뜻이 이루어지기도 전에 이런 꼴이 되었다. 이미 지은 수백 편의 시가 있지만 세상에 발표한 적은 없다. 지금 와선 그 유고遺稿의 존재조차 모를 것이 아닌가 한다. 그 가운데서 아직 암송하고 있는 것이 몇 십 편 된다. 원컨대 그것을 나를 위해 기록

해주지 않겠나. 자네의 은혜로 그 시편이나마 남기고 싶다는 심정이다…."

"…."

"…그로써 내가 시인으로서의 성명聲名을 얻겠다는 것은 아니다. 작품의 교졸巧拙은 어떠하건, 가산家産을 파하고 마음을 광狂케 하기까지 내 평생을 두고 집착했던 것은, 일부분만이라도 후대에 남겨놓지 않고선 나는 죽으려도 죽을 수가 없는 심정이다."

정군은 부하들에게 숲속에서 나오는 소리를 기록하도록 준비를 시키고 말했다.

"이영, 읊어보게."

이영의 읊는 소리가 낭랑하게 들려왔다.

장단長短 합쳐 삼십 편. 그 격조는 고아하고 그 의취意趣는 탁일卓逸, 일독하면 작자의 재才가 비범하다고 느낄 수 있는 그런 것이었다. 그러나 정군은 이영의 그 시에 감탄하면서도 막연하게나마 다음과 같은 감회를 가졌다.

'미상불 이영의 소질은 제일류라고 할 수 있으나, 일류의 시가 되기엔 뭔가가 결락되어 있다.'

시를 읊고 나서, 이영은 돌연 자조하는 말투가 되었다.

"부끄러운 일이지만, 지금 내가 이런 몰골을 하고 있으면서도 내 시집이 장안의 풍류명사 책상 위에 놓여진 광경을 꿈꿀 때가 있다. 동굴 속에 웅크리고 누워 꾸는 꿈이라 웃어주게. 시인이 되길 바랐던 사나이가 시인이 되기는커녕 호랑이가 되어버린 이 꼴을 말이다."

정군은 이영이 청년 시절에도 저런 자조벽이 있었거니 하는 심정으로 가슴이 메는 것 같았다.

"내친김에 지금의 감정을 즉석에서 읊어볼까. 이 호랑이 속에 아직 이영이 살아 있다는 증거로서 말이다."

정군은 곧 부하에게 명령해서 그것도 기록하게 했다.

그 시는 다음과 같았다.

우인광질성수류偶因狂疾成殊類
재환상잉불가도災患相仍不可逃
차석계산대명월此夕溪山對明月
불성장소단성음不成長嘯但成吟
(어쩌다 미친병으로 하여 사람 아닌 동물이 되었는데도,
이 재환을 피할 도리가 없구나.
이 밤 산속에서 명월을 대하니,
장소長嘯*는 이루어지지 않고 중얼대기만 하는도다.)

이때, 잔월의 빛은 냉엄하고 백로白露는 땅에 깔려 나무 사이를 지나는 냉풍으로 해서 새벽이 가까움을 알 수가 있었다.

사람들은 이미 사실의 기이함을 잊고, 숙연한 심정으로 이 시인의 박행薄倖을 탄식했다.

이영의 푸념은 이왕 동물이 되더라도 꽃사슴쯤으로 되었으면 다

---

* 시를 길게 읊조림.

행이었을 것이라고 했다.

"맹수가 되고 보니 친구가 없어. 이 첩첩산중에 친구 없이 지내야 하는 고독이 어떤 것인진 자네는 모를걸세. 나는 인간이었을 땐 그다지 친구를 원하지 않았다. 그런데 지금의 나는 이 고독을 견딜 수가 없구나. 그러니까 성정은 더욱 흉포해지고, 성정이 흉포하니까 아무도 가까이 오려고도 않고…. 천지지간 만물지중에 나같이 철저한 업보를 받는 놈이 또다시 있을까? 머지않아 날이 밝겠지만, 나는 밝은 날이면 동굴에 가서 숨어야만 한다. 밤이 되면 먹이를 찾아 헤매야 한다. 그러나 모두들 용하게 내가 가까이에만 가면 감쪽같이 피해버린다. 그러니 나는 항상 배가 고프다…. 왜 내가 이런 운명이 되었는지 아까는 모르겠다고 했지만, 그러나 짐작이 전연 가지 않는 바는 아니다."

이영은 말을 이었다.

"인간이었을 때 나는 되도록이면 사람과의 교제를 피했다. 사람들은 나를 거만하다, 도도하다고 했지만 실은 그것은 수치심의 소치였다. 그걸 사람들은 몰라주었다. 물론 '향당鄕黨*의 귀재란 소릴 들은 나에게 자존심이 없었다고는 말할 수 없다. 그러나 그건 비겁한 자존심이었다…. 나는 시로써 이름을 남기려고 하면서도 스승의 가르침을 받으려고 하지 않았고, 시우詩友와 어울려 절차탁마하려고도 안 했다. 그렇다고 해서 속물들과 사귀길 좋아한 것도 아니다. 모두 내 비겁한 자존심과 거만한 수치심의 탓이었다. 내가 구

---

* 태어난 마을.

슬이 아님을 스스로 알고 있었기 때문에 애써 그것을 갈려고 하지 않았고, 또 내가 구슬임을 반쯤 믿고 있었기 때문에 쓰레기 같은 자들과 어울리길 싫어했다. 그렇게 해서 나는 차츰 세상과 사람들로부터 멀어져, 분함과 억울함으로써 내 속의 비겁한 자존심만을 살찌우는 결과가 되었다. 사람은 누구나 마음속에 맹수를 가지고 있다. 내 경우로 말하면, 그 거만한 수치심이 맹수였던 것이다. 호랑이였던 것이다. 이것이 나 자신을 괴롭히고 처자를 괴롭히고 친구들을 괴롭혀, 드디어 내 외형을 이처럼 내 마음의 모양으로 바꾸어버렸다. 지금 생각하니, 나는 내가 가지고 있는 얼마간의 재능을 낭비해버린 셈이다. 인생은 아무것도 안 하기엔 너무나 길지만, 무언가를 하기 위해선 너무나 짧다는 그럴듯한 말을 지껄이면서도, 사실은 재능의 부족이 탄로 날까 겁내는 마음과 노력을 아끼는 나태가 내 전부였던 것이다. 나보다 못한 재능을 가졌어도 그것을 전일專一로 연마했기 때문에 당당한 시업詩業을 남긴 사람이 얼마라도 있지 않은가. 호랑이가 되어버린 지금에 와서야 겨우 이 사실을 깨달았다. 가슴이 타는 것 같은 회한을 느낀다."

이영은 다신 인간으로서 살아갈 수 없는 슬픔을 되풀이해서 말하고, 지금 비록 훌륭한 시를 만들었기로서니 무슨 수단으로 발표할 수 있을 것인가 하고 탄식했다.

"그런데다 내 머리는 호랑이의 그것으로 가까워지기만 한다. 어떻게 해야 된단 말인가. 내가 낭비해버린 과거를 어떻게 되찾을 수 있단 말인가. 그걸 생각하니 미칠 것만 같구나. 아니, 나는 돌이킬 수 없게 지금 미쳐 있는 것이다. 마음이 격하면 나는 저 산마루에 뛰어올라 텅 빈 골짜구니를 향해 소리를 친다. 가슴을 태우는 이 슬픔을 누구에겐가 호소하고 싶어서다. 어젯밤도 나는 저 산마루에서 달을 향해 소리를 질렀다. 누군가 내 슬픔을 나눠 가져주지 않을까 하고. 그러나 짐승들은 내 소리를 듣고 그저 벌벌 떨 뿐이었고, 산도, 나무도, 달도, 이슬도 한 마리의 호랑이가 미쳐 소리 지르고 있다고밖엔 생각하지 않았다. 하늘로 뛰고 땅을 차도 소용이 없었다. 옛날 내가 사람이었을 때 아무도 내 심정을 알아주지 않듯이. 내 모피가 젖어 있는 것은 밤이슬 때문만은 아니다…."

겨우 어둠이 사라지기 시작하자, 나무 사이로 해서 어디선가 효각曉角의 소리*가 슬프게 울려왔다.

"이별할 때가 왔구나."

이영이 처량하게 중얼거렸다.

"나는 곧 호랑이의 마음으로 돌아가야 한다. 그러기에 앞서 부탁이 있는데 들어주겠는가?"

"들어주마, 말해봐라."

정군이 진지하게 말했다.

"내 처자는 아직 산서에 있다."

이영은 말을 끊고 한숨을 짓더니 다음과 같이 이었다.

"그들이 내 운명을 알 까닭이 없다. 자네가 남쪽에서 돌아오거든 나는 이미 죽었다고 그들에 전해달라. 결코 오늘의 일은 발설하지 않도록 해주게. 주제넘은 소망이지만, 그들이 내 불행에 동정해서

---

* 날이 밝았음을 알리는 소리.

길바닥에서 동사하거나 하는 일은 없도록 해주게. 그 은혜를 갚을 도리는 없겠지만 내 뼈에 새겨두긴 하겠다."

말이 끝나자 통곡 소리로 바뀌었다. 정군도 눈물을 흘렸다.

"자네의 부탁 잊지 않겠다. 최선을 다해 자네의 가족을 내가 돌봐주지."

"고맙다."

고 하더니, 이영의 말은 다시 자조적인 투가 되었다.

"사실은 어쭙잖은 시를 읊어 보이기 전에, 처자의 일을 부탁했어야 옳았다. 굶어 죽을 처자보다 내 어쭙잖은 시업詩業에 더욱 마음을 쓰는 못된 인간이었기에 이런 꼴이 된 것 아닌가."

"그렇게 심하게 마음을 상하지 말게."

정군은 부드럽게 그를 위로했다.

"한데, 내 이 말만은 명심하게."

하고 이영은 다음과 같이 덧붙였다.

"군이 영남에서 돌아올 땐, 절대로 이 길을 통과하지 말게. 그때쯤엔 나는 완전히 호랑이가 되어 있어, 자네를 몰라보고 덤벼들지도 모를 일이니까. 그리고 지금 우리가 헤어진 뒤 전방 백 보쯤 가면 조그마한 언덕이 있다. 그 언덕에서 한 번 이편을 돌아보아라. 내 지금의 꼴을 다시 한 번 자네에게 보여주겠다. 그것은 내 용맹스런 모습을 과시하려는 뜻이 아니고, 그 추악을 눈여겨 보임으로써 다신 이 길을 지나 나를 만날 생각을 자네가 갖지 않도록 하기 위해서다."

정군은 숲을 향해 정중히 이별의 인사를 했다.

"불행한 이영이여! 자네를 이대로 두고 떠나는 것이 한없이 슬프다. 그러나 사람은 각기 그 운명에 따라야 하는 법, 어쩔 도리가 없구나. 자네의 부탁은 잊지 않을 터이니, 그 점만을 유념하라. 육신은 이미 달라졌다고 해도 자네의 마음이 아직 마음으로 있으니 오로지 그것만이 나의 위안이다. 잘 있거라."

정군은 말에 올랐다. 숲속에서 비통한 울음소리가 새어나왔다.

정군은 몇 번인가 숲 쪽을 뒤돌아보며 눈물 속에서 출발했다.

일행이 언덕 위에 이르렀을 때, 그들은 아까 이영이 한 말대로 뒤돌아서서 그 임간林間의 초지草地를 바라보았다.

그러자 홀연 한 마리의 호랑이가 길바닥으로 뛰어나오더니, 이미 흰빛으로 바래진 달을 향해 두세 번 포효하곤 다시 숲속으로 뛰어 들어갔다.

최천중의 긴 이야기가 끝났다.

넋을 잃은 채 듣고 있던 연치성이 제정신을 차리기까진 한참이 걸렸다.

그리고 가까스로 말했다.

"그 얘기엔 큰 교훈이 있는 것 같습니다."

"교훈이 있는 것 같기도 하고, 없는 것 같기도 하고."

최천중이 애매하게 웃었다.

"아닙니다. 큰 교훈이 있습니다. 사람은 누구나 마음속에 맹수를 기르고 있다는 것은 기막힌 교훈입니다."

연치성이 열을 띠고 말했다.

"연공의 마음속에도 맹수가 있는가?"

"있습니다. 마음속엔 엄청난 맹수가 있습니다."

"맹수는 내게도 있어."

최천중이 담담하게 말했다.

"한데, 그 맹수를 죽여야 합니까, 살려둬야 하는 겁니까?"

연치성이 물었다.

"맹수는 죽여야지. 사람이 되기 위해선 맹수는 마땅히 죽여 없애야 해. 그러나 이와 같은 난세를 살려면 도리가 없어. 맹수를 기르는 수밖엔. 사자의 마음, 호랑이의 마음을 가져야 한다 말이지. 비록 이영처럼 외형이 짐승으로 화할지라도, 토끼나 쥐새끼처럼 밟혀 죽는 것보다야 낫지 않겠는가. 밟혀 죽지 않기 위해선 이편이 맹수가 되어야 한다."

연치성이 고개를 끄덕이며 듣고 있었다.

"내 선생님 산수도인은 그 얘기를 함으로써 나의 자존심, 자만심을 꺾으려고 하신 것이 분명하지만, 그리고 그 배려는 고맙기 한량이 없지만, 나는 내 속의 맹수를 죽이지 않으려고 한다. 조정의 고관들과 관속들이 호랑이처럼 이리떼처럼 백성들을 노략하고 있는 판국에, 순하게만 곱게만 살아갈 수 있느냐 말이다."

"말씀하시는 뜻 잘 알겠습니다."

"그렇지 않은가. 우리 주변에 사람 같은 놈 그다지 흔하지 않다. 인면을 쓴 채 돼지일 수밖에 없는 놈, 개 같은 놈, 여우같은 놈, 독사 같은 놈이 우글우글하지 않은가. 그놈들을 말살하고 사람답게 살 수 있는 세상을 만들기 위해선 부득불 우리는 맹수가 되어야 한다. 내 이런 마음을 산수도인께선 뚫어보신 거라. 어느 날 홀연 나를 두고 어디론가 몸을 숨기셨어. 그것을 생각하면 눈물이 나지만 나는 내 포부대로 한번 살아봐야 되지 않겠는가."

"평생토록 선생님의 뜻을 받들겠습니다. 평생토록."

연치성의 가슴에 새로운 각오가 솟아나고 있는 것 같았다.

"가령, 우리가 이대로 호랑이로 화신한다고 해도 우리는 둘이니까, 이영처럼 쓸쓸하진 않겠지."

최천중이 껄껄대며 말했다.

"두 마리의 호랑이가 장안을 휩쓸면 장관이겠습니다."

"호랑이로서 장안을 휩쓸 것이 아니라 영웅으로서 휩쓸도록 해야지."

최천중은 먼 앞날을 굽어보는 마음이 되었다. 그러다가 생각이 난 듯이,

"연공. 그러나 초조할 건 없어. 천천히, 천천히, 만사는 불여튼튼이란 말이 있지 않던가. 돌다리도 두드리며 건너야 하는 거야. 좌절하고 실패한 영웅을 배워야 하는 거라, 알겠지?"
하고 준열하게 말을 엮었다.

겨울 해는 짧다. 어느덧 해가 서산에 기울어 골짜기의 반이 그늘이 되었다.

"이거, 오늘 밤엔 밤길을 걸어야 하게 되었군."

인가라곤 보이지 않는 산속을 휘둘러보며, 최천중이 근심스런 표정이 되었다.

"오늘 밤엔 보름달이 오릅니다. 월하마행月下馬行도 풍류가 아니

겠습니까."

연치성의 말은 활달했다.

"동야만월소요객冬夜滿月逍遙客*이면 풍류 치고도 상지상上之上이지."

두 사람은 달이 뜨길 기다리는 마음으로 천천히 말을 걸렸다. 어느덧 어둠이 깔리고 한기가 땅 속으로부터 솟아오르는 듯했다. 그러나 그 한기가 고통스럽기까진 하지 않았다.

이윽고 달이 동산 근처에 올랐다. 일순 교교한 달빛에 만상은 숙연하게 물들고 말발굽 소리만이 정적을 깨뜨렸다. 최천중의 감회가 한 구의 시로써 피었다.

"연공! 이런 시는 어떨까? 달빛에 물든 산야 사이로 광음이 지나가는 소리가 말발굽 소리를 닮았다."

"좋습니다. 좋습니다만 광음이 말발굽 소릴 쫓아 지나간다로 하는 것이 어떻겠습니까?"

"옳거니."

하고 최천중이 왼손으로 안장을 탁 쳤다. 말이 깜짝 놀라 몇 발짝을 크게 떼놓았다.

"연공의 재주에 말까지 놀라는구려."

최천중이 도취한 듯 웃었다.

길이 더욱 험했다.

한동안 말없이 걸었다.

---

* 겨울 밤 보름달 아래를 거니는 나그네.

가도 가도 산, 길은 자꾸만 산속으로 기어들어갔다.

첩첩산중, 적막강산에 차가운 겨울 달빛이 영롱하고 보니, 아득히 인세를 떠나 선경으로 들어가는 느낌이 들었다.

어디선지 길게 꼬리를 끄는 소리가 들려왔다. 호랑이 소리도 아니고, 부엉이 소리도 아니었다. 꿩 소린 물론 아니었다. 최천중은 '학鶴 소리가 아닐까' 하는 생각을 가졌다.

'노학일성산월고老鶴一聲山月高'*란 시구가 뇌리를 스쳤기 때문이다.

"연공."

하고 최천중이 불렀다.

"예."

하는 대답이 있었다.

"언젠가 나는 이런 시를 만든 적이 있어. '의기암상산월고蟻飢岩上山月高'라는 거지. 개미가 굶주려 바위 위에 있는데 산월이 높다는 상想이다. 한 마리의 개미는 모두 굶주린 형상 아닌가. 굶주린 형상의 개미가 바위 위에 있는 것이 보일 정도니까, 달이 얼마나 밝았겠어."

"정경이 눈앞에 선한 것 같습니다."

이런 대화를 주고받다가 연치성이 돌연 침울하게 말했다.

"아무래도 선생님, 길을 잘못 든 것 같습니다."

"길을 잘못 든 것 같다구?"

---

* '늙은 학이 한 번 우니 산 달이 높이 뜨는구나.'

"예, 장신원 사람들의 말에 의하면, 이맘때 고개를 넘고 있어야 하는데 아직도 비탈길 아닙니까."

"음."

두 갈래 길이 나오면 오른편 길을 골라 걸으라는 장신원 사람들의 말이었고, 그렇게 가면 해 질 무렵엔 고개를 넘어서 충주의 불빛을 볼 수 있을 것이라고 했던 것이다.

최천중이 얘기에 몰두하고, 그걸 듣느라고 연치성이 넋을 잃은 동안에 길을 헛든 게 틀림이 없었다.

"어떻게 한다?"

최천중이 약간 당황하는 마음이 들었다. 연치성은 사방을 두리번거렸다.

"마을이라도 있으면 물어라도 보겠는데."

그러나 계속 걸어야만 했다. 어둠침침한 솔밭을 벗어났을 때였다. 왼쪽 골짜기의 그늘진 곳에 집 같은 윤곽으로 보이는 덩치가 있었고, 그 덩치의 한 군데서 보일락 말락 한 한 줄기의 불빛 같은 것이 새어나오고 있었다.

"저기 집이 있는 것 같습니다."

"응, 그렇군."

두 사람은 보일락 말락 한 그 불빛을 겨냥해서 말을 걸렸다. 가까워짐에 따라, 그 집이 이만저만하게 큰 집이 아니라는 것을 알 수가 있었다. 덩실한 기와지붕이 첩첩으로 몇 개나 되는 것 같았다.

"이상한 일이로다. 무인지경 산중에 대궐 같은 집이 나타나다니…."

"그러게 말입니다."

이윽고 집 앞에 당도했다. 그때, 그곳으로 달빛이 비치기 시작했는데, 자세히 보니 퇴락해가는 폐옥이었다. 돌담은 군데군데 무너져 있었고, 지붕 위엔 돋아난 풀이 앙상하게 말라 있는 것이 밤눈으로도 보였다. 대문은 닫혀진 채 있었으나, 그 양옆의 담이 무너져 이미 대문의 구실을 못 하고 있었다.

"절은 아닌 것 같습니다."

"절은 아냐."

"서원 풍으로 지은 집인데요."

"서원도 아닌 것 같아."

최천중과 연치성은 말에서 내려, 말을 끌고 대문 옆으로 트인 돌담을 넘어 집 안으로 들어갔다.

우선 불빛이 보이는 곳을 찾아야만 했다. 집은 산벼랑을 업고 단단段段으로 지어 포갠 것 같았는데, 불빛이 새어나오고 있는 방은 대문간에서 쳐서 세 번째 되는 집의 오른편 끝에 있었다.

말을 앞뜰의 나무에 매어놓고, 두 사람은 그 방 바로 앞의 축담에 섰다.

불빛은 판자로 된 덧문 사이에서 두 줄로 새어나오고 있었다.

덧문에 틈서리가 나 있었던 것이다.

최천중이 인기척을 했다. 아무런 반응이 없었다. 연치성이 쿵 하는 발소리를 내며 마루에 올라섰다. 그래도 역시 반응이 없었다.

"주인 계십니까?"

하고 최천중이 나직이 불러보았다.

그래도 반응이 없어,

"게 누구 없소?"

하고 조금 소리를 높였다.

여전히 답은 없었다.

"해괴한 일이로군."

최천중은 중얼거리며, 새어나오는 불빛을 주시했다. 그 빛에 한들거림을 발견했다. 관솔불을 켜놓고 있음이 분명했다.

연치성이 덧문을 두드리며,

"사람이 있으면 대답을 하고, 귀신이면 대답을 안 해도 좋다."

고 언성을 높여 덧붙였다.

"다섯을 셀 동안 대답이 없으면 문을 열겠소."

그리고 침착하게 세기 시작했다.

"하나, 둘, 셋, 넷"

하고,

"마지막이오."

하는 말을 끼우곤,

"다섯!"

을 세어도 아무런 기척이 없었다. 연치성이 몸을 오른쪽으로 비낀 자세로 문고리를 손에 잡았다.

그리고 힘껏 잡아당겼다.

그러나 문은 까딱도 하지 않았다.

남은 수단은 그 덧문을 부수는 수밖에 없었다.

"선생님, 어떻게 할까요? 이 덧문을 걷어차서 부숴볼까요?"

연치성이 방안에 사람이 있으면 들으라는 요량도 있어 큰 소리로 물었다.

최천중은 조급하게 서둘 일이 아니라고 생각했다.

"잠깐 기다려보자꾸나. 아무래도 무슨 곡절이 있는 것 같으니."

하고 연치성에게 내려오라고 손짓을 했다. 연치성이 내려왔다.

"저 문을 부수기 전에 이 집을 샅샅이 살펴보자꾸나."

"좋습니다."

각동各棟마다에 7, 8개씩 방이 있었고, 큼직한 광이 붙어 있었는데 그런 동이 다섯 개나 되었다. 집과 집을 이은 것은 돌층계였고, 돌층계 언저리는 화단이었던 모양인데 황폐된 지 이미 오래인 것 같았다. 최천중은 많은 집을 보아왔지만 그런 집은 처음이었다.

대문에서 첫째 집을 제외하곤 방문이 모두 잠겨져 있었다.

"한기도 우심*하고 하니, 날이 밝았을 때 알아보도록 하지."

마구간으로 쓴 곳인 성싶은 곳에 말을 매어두고 방문이 열리는 방을 찾아들었다. 차가운 겨울 날씨인데도 매캐한 곰팡냄새가 코를 찌르는 것을 보면, 그 집을 쓰지 않은 지가 꽤 오래된 듯했다. 먼지를 털어내고 몸을 가눌 자리는 마련했지만 갑작스레 심해진 한기는 참기가 어려웠다. 연치성이 바깥으로 나가 마른풀과 나뭇가지를 모아 갖고 돌아왔다.

"구들을 파서 화로를 만들어야 하겠습니다."

하고, 그는 막대기와 돌로 방 한가운데를 화로 모양으로 파내곤 거

---

* 尤甚: 더욱 심함.

기다 불을 지폈다.

"그런 기술은 어디서 배웠지?"

훈훈한 불길을 반기며 최천중이 물었다. 연치성은 그 방법을 만주에서 배웠다고 했다.

"저는 깨어 있을 테니, 선생님은 눈을 붙이도록 하십시오."

했지만, 최천중은 뜬눈으로 밤을 새워보자고 했다.

"안심하고 잠을 자기엔 이 집이 너무 해괴하단 말야."

"그렇긴 합니다. 옛날 요괴담에 나오는 집 같지 않습니까."

이어 최천중과 연치성은 그 집에 대한 갖가지의 추측을 해보기 시작했다.

"절도 아닌데 이 집만 동그마니 지어놓은 걸 보면, 아무래도 여염집은 아니었던 모양 아니겠습니까."

"원래 큰 마을이었는데, 이 집만 남게 된 무슨 변고가 있었던 건지 모르지."

"역적으로 몰려 몰락한 집이 아닐까요."

"아닌 게 아니라, 나도 그런 생각을 해 보고 있어. 삼십 년쯤 전엔가 청주에서 역모가 있었다고 해서 청주목淸州牧을 서원현西原縣으로 강등 개칭하고, 충청도를 공충도公忠道라고 고쳐 부르게 한 적이 있었거든."

"그런 말씀 듣고 보니 더욱 궁금합니다."

"날이 밝으면 뭔가 단서가 나타나겠지."

"그건 그렇다고 하더라도, 저 불빛이 새어나오고 있는 방이 수상합니다. 당장 부수고 들어가봤으면 하는데요."

"성급하게 서둘 건 없어."

최천중이 기지개를 켰다.

최천중이 성급하게 서둘지 말라고 연치성을 말린 것은, 그 새어 나오는 불빛에 함정의 뜻을 보았기 때문이다.

"심심산곡의 폐옥에서 남의 눈에 띄도록 불을 켜놓고 있다는 것도 이상한 일이고, 문을 잠가놓고 인기척을 내지 않는 것도 이상한 일이다. 겁이 많은 자는 도망을 칠 것이고, 담대한 사람은 문을 부술 것이 아닌가. 즉 문을 부숴보란 뜻같이 여겨진단 말인데, 아무래도 대문을 부수면 무슨 위험이 닥칠 것 같아."

"위험이라고 해야 별게 있습니까. 방안에 숨었다가 창이나 칼을 휘두르든가, 문지방 위에서 도끼 같은 것이 떨어지거나…, 대강 그런 것 아니겠습니까."

"하여간 백주에 보면 알 일을 밤사이에 서둘 건 없어. 지루할 테니까 내 얘기나 하지."

하고 최천중은 조조를 화제에 올렸다.

"그를 난세의 간웅이라고 하지만 영웅치고 간웅 아닌 사람이 있었겠나. 미천한 출신으로 천하를 잡으려면 간奸, 교巧도 출중해야 하는 법이여. 유독 조조만을 간웅이라고 한 것은 나관중羅貫中의 취향이 만들어놓은 일야."

"조조가 미천한 출신입니까?"

"그렇고말고. 원소의 비서 진림이 쓴 격문에 이런 게 있지. 조조의 조부 중상시中常侍 등騰은 좌판 서횡등과 더불어 화근이 되어 극악무도한 짓을 예사로 해선, 교화敎化를 손상하고 백성을 괴롭힌 대악당이며, 그의 아비 숭嵩은 걸인이었던 주제로 양자養子가 되어선, 부정한 돈으로 관직을 사고 금은진보를 노략질해선 권문에 뇌물을 보내는 등 드디어는 사직을 뒤엎은 자라고 말야. 이를테면 조조는 걸인의 자식이다, 이거지."

이렇게 시작한 조조 얘기가 그 아들 얘기에까지 번지고도 한참을 계속되었는데도 긴긴 겨울밤을 감당할 수가 없었다.

얘기를 끝내고 마루로 나가 북두칠성을 찾았으나, 밤은 아직 초경에도 이르지 못했다.

"그 누군가의 말마따나, 인생은 아무 일도 안 하고 있기엔 너무나 지루하고, 무슨 일을 하기엔 너무나 짧다. 겨울밤이 꼭 그런 기분이군."

하고 최천중이 하품을 했다.

"선생님, 눈을 좀 붙이시면 어떻겠습니까?"

연치성이 간곡하게 말했다.

최천중은 다시 화로 곁으로 와 앉아,

"또 얘기나 하지."

하고 시작하려는데 쿵 하고 마루에 올라서는 소리가 있었다. 연치성은 재빠르게 혁낭革囊을 끌어당겼다. 그 속에 철촉이 들어 있었다.

이윽고 방문이 쾅 하고 열리며, 일진의 냉풍과 더불어 복면을 한 사나이가 쑥 얼굴을 내밀었다. 눈가늠으로도 칠 척 장신의 사나이였다. 손엔 반월도가 차갑게 빛나고 있었다.

"어디서 온 어떤 놈들이야?"

복면의 사나이가 야멸차게 물었다.

"말을 삼가는 게 어떨꼬오."

연치성의 대답은 늠름했다.

"뭐라구? 이 애송이 녀석."

반월도를 앞세우고 사나이는 성큼 방안에 들어섰다.

연치성이 성큼 일어서며,

"우린 비인非人관 상대 안 해."

하고 최천중을 막아서는 자세가 되었다. 사나이는 복면 속으로 웃음을 굴리는 듯하더니,

"요 계집애 같은 놈이 하는 소릴 들어봐. 비인이란 게 뭐냐?"

하고 한 발 다가섰다.

"얼굴을 가려야만 사람 앞에 나설 수 있는 그런 놈을 어떻게 사람이라고 할 수 있어. 그러니까 비인이지."

연치성의 말은 늠연했다.

"잔말 말구, 네놈들의 정체나 밝혀라. 무익한 살생은 싫으니."

"정체를 밝힐 놈들은 네놈들이다."

연치성이 만만찮게 맞섰다.

이때, 마루에서 소리가 있었다.

"뭘 꾸물대어. 순순히 말을 듣지 않으면 놈들을 베어버려."

잇따라 방안에 들어선 놈이 외쳤다.

"도대체 어디서 온 어떤 놈들이야? 빨리 말해!"

"우리가 누군 줄 알고 싶거든, 네놈 복면을 벗고 정중히 인사를 차려라!"

연치성도 같은 높이만큼의 고함으로 응했다.

"정말 맛을 보여줘야 되겠군."

사나이가 사정없이 반월도를 휘둘렀다, 그 찰나, 날쌘 연치성의 앞발을 가슴에 맞고 칠 척 장신의 사나이가 문턱 너머로 나뒹굴었다. '찰그랑!' 한 것은 반월도가 그놈 손에서 떨어지는 소리였다.

연치성이 얼른 뛰어나가 반월도를 집어 들었다. 나뒹굴었던 사나이가 몸을 일으키려고 하는 것을, 반월도의 칼등으로 머리를 때려 실신시켰다.

두세 놈으로 보이는 역시 복면을 한 놈들이, 마당으로 뛰어내려 무너진 담 근처에 모여 서는 것이 달빛 아래 보였다.

"네놈들 몇 백 명이 덤벼도 까딱할 우리가 아니다. 여기 뻗어 있는 이놈의 생명을 구하고 싶거든 칼을 버리고 항복을 해라."

연치성의 카랑한 목소리가 차가운 메아리를 남겼다.

"하룻강아지 범 무서운 줄 모른다고 하더니…."

하는 소리가 담 쪽에서 들려왔다.

"빨리 항복을 못 할까!"

연치성이 다시 한 번 고함을 질렀다.

"당돌한 놈을 저대로 둬?"

"해치우자."

하는 소리가 엇갈렸으나 누구 하나 앞장서는 놈이 없었다. 연치성은 칼을 왼손으로 바꿔 쥐었다. 어느 틈에 찼는지 허리춤에 달려 있는 혁낭 속으로 연치성의 손이 들어갔다.

'철촉이구나.'

하고 최천중이 지켜보고 있는데, 연치성의 오른팔이 크게 휘둘렀다. 거의 동시에 '으음' 하는 신음 소리와 함께 사람 쓰러지는 소리가 담 쪽에서 들려왔다.

영문을 몰라 쓰러진 놈을 부축하려다 말고, 엉거주춤 비켜서려는 놈들에게 연거푸 철촉이 날았다. 영락없었다.

"악!"

"악!"

하는 외마디 소리를 각각 지르고, 두 놈도 마저 땅바닥에 쓰러졌다.

"허망한 놈들이군."

연치성은 혀를 한 번 차고 반월도를 최천중에게 넘겨주며,

"이 칼을 드시고 이놈을 지켜보아주십시오. 저놈들을 이리로 끌고 와야겠습니다."

하고 뜰을 향해 마루에서 뛰어내렸다.

네 놈을 한 줄에 결박해서 축담 위에 꿇어앉히곤 복면을 벗겼다.

하나같이 텁수룩한 수염에 덮인 사나운 얼굴들이었다. 나이는 서른 안팎.

"네놈들은 분명히 화적이렷다. 순순히 불지 않으면 내일 아침까지 그대로 둬둘 테니 그렇게 알라."

하고 연치성이 화로 옆에 와 앉았다.

정강이를 허벅다리에 겹쳐 결박을 해놓았으니 도망갈 염려는 없었다.

밤이 깊어지자 한기가 심해왔다. 방안에 있어도 불이 가까운 부분만 따스하고 등 언저리는 추울 정도였으니까, 축담에 꿇어앉은 그들이야 견딜 수 없이 추울 것이었다.

"겨울밤에 화적을 잡아놓고 산속에서 지내는 풍류도 과히 나쁘지 않은걸."

하고 최천중은 시를 읊었다.

동야노숙폐가전冬夜露宿廢家前

만지월광만수선滿地月光滿樹蟬

대저사시심총고大抵四時心總苦

취중장단시한천就中腸斷是寒天*

"저놈들 심정이야말로 '취중장단시한천'이겠습니다."

연치성이 웃으며 말했다.

"나으리요."

축담에서 신음 소리가 울려왔다.

"말해봐라."

연치성이 응했다.

"추워서 견딜 수가 없어요."

"그러니까 빨리 실토를 하라지 않느냐?"

"저희들은 본래 나쁜 놈들이 아닙니다요."

"나면서부터 나쁜 놈이야 있을라구?"

"딱한 사정으로 이렇게 되었습니다요."

---

* '겨울 밤 한뎃잠을 자는 폐가 앞에, 온 땅 가득 달빛이 나무들로 뻗었는데, 대저 사시사철 마음이 모두 괴로우나, 그중에서도 창자가 끊어지게 고통스러운 것은 겨울이라네.'

"분명 네놈들은 화적이지?"

"화적은 아닙니다."

"화적 아닌 놈들이 복면을 하고 칼을 휘둘러?"

"사정이 있다고 하지 않았습니까요."

"그 사정을 말해보란 말야."

"그건…."

"말 못 하겠다면 잠자코 있어. 우리로선 꼭 알아야 할 사정도 아니니까."

그리고 또 한참을 지냈다.

"말하겠습니다요."

하는 다른 목소리가 들려왔다.

"저희들은 원래 이 마을에서 살았던 양민들입니다요. 관의 등쌀에 못 이겨 산으로 몰려든 불쌍한 놈들입니다요."

"그러니까 화적 노릇을 해서 먹고산다는 얘기가 아닌가?"

그들끼리 무슨 소린가를 소곤거렸다.

"우리는 관도 아니고 양반도 아니다. 너희들 같은 백성들을 불쌍하게 여기는 사람들이다. 무슨 말을 해도 해가 없을 것이니 솔직하게 털어놔라."

최천중이 소리를 높여 말했다.

"그러시다면 우리를 좀 풀어주시오. 불을 쬐면서 자초지종을 말하겠습니다요."

"불을 쬐게 해주어도 횡설수설하면, 너희들 생명은 없는 줄 알아라."

하고, 연치성이 축담으로 내려와 그들의 결박을 풀고, 방안으로 그 네 놈을 데리고 들어왔다.

세 놈의 이마엔 연치성의 철촉을 맞은 흔적으로 피가 말라붙어 있었다.

"이젠 아프진 않느냐?"

는 연치성의 물음에,

"한기가 심해 아픈 줄을 모르겠더니만, 욱신욱신합니다요."

하고 비위치레를 한 놈이 굽실거렸다. 살았다 싶은 생각이 그들의 마음을 가볍게 한 것도 같았다.

"한데, 나으리께선 아직 연소하다고 봬왔는데 어디서 그런 무술을 익혔사옵니까요?"

비위치레한 놈의 물음이었다.

"쓸데없는 소린 집어치우고 너희들 얘기나 해라. 내가 차례대로 물을 것이니 대답하라."

최천중이 위엄 있게 말했다.

"예."

하고 네 놈은 머리를 조아렸다.

"대체 여기가 어디냐?"

"악현惡峴이란 곳입니다요."

한 놈이 말했다.

"악현에 악당이 산다 이거구나. 네놈들 때문에 이곳 이름이 악현이 된 것 아닌가?"

"아니올시다. 지세가 험하다고 해서 악현이라고 불렀는가 봅니다."

“여기서 충주까지 얼마나 되느냐?”

“사십 리가량 됩니다.”

“장신원에서 충주까지 그만한 상거라고 하던데.”

“길을 혓든 것이옵니다요.”

“너희들 무리는 몇이나 되는가?”

“스물다섯이올습니다요.”

“스물다섯이 모두 이 산에서 사는가?”

“아닙니다요.”

“다른 놈들은 어디에 있느냐?”

“문경새재 근처에 있습니다요.”

“문경새재에 화적떼가 있다고 들었는데, 바로 너희놈들 얘기였구나.”

“그러나 저희들은 양민을 괴롭히진 않습니다요.”

“그럼 어떤 놈을 괴롭히나?”

“행패가 심한 양반이나, 토색이 심한 관속들만을 상대로 합니다요.”

“네놈들 괴수 이름이 뭐냐?”

“그것만은 용서하기 바랍니다요.”

“왜?”

“괴수의 이름을 불면 죽임을 당하게 돼 있습니다요.”

“그럼 굳이 묻진 않겠다. 네놈들의 목적은 단지 재물을 뺏는 데만 있느냐?”

“그것만은 아닙니다. 있는 놈 재물을 뺏어서 가난한 사람들을 도와주고 있습니다요."

"명색이 의적이다, 이 말씀이군."

"그렇습니다요."

"뭐라구? 뻔뻔스럽게."

최천중은 와락 고함을 질렀다.

"문경새재에 화적떼들이 모여 행인을 괴롭힌다는 소리는 들었지만, 가난한 사람을 도와주었다는 얘기는 듣지 못했다. 그래, 네놈들은 뺏은 재물을 어디에다 간수하고 있느냐?"

"간수해둘 만한 재물도 없습니다요."

"바른대로 말 못 할까?"

"바른대로 말했습니다요."

"연공, 이놈들을 다시 묶게."

연치성이 일어섰다.

"말하겠습니다."

다른 놈이 얼른 말했다.

"말해봐."

"이 산속에도 얼만가 있습니다요."

"얼마나?"

"만 냥 돈은 될 것입니다요."

"있는 곳을 알지?"

"예."

"내일 날이 새면 찾아가볼 터이니 바른대로 대라."

"예."

"이 집 안에 있는가?"

"아닙니다요."

"이 집은 누구의 집이냐? 왜 이 집만 홀로 남아 있느냐?"

"이 집은 윤홍일의 집이었습니다요."

사나이 하나가 말했다.

"윤홍일이란 어떤 자냐?"

최천중이 물었다.

"김령의 외사촌입니다."

"김령은 또 누구냐?"

"김령은 김치규金致奎의 손자입니다요."

"김치규? 그 괘서掛書* 죄인?"

"그렇습니다요."

"김치규의 일가는 멸족이 되었을 텐데, 어떻게 그 손자가 살아남았단 말인가?"

"인명은 재천이 아니옵니까요."

"그래, 아직 살아 있단 말이지?"

"예."

"그러고 보니, 그놈이 너희들의 두목이겠구나."

"천만의 말씀입니다요."

"그렇다면 이 집이 남아 있지 못했을 것인데, 어떻게 이 집이 남아 있는가?"

---

* 이름을 밝히지 않고 글을 내어 걺.

"거기엔 까닭이 있사옵니다."

"그 까닭을 말해봐라."

"윤홍일의 아버지가 당시 충청관찰사였던 김학순金學淳과 동서지간이었습니다. 그때, 동네의 다른 집은 죄다 헐어 없애고 이 집은 남의 손으로 건너간 것으로 치고 남겨둔 것입니다요."

"그걸 지금 네놈들이 쓰고 있다, 이 말이구나."

"저희들이 쓰고 있는 것도 아닙니다요. 간혹 지나치며 어한**을 할 뿐입니다요."

"윤홍일은 어디로 갔느냐?"

"김령과 같이 떠돌아다니는 처지가 되어 있습죠."

"흐음."

하고 최천중은 일단 추궁을 멈췄다. 단순한 화적이 아니란 생각이 든 것이다. 놈들의 일당이 김치규와 관련이 있다고 보아졌다. 김치규가 죽은 것은 삼십여 년 전인데, 그 김치규와 관련이 있는 무리들이라면 단순한 화적일 까닭이 없었다. 나라에 대한 역모를 꾸미고 있는 자들일 것이었다.

"그 김치규란 자가 어떤 사람입니까?"

연치성이 궁금증을 면할 수가 없어 최천중에게 물었다.

"순조 대의 일이다. 김치규, 이창곤, 박형서 등이 청주 북문北門에 괘서한 일이 있었지. 김치규는, '나는 태백산과 강화도를 왕래하는 성인이며 도사인데, 장차 이 나라를 다스릴 사명을 띤 사람'이란 내

** 禦寒: 추위에 언 몸을 녹임.

용의 괘서를 한 거야. 뿐만 아니라, 홍경래와 그 장수들은 죽지 않고 아직도 살아 있어 자기의 일을 돕고 있다는 뜻도 선포를 했지. 그 선포에 자기의 이름을 대담하게 써넣었기 때문에 붙들려 국문을 받은 끝에 참형을 당하고 그 삼족도 몰살당했는데, 그 손자 놈이 살아 있고, 그 사실을 이놈들이 알고 있는 걸 보니 이놈들은 결코 심상한 놈들이 아녀."

"우연히 김치규의 손자를 알았다뿐이지, 우리는 그들과 아무런 관련도 없는 사람들입니다요."

놈들은 이렇게 황급히 말하고 머리를 조아렸으나, 최천중의 짐작을 바꿀 순 없었다. 최천중이 말했다.

"설혹 네놈들이 역모를 하고 있다고 해도 내가 알 바는 아니다. 순순히 모든 일을 말하기만 하면, 네놈들에게 해될 일은 안 할 것이니 똑바로 말하라."

"…."

"저 뒷집에 불이 켜진 방이 있는데, 그 방엔 누가 있는고?"

최천중이 위엄을 갖추고 물었다.

"아무도 없사옵니다."

그들의 하나가 답했다.

"아무도 없는 방에 불을 켜놔?"

"우리들이 이 근처에 있다는 것을 알리는 신호입니다요."

"안으로 걸어 잠가놓은 듯하던데?"

"그 방을 드나드는 문은 따로 있습죠."

"밖에서 문을 부수고 들어서면 어떻게 되느냐?"

"그건 날이 밝으면 알게 될 것이옵니다."

"한데, 그런 신호는 무엇 때문에 필요한가?"

"관의 눈을 피해 나날을 연명하려면 온갖 수단이 필요한 것입니다요."

"언제까지라도 관의 눈을 피해 살아남을 수 있을 것 같은가?"

"저희들은 신통력을 가진 두령을 모시고 있습니다요."

"신통력?"

하고 최천중이 피식 웃었다.

"네놈들은 이렇게 우리에게 꼼짝달싹 못 하게 사로잡혀 있지 않느냐? 그런 꼬락서니를 당하고도 신통력이야?"

"우리 서너 놈 죽는 거야 여부가 있습니까요. 우린 조심이 모자라서 이렇게 된 것이니, 누굴 탓할 수도 없습니다요. 선비 두 분을 상대로 싸워 이렇게 될 줄은 꿈에도 몰랐습니다요."

"결국 죽어도 좋다, 이 말이로구먼."

"죽음을 겁내고 이런 짓을 하겠습니까만, 살려주시면 고맙기 한량없겠습니다요."

"살려주지. 그러나 단 한 가지 조건이 있다. 네놈들 두령 이름을 대라!"

"그건 안 될 말입니다요."

"죽어도 말 못 하겠다, 이건가?"

최천중이 연치성을 돌아보고 말했다.

"저놈들을 따로따로 묶게."

연치성이 재빨리 일어섰다.

"반항하면 그만큼 손해가 될 것이니, 순순히 오랏줄을 받아라."
하고 한 놈을 묶기 시작했다. 그러자 문 가까이에 앉은 놈이 재빨리 몸을 날려 밖으로 뛰었다. 그러나 간일발間一髮할 사이도 없었다.

연치성이 던진 철촉을 뒤통수에 맞고, '아이쿠' 소리를 내며 축담 위에 나뒹굴었다.

"그러니까 순순히 오랏줄을 받으라고 하잖았어?"

최천중이 반월도를 들고 마루에 다가섰다. 연치성은 숙련된 솜씨로 방안에 있는 세 놈을 묶어놓고 축담 위에 나뒹굴고 있는 놈을 일으켰다.

"이놈은 묶을 것도 없습니다. 뒤통수를 맞아놔서 정신을 차리려면 꽤 오래 걸릴 테니까요."

"그럼 좋아. 놈들의 입에 재갈을 물리고 저편 광에 끌고 가 가두게. 한 놈만 여기 남겨놓구."

연치성은 묶여진 두 놈을 광에 끌어다놓고, 뒤통수에 철촉을 맞은 놈은 마구간 근처의 나무에 묶어놓고 방으로 돌아왔다.

"연공, 어떡하든 이놈들 두목의 이름과 현재 있는 곳을 알아내야 해. 한 놈 한 놈 차례대로 국문을 해. 거짓말이면 네 사람의 말이 맞지 않을 테니까, 날이 밝기까진 알아내야 할 거야."

최천중의 명령은 준엄했다.

연치성은 행낭에서 가죽끈을 꺼내 바른손에 그 꼬리를 감아쥐고, 벽을 향해 휘둘렀다.

벽에 한 줄기 흔적이 새겨지며 '픽' 하는 소리를 냈다. 그리고,

"우선 네놈 이름부터 대라."

며 방안에 남겨 둔 놈의 입에서 재갈을 뺐다.

"제 이름은 마춘상이라고 합니다."

"마가야, 들어라. 나는 까닭 없이 사람을 상하게 하기가 싫다. 네 두목의 이름을 순순히 말해라."

"죽여줍시오."

마가는 태연하게 말했다.

연치성의 가죽채찍이 '휭' 하고 날았다. 마가의 이마에 생채기가 났다.

"이래도 불지 않을 테냐?"

"죽여줍시오."

연치성의 가죽채찍이 이번엔 마가의 등을 후렸다.

"으음."

하는 신음 소리가 새어나왔다.

"죽길 바라는 놈이니 죽여버리지."

지켜보고 섰던 최천중이 한 말이다.

"우린 벌써 죽은 몸입니다. 관가에 붙들려 죽었고, 양반 등쌀에 죽었고, 몇 백 번 죽은 몸입니다. 그러니 아까울 것 없습니다요."

마가의 말은 여전히 태연했다.

"죽은 각오까지 한 놈이 뭣이 아까워서 두목의 이름을 대지 않느냐?"

최천중은 소리를 높였다.

"우리의 원한을 풀어줄 어른은 바로 그분이니까요. 우리가 죽어도 그분만 살아 있으면, 우리의 죽음이 헛되진 않을 것이니까요."

"마가야, 들어라."

최천중은 말투를 부드럽게 고쳤다.

"우리는 너희들의 적이 아니다. 혹시 서로 뜻을 통할 수 있을지도 모른다. 그런데 왜 그런 고집을 세우느냐."

"우리의 적이 아닌 사람이 우리에게 이런 짓을 해요? 서로 뜻을 통할 수 있는 사람이 억지로 두령의 이름을 대라고 강요해요?"

"두목의 이름을 대지 않는 한, 네놈들의 뜻과 우리의 뜻이 맞을는지 어쩔는지 알 수 없는 게 아니냐."

"뜻이 통할 수 있다면, 우리가 선비들을 우리 두령님한테로 데리고 갈 수는 있습니다요. 그러나 사전에 이름을 밝힐 순 없습니다."

"네놈 고집이 그렇다면, 우리에게도 고집이 있다. 연공, 저놈 정강이를 이 불덩이로 한번 지져봐라."

"예."

하고 연치성은 벌겋게 타고 있는 불덩이를 집어 마가의 정강이에 갖다댔다. 지글지글 살타는 내음이 코를 찔렀다. 그런데 마가는 눈을 부릅뜨고 입을 다물어 신음 소리마저 내지 않았다.

"지독한 놈이로구나. 그만두게."

하고 최천중은 마가에겐 재갈을 물려 딴 곳으로 끌어다 놓고, 광에 있는 놈을 끌고 오라고 했다.

연치성은 마가를 뒤채 집의 기둥에 묶어놓고, 광에 있는 놈 가운데 한 놈을 끌고 왔다.

"마가란 놈은 네놈들 두목의 이름을 불었다. 너도 실토를 해라."

최천중이 이렇게 말하자, 임가 성을 가졌다는 놈의 말은,

"그럼 제게 물어볼 필요가 없지 않습니까요?"

"거짓말인가, 아닌가를 대보고 싶은 거여."

최천중이 버럭 고함을 질렀다.

때론 달래도 보고 때론 공갈도 하는 등 갖가지 수단으로 국문을 계속했으나, 네 사람은 한결같이 두목의 이름을 밝히지 않았다.

그렇다고 해서 최천중과 연치성이 그들을 모질게 고문할 수도 없는 형편이었다. 최천중이 연치성을 돌아보고 말했다.

"그만두지. 우리가 놈들의 두목 이름을 알아봤자, 소용없는 일이고, 놈들이 우리를 해치지만 않도록 하면 되는 거니까."

연치성이 네 놈들을 묶은 채, 불 옆으로 다시 끌어다놓았다. 심한 국문은 아니었는데도, 모두들 지친 듯 풀이 죽어 있었다.

"너희들은 그 완강한 태도로 보아 필시 역모하고 있는 놈들인 줄 알겠다. 그러나 죽음을 무릅쓰고라도 두목의 이름을 대지 않는 태도는 기특하지 않은 바가 아니다. 날이 밝길 기다려보자."

최천중이 부드럽게 말했다.

"이왕이면 이 결박을 풀어주슈. 도망갈 우리들이 아뇨. 또 이렇게 몸에 상처를 입곤 도망갈 수도 없소."

마가란 성을 가진 놈의 말이었다.

"그렇게까진 너희들을 안심할 수는 없어. 불편한 대로 그대로 참아라."

최천중이 엄하게 쏘았다.

"선생님, 잠깐 눈을 붙이셔야 합니다. 저는 깨어 있을 테니 조금 쉬시지요."

연치성의 말이 간절했다.

"그럼 눈을 붙이겠네."

하고 최천중은 불이 피어 있는 쪽으로 발을 뻗고 벽에 기대 눈을 감았다.

네 놈은 묶인 채 서로 포개진 듯한 자세로 눈을 감았다. 깨어 있는 사람은 연치성 혼자가 되었다.

연치성은 졸음을 쫓기 위해 일어서서, 그다지 넓지도 않은 방이었지만 이곳저곳으로 발을 옮겨놓았다. 아무래도 무슨 꿈을 꾸고 있는 느낌이었다.

심심산곡의 폐옥, 정체 모르는 괴한 네 사람, 구들을 파고 만든 화로, 달빛에 빛나고 있는 찬 서리!

그런 가운데 연치성은 가볍게 코를 골며 잠에 빠진 최천중의 얼굴을 보며, 은은히 가슴속에 피어오르는 따뜻한 친애감을 느꼈다. 고독하기로 말하면 자기보다 더한 사람, 그 부모를 모르고 자라났다니 어릴 때 얼마나 쓸쓸했을까. 연치성은 어렸을 때 헤어진 어머니의 모습을 그리며, 그 그리움으로 해서 최천중에게 친애감을 더했다.

동시에, 지금 거기서 잠들어 있는 네 사람의 괴한이 생명의 위험 앞에서도 자기들 두목의 이름을 밝히지 않았다는 사실에 생각이 미치자, 충성 또는 신의를 눈앞에 보는 느낌이어서,

'나도 선생님께 그만한, 아니 그보다도 더욱 강한 충성심을 가꾸어야겠다.'

라고 마음을 다졌다.

이윽고 날이 밝아왔다. 달빛이 엷어진 곳에 한때 놀이 서리고 어두워지더니, 동이 트기 시작한 것이다. 닭 우는 소릴 듣지 못했다는 것이 인가를 멀리하고 있다는 실감을 돋우었다.

연치성은 나뭇가지를 분질러 화기를 보태고, 잠자는 괴한들을 깨웠다.

"아침이다. 모두들 일어나라."

연치성의 고함소리에 최천중도 잠을 깨었다. 기지개를 켜고 하품을 하며, 연치성의 웃는 얼굴을 보았다.

"연공, 수고했구려. 벌써 아침이야?"

"그렇습니다. 긴 밤이 드디어 새었습니다."

연치성의 대답은 한잠도 못 잔 사람답지 않게 카랑카랑했다.

날이 새었으면 갈 길을 재촉해야만 했다. 그러나 관솔불이 켜져 있는 방의 비밀은 꼭 알고 싶었다.

최천중은 연치성을 시켜 그 괴한들을 풀어주게 하곤 물었다.

"간밤엔 서로 어색한 일이 있었다. 그러나 사람이란 모두 각자 사정이 있는 것이니, 양해가 될 것으로 안다. 너희들이 누구인지 재차 묻진 않겠다. 두목의 이름을 끝끝내 밝히지 않는 태도에 탄복했기 때문이다."

"언젠가 우리 두령의 이름을 알 날이 있을 겁니다요."

마가 성을 가졌다는 놈이 비굴하지 않게 한마디 했다.

"그럴 날이 있으면 한다. 그런데 우리 선생님의 이름이 천하에 울릴 때도 있을 것이다."

연치성도 지지 않고 말했다.

"이름이야 어떻게 되었건 간밤 불이 켜져 있던 방 내력을 알고 싶구나."

최천중은 괴한들의 얼굴을 둘러보았다.

"지금은 불이 꺼져 있을 겁니다요."

하고 괴한들이 앞장을 섰다. 아니나 다를까, 불이 꺼져 있었다.

"어떻게 된 셈인가?"

하고 최천중이 물었다.

"특별한 까닭도 없는 겁니다요. 하룻밤이면 타버릴 관솔불을 켜는 거니까요."

마가의 답이었다. 그리고 설명은 다음과 같았다.

"저 방의 불은 앞산 산마루에선 환하게 보이게 돼 있습니다요. 불이 크게 보이거나 뵈지 않을 땐, 이변이 생겼다는 신호가 되는 것입니다요. 방문이 열리지 않으면 그렇게 될 까닭이 없으니까요."

"방문이 열리면 어떻게 되느냐?"

"가만 기다려보십시우."

하더니, 마가가 임가에게 뭐라고 시켰다. 임가가 마루 밑으로 들어갔다. 마루 밑에서 그 방으로 들어가는 구멍이 뚫려 있었다. 방으로 들어간 뒤 임가가 덧문을 안에서 열었다.

텅 빈 방이었고, 관솔불을 담은 쇠접시만 저편 벽에 걸려 있을 뿐이었다.

마루 밑으로 해서 그 방으로 들어간 임가는 기다란 몽둥이를 든 채 관솔불 접시가 있는 벽에 붙어 서 있었다.

"이런데, 방문을 부수고 들어서면 위험하다는 게 뭐야?"

하고 연치성이 방으로 발을 들여놓으려는 찰나, 최천중이 그 허리를 잡고 뒤로 끌었다. 그리고 외쳤다.

"안 돼."

"역시 나이 많으신 선비가 다르셔."

하고 마가가 깔깔 웃었다. 그리고 임가에게 턱으로 무슨 시늉을 했다. 임가가 들고 있던 몽둥이를 뻗어 덧문 쪽 방바닥을 슬쩍 건드렸다. 쿵 하는 소리와 함께 방바닥 반쯤이 훌렁 빠졌다. 그리고 검은 공동이 나타났다. 공동으로부터 썩은 곰팡이내음이 물씬 올라왔다.

"보옵시오. 방바닥은 판자로 되어 있는데, 그 반쪽이 농문이 열리듯 밑으로 처지게 돼 있습니다요."

하고 마가는 이만하면 알겠지 하는 표정을 지었다.

"아래로 떨어지면 어떻게 되는 거여?"

최천중의 이 말에 대답을 않고, 마가는 임가에게 또 무슨 시늉인가를 했다. 임가는 조심조심 방 한구석에 있는 줄을 잡아당겼다.

아래로 처진 판자가 당겨 올라오더니 도로 반듯한 방바닥이 되었다.

"그 아래로 떨어지면 어떻게 되는 거여?"

최천중이 다시 물었다.

"살아나올 순 없습니다요. 열 길 아래 깊은 웅덩이가 있으니까요."

마가는 아무렇지 않게 말했다.

"그래, 저 방에서 사람이 몇이나 죽었어?"

최천중이 힐문조로 나왔다.

"죽인 게 아닙니다요. 자기들이 들어가 죽은 거지요."

"왜 저런 것을 만들었지?"

"그 대신 문을 안으로 단단히 잠가놓지 않았습니까요."

"그러나 사람을 죽일 목적인 것은 틀림없는 사실이 아니가."

"문을 부수고 들어서는 사람이 그렇게 되는 것이니, 자업자득이란 거 아니겠습니까요."

"그렇더라도 죄 없는 사람을 죽일 염려가 있는 짓은 삼가야 할 것 아닌가."

"관속 아니면 지각이 없는 흉물들이나 문을 부수고 들어서지, 범상한 사람들이 아무리 폐옥이기로서니 남의 집 문을 부수고 들어서겠습니까요."

"아무래도 심상한 일은 아녀."

최천중의 표정이 굳어졌다. 그 마음의 움직임을 눈치챘음인지 마가가 얼른 말했다.

"선비님들, 이 이상 우리들 일에 참견 마시고 길을 떠나슈. 알아서 득될 건 없습니다요."

"우리는 너희들을 죽이려고 했으면 죽일 수도 있었어. 그런데도 너희들을 살려주지 않았느냐. 적어도 궁금증은 풀어줘야지."

최천중이 냉엄하게 말했다.

"그 은공은 이미 갚은 걸로 되었습니다요. 저 방문을 열 때 우리들이 시침을 뗐으면, 선비님들은 지금쯤 차갑고 어두운 웅덩이 속에서 허우적거리고 있을 테니까요."

마가의 말에 빈정거림이 섞였다.

어디까지 이놈들이 담대한 놈들인가 하고, 약간의 불쾌감과 함께 철저하게 추궁해보고 싶은 마음이 일었지만, 한편 이만한 책략을 꾸미고 있는 놈들이 만만할 까닭이 없으니, 일을 크게 벌이지 않는 게 상책일 것이란 짐작이 들기도 했다. 최천중이

"하여간 우리는 갈 길이 바쁘니 떠난다만, 어진 백성들에게 해가 되는 짓은 안 하는 게 좋을 거야."

하고, 연치성을 돌아보고 말을 끌고 오라고 했다. 그사이,

"선비님들은 보아하니 범상한 인물들이 아닌 것 같은데, 존함이나 들어두었으면 합니다요."

하는 마가로부터의 은근한 말이 있었다. 최천중이 머뭇거린 끝에 말했다.

"내 이름은 최천중이오. 뒷날 만날 날이 있을지 모르겠소."

"저 젊은 선비는요?"

"그 사람 이름은 덮어둡시다. 한데, 모두들 상처가 심하진 않은가?"

하고 최천중이 그들을 둘러보았다.

"아직 욱신거리긴 하지만, 묘술에 반해서 아픔을 잊었습니다요."

이마와 뒤통수에 철촉을 맞은 놈이 빙그레 웃으며 한 말이었다.

연치성이 말을 끌고 왔을 때 물었다.

"충주로 가는 지름길이 없을까?"

"장신원으로 되돌아가다가, 첫 번째 갈림길에서 왼편 길로 가시오."

마가는 이렇게 말하고, 그 갈림길이 나서려면 이십 리쯤 가야 할 것이라고 덧붙였다.

"괜히 길을 헛들어 안 할 고생을 했구먼."

떠나온 그 폐옥이 시야에서 사라진 지점에 와서 최천중이 이렇게 중얼거리고, 연치성을 돌아봤다.

"잠을 못 잤으니 고단할 텐데."

"아니옵니다. 저는 삼사 일 자지 않아도 되게끔 단련이 돼 있습니다."

하더니, 연치성이 송구스럽다는 투로 말을 이었다.

"아무래도 전 수양이 모자란 것 같습니다."

"그건 또 왜?"

"선생님이 저를 붙들지 않았더라면, 전 그 열 길 아래로 떨어졌을 것 아닙니까."

"내 아니라도 그놈들이 말렸을 걸세."

"하여간, 수양이 모자란 탓입니다."

"사람은 평생 수양을 하는 거여. 어디 연공뿐이겠는가."

"앞으로 선생님의 신중함을 배울 참입니다."

"나이가 들면 차차 신중하게 돼. 야백夜白은 부답不踏이고, 공방空房엔 불입不入이고, 이성異聲이 있으면 불행不行, 이취異臭가 있으면 불보不步…."

"그게 바로 병술의 극의가 아니겠습니까. 그런데 전…."

"심히 자책할 건 없어. 그러나 만심慢心은 삼가야지. 교영자익嬌泳者溺하고 교고자락嬌高者落*이란 말이 있으니까."

---

* 수영 솜씨 뽐내는 자 물에 빠져 죽고, 높이 오르기를 뽐내는 자 떨어져 죽는다.

화창한 겨울의 아침 공기는 삽상하다. 말발굽에 밟히는 서릿발 소리마저 상쾌했다. 약간의 한기는 있으되, 겨울 날씨 같지 않다.

"선생님, 그놈들의 정체가 무엇이겠습니까?"

연치성이 궁금했던 모양으로 물었다.

"글쎄, 나도 궁금하긴 하지만 군이 챙기려고 안 한 것은, 자칫 잘못하다가 곤란한 형편에 말려들지 않을까 해서였는데…. 단순한 화적들은 아닌 것 같애. 세상이 하 수상하니 별게 다 있는 거지. 세상은 말세다, 나라는 병들었다, 한양에 앉아 있어선 상상도 못 할 세상이야."

"제가 보기론 정감록鄭鑑錄을 믿고 있는 패거리가 아닌가 했는데요."

"그럴지도 모르지. 썩어가는 세상이니 정감록이라도 믿어야만, 아니 정감록을 믿고 싶기도 하지 않겠나?"

"믿는 것이 없고야, 놈들이 어떻게 그만큼 버틸 수가 있겠습니까?"

"나도 그 점엔 놀랐다. 무식한 놈들이지만, 두령을 위한 신의는 대단하더군."

"그 두령이 누군지, 그거나 알았더라면…."

연치성은 아쉬운 듯 입맛을 다셨다.

"그만한 놈들을 통솔하는 괴수니까, 범상한 인물이 아닐 거야. 그런 인물이니, 언젠가 그 이름이 나타나겠지."

"홍경래와 무슨 관련이 있는 사람 아닐까요?"

"글쎄…."

하고 최천중은 생각에 잠겼다.

홍경래와 직접 관련이 없더라도, 홍경래의 난으로 해서 자극을 받은 사람일지도 모른다는 생각이 든 것이다. 난을 일으킨 사람은 홍경래이지만, 뜻이 있고 포부가 있는 사람은 모두 내심에 있어선 저마다 홍경래일지 몰랐다.

"홍경래는 이미 52년 전에 죽은 사람이니까, 직접 관련이야 물론 없겠지."

하고 최천중은 생각을 다지듯 말을 이었다.

"그러나 홍경래가 보여준 그 포부와 기상은 아직도 살아 있다고 할 만하지. 홍경래가 거사를 좀 더 규모 있게 했더라면, 혹시 천하를 잡을 수도 있었다는 아쉬움이 포부 있는 사람들의 가슴속에 불씨로 남아 있을지도 몰라."

"홍경래는 꽤 출중한 사람이었던 모양이죠?"

"김창시金昌始가 기초했다는 격문에 보면 '생이신령生而神靈'이라고 했는데, 이것은 과분한 말일 것이지만 범상한 인물로서 그와 같은 거사를 했겠나. 그보다도 조정에 대한 백성의 원한이 그만큼 컸다고 보아야 할 거야. 권간權奸만이 날로 성하고 생민은 죽을 지경이니, 누구라도 불을 붙이기만 하면 타오를 그런 상황이 아닌가. 난세가 영웅을 낳는 것이여. 홍경래는 실패했으니 영웅이 아니지만 제이, 제삼의 홍경래가 시기를 노리고 있다고 보아야 할 거다."

최천중의 이와 같은 판단은 대체로 옳았다. 홍경래의 난 이후로도 제주도에서 토호土豪 양제해梁濟海의 반란이 있었고, 용인 이응길李應吉을 비롯한 도적이 경기 지방에서 횡행했고, 성천成川에선 학상學相이란 요승이 나타나 민심을 선동했고, 유칠재柳七在, 홍찬모洪燦模 등의 역모도 있었다. 뿐만 아니라, 홍경래당과 기맥을 통한 채수영蔡壽永 등의 난이 있었고, 남평南平의 김재점金在點, 청주의 김치규, 이창곤, 박형서 등의 괘서 사건이 잇달았다. 한강 하류에선 수적水賊들의 행패도 있었다.

이에 수재와 질병이 창궐하고 보니, 인심이 흉흉하여 갈피를 잡지 못하는 상황이었는데, 그런 상황이 순조, 헌종대를 거쳐 그때까지 지속되어 있는 형편이었으니, 각지에 역도들이 준동하고 있다고 보아야 할 것이었다.

"그 시기를 노리는 자들이 서로 기맥을 통하면 무시 못 할 세력이 될 것이 아니옵니까?"

"서로 기맥을 통하고 있다고 보아야 할 거야. 역모 사건이 있으면 붙들려 죽기도 했지만 얼마간의 잔당은 남아 있을 테니까. 그 잔당끼리 서로 돕게 될 것은 필지의 사실이지."

최천중은 이렇게 말하면서 다음과 같은 일을 생각했다.

홍경래의 실패는 평안도 한 군데서의 거사였다는 점에 그 원인이 있었다. 만일 그러한 규모의 거사가 조선 팔도 여러 군데서 동시에 시작되었더라면, 대사는 그때 결판이 났을 것이었다.

'그러니 가장 중요한 건, 전국의 역도들과 기맥을 통해 각지에서 동시에 한꺼번에 일어나는 일이다. 그런데 그 방법은?'

이런 생각에 빠져들어가고 있을 때, 연치성으로부터 소리가 있었다.

"선생님, 이 길로 가야 할 것 같습니다."

보니 갈림길에 서 있었다.

두 사람은 왼편 길을 잡아 말을 달리기 시작했다. 충주의 성읍이 보일 때까지 서로 말이 없었다.

〈3권으로 이어집니다〉